Meißner, August G

A.G. Meißners sämmt ....rke ..

Meißner, August Gottlieb

A.G. Meißners sämmtliche Werke ..

Inktank publishing, 2018

www.inktank-publishing.com

ISBN/EAN: 9783747784495

All rights reserved

A. G. Meißners

sämmtliche Werke.

Achter Band.

Enthält:

Erzählungen.

Zweyter Theil.

Wien, 1813.

In Commission bey Anton Doll.

Zweiter Theil.

Leipzig 18..

In Commission bei Hartmann.

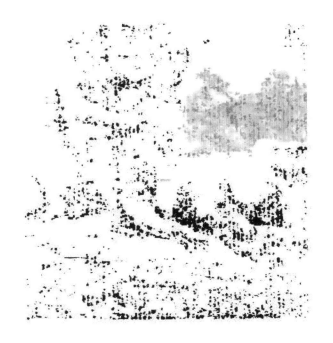

Erzählungen.

Von

A. G. Meißner.

Zweyter Theil.

Wien, 1813.
In Commission bey Anton Doll.

888
M5213
1813
V.8

A. G. Meißners

sämmtliche Werke.

Achter Band.

Enthält:

Erzählungen.

Zweyter Theil.

Wien, 1813.

In Commission bey Anton Doll.

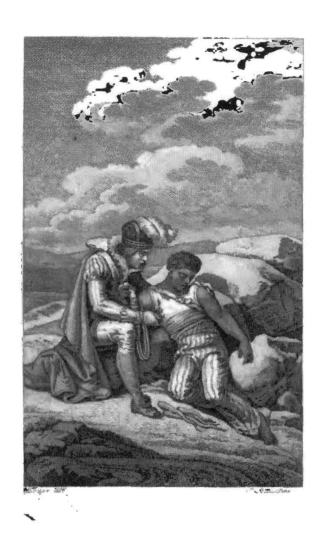

In der Tiefe der Zeit

Erzählungen.

Von

A. G. Meißner.

Zweyter Theil.

Wien, 1813.
In Commission bey Anton Doll.

Diego de Colmenares.

Nichts ist gewöhnlicher, als daß junge, kühne oder leichtsinnige Spanier, nach verschwelgtem Vermögen, oder bey kargem Erbtheil einheimischer Güter, in der neuen Welt Entschädigung für die alte suchen; und sich in Meriko, Chili und Peru ein Paradies träumen, das sich eigentlich nirgends als in den fabelhaften Erzählungen geschwätziger Reiseschreiber finden läßt!

Don Diego de Colmenares war ein Abentenrer dieses Schlags. Jung, arm, stolz und kühn, floh er nach Lima. Doch ihm folgte sein widriges Geschick auch übers Meer nach. Zwey reiche Vettern, auf deren Unterstützung er gerechnet hatte, fand er todt und schon beerbt. Den mühsamen Gewinn dreyer Jahre verschlang der Schiffbruch einer kleinen Barke, auf welcher sein ganzes Vermögen sich befand; und der unglückliche saß sich nun ohne Freund und Güter in einem Lande, wo Ueberfluß die Herzen verhärtet, und die Seelen eines ohnedieß unempfindlichen Volks noch unempfindlicher macht. Alles war ihm untreu geworden, nur sein einziger und letzter Sclave nicht.

Einst als Diego, sorgenvoll auf seine Rechte gestützt, murrend gegen Vorsicht, Mitmenschen und sich selbst, in seinem einsamen Zimmer saß, trat Tlaqui-

A 2

qua, so hieß dieser Sclave, herein, und fiel vor ihm
nieder.

Tlaquiqua (halb leise.) Don Diego! — (für
sich.) Er hört mich nicht; wie tief muß sein Kummer
seyn! (Lauter.) Don Diego! — ist es deinem Knechte
wohl vergönnt, dir in dem Grame, der dich aufzehrt,
einige Worte, und zwar vielleicht Worte des Tro-
stes zuzuflüstern?

Diego (auffahrend.) Du mir! — Was hast du?
— Rede!

Tlaquiqua. Ich stamme — das weißt du —
vom Volke der Hologuas ab; ein ruhiges, aber noch
unbezwungenes Geschlecht; durch seine Wälder, Gebirge und Muth, noch mehr aber durch seine glückliche
Dürftigkeit vor deinen Landsleuten gesichert. — Bloß
eine unbesonnene jägerische Streiferey brachte mich in
diese Gefangenschaft hier, die mir deine Milde —
nimm meinen tausendfachen Dank dafür! — so erträg-
lich gemacht hat, als Knechtschaft nur immer seyn
kann. — Jetzt, ich seh's nur mehr als zu deutlich, jetzt
stürzen eine Menge Unglücksfälle über dich her; verzeihe es also dem glühenden Diensteifer deines dankbaren Knechts, wenn er sich erkühnt, dir einen der son-
derbarsten Vorschläge zu thun.

Diego. Thue jeden — der mich rettet!

Tlaquiqua. Nur eine Frage vergönne mir zuvor, mein Gebiether! — Hast du hier noch irgend eine Aussicht des Glücks übrig?

Diego. Des Glücks? — Nicht einmahl des
Lebens, wofern ich nicht selbst Sclave werden will.

Tlaquiqua. Nun wohl, Don Diego! So hö-
re mich! — Mein Vater ist eines der Häupter unseres

Volks, begütert, geehrt, fast angebethet in seinem
Lande, und ich — ach! ich war sein Liebling. — Wenn
alles dich hier verläßt, edler Gebiether, so komme mit
mir! — Mein Volk wird dich mit offenen Armen empfangen, wird dir gern geben, was es besizt, und
dir willig dienen.

Diego (erstaunt.) Schwärmst du? — Wie fern
ist dein Vaterland von hier?

Tlaquiqua. Fern zwar, sehr fern; doch dem
nicht allzu fern, der seinen Vater wiederzufinden
geht; auch dem nicht, der hier nichts zu verlieren, und dort doch etwas zu finden hat. — Ich
kenne die Wege bis dorthin, kenne Wurzeln und Kräu-
ter, die unter Weges unser Leben fristen sollen; folge
mir nur getrost, Don Diego! Ich weiß die Fährlich-
keiten alle, die auf uns warten; auch sind ihrer mehr
als genug. Aber von Jugend auf zu den Beschwerden
der Jagd abgehärtet, wird dieser Arm stark genug
seyn, die Thiere des Waldes von uns abzuhalten, und
dieser Kopf sinnreich genug, um Pfad und Nahrung
anzuspüren.

Diego (der nachdenkend wird.) Laß mich jetzt!

Tlaquiqua. Nur noch eins, mein Gebiether!
— Sollte mein Rath dir mißfallen, so laß wenigstens
meine Kühnheit dich nicht beleidigen! — Ich bin
ein armer Sclave, unerfahren in Handwerken und
Künsten, aber treu und willig, für denjenigen zu sterben, dem ich diene und ergeben bin. Sey daher nicht
zornig, guter Don Diego!

Diego (aufstehend, ihn aufhebend und umhalsend.)
Ich zornig auf dich? Auf dich, treueste Menschenseele,
die ich jemahls kannte? — Aber laß mich jetzt, daß

ich dem Gedanken nachdenke, den du in mir rege gemacht hast. —

Tlaquiqua ging, und in Diego's Brust blieb die
quälendste Unruhe zurück. — Wohin er nur blickte,
sah er einen Wirbel von Schrecknissen. Dort Gefahr
des Todes von tausend Seiten; hier Verschmachten im
Mangel und Elend! — Zu fliehen von Religionsver-
wandten, von Landesvolk und Landessitten; sich Preis
zu geben den rohesten und unbekanntesten Nationen,
die vielleicht grausam, oder wenigstens doch gegen
Spanier feindlich waren; zu waten durch öde Wüsten und unwegsame Wälder, von einem einzigen Elenden begleitet! Welches Wagestück, wenn er floh! —
Aber auch welches noch größere, wenn er blieb! ohne irgend einen Schutz, außer in sich selbst; ohne Le-
bensunterhalt; ohne Gold, ihn zu kaufen; ohne Freunde und Blutsverwandten. — Dort war Unterliegen
wahrscheinlich; aber hier war es gewiß.

Die ganze Nacht hindurch schwankte so der Unglückliche; am Morgen entschloß er sich, und rief mit
dem Muthe der Verzweiflung seinen Tlaquiqua zu sich:

„Ich folge dir, treuer Sclave! sprach er; aber
noch ein Mahl überlege es dir, ob du dem Werke gewachsen bist, zu dem du dich mir anbiethest."

„Ich hoffe es, wenn anders der Gott meiner Väter, ein mächtiger Gott (denn noch hat er mein Volk
vor dem deinigen geschützt) mir beysteht. — Wenigstens weiß ich, daß jeder Blutstropfen mir vorher ab-
gezapft seyn muß, ehe ich müde werden sollte, für
dich den Weg zur Rettung zu suchen. — Ich kenne
die ganze Gegend umher; ein Fluß, an dem wir wandeln müssen, wird uns zur untrüglichsten Richtschnur

dienen; und eine einzige sandige Wüste, die ich aber
in Tagesfrist zu durchreisen hoffe, ist die ganze, etwas
beträchtliche Beschwerde."

Diego erbebte von neuem, aber bald erhohlte er
sich wieder, und mit Anbruch des kommenden Tages
brachen sie auf. Der Weg nach den gewünschten Ge=
genden ging durch lange öde Waldungen, wohin nur
selten der Fußtritt eines Menschen sich verirrte; wo
bey jedem kleinen Rauschen ganze Herden von wildem
Geflügel aufstiegen, und bey einbrechender Nacht das
ferne Gebrüll der Thiere des Waldes die Finsterniß noch
doppelt schrecklicher machte. Oft sank Diego's Muth,
aber stets belebte Tlaquiqua's Zuspruch ihn von neuem.
Durch Feuer hielten sie zur Nachtzeit die Raubthiere,
die ohnedieß in der neuen Welt denen in der alten
an Muth und Blutdurst weit nachstehen, von sich ab,
und durch wechselseitiges Wachen schützte bald der Die=
ner seines Herrn, bald der Herr seines Dieners Leben
und Schlaf. Immer blieb der Fluß treulich an ihrer
Seite: Wurzeln, die der Wilde kannte, fristeten ihr
Leben von Tagreise zu Tagreise, und versehen mit Pfeil
und Bogen, erlegten sie manches Wildpret. — So
verstrichen zehn mühvolle Tage, und am eilften ver=
kündete Tlaquiqua seinem Gebiether, daß sie nun,
wenn nicht die Gegend ihn täusche, morgen zu einer
Sandwüste kommen würden, die das Land der Holo=
guas von den spanischen Besitzungen trenne, und die
sich an einigen Orten kaum zwölf bis funfzehn fran=
zösische Meilen in die Breite erstrecke.

Auch jetzt hatte der Indianer wahr geredet, und
die Wüste erschien am nächsten Mittag, fürchterlich
eben und unübersehbar; hin und wieder ragte bloß ein

einzelnes Gesträuch empor, aber auch dieß verschwand
tiefer hinein bald gänzlich; nirgends ein Quell, nirgends ein Kraut! — Lange starrte des Spaniers un-
gewisser Blick hinein, ehe er den ersten Schritt wagte,
aber er war nun zu weit vorwärts gegangen, als um-
kehren zu können. — Sein treuer Sclave hatte sich
mit einem Vorrath Wurzeln auf wenigstens zwey Tage versehen, und sie litten also auch in diesem Puncte
den ersten Tag hindurch keine Noth. Aber als bereits
der zweyte sich neigte, und sie noch nirgends fruchtba-
res Land, sondern rund herum lauter verbrannte Ge-
filde des Todes erblickten, da ward mit jedem vergeblich gethanen Tritte auch Diego's ängstliche Besorgniß
größer, und er fing an, seinem armen unglücklichen
Wegweiser manchen bittern Vorwurf zu machen, den
dieser nur immer durch Vertröstung auf eine baldige
Vollendung ihrer Pilgerschaft abzulehnen suchte. Sie
theilten daher ihre noch übrigen Lebensmittel in spar-
samere Theile, und setzten wieder ihre Reise fort.

Auch der dritte Abend brach an, aber immer noch
keine Rettung; denn es war nun offenbar, Tlaquiqua
hatte des rechten Weges verfehlt. — Mit dem Morgen
des vierten Tages verzehrte Diego seine wenigen noch
übrigen Wurzeln, und die traurige Wanderung begann
abermahl, und zwar eben so unfruchtbar, wie vorher.
Hitze, Weg und Hunger erschöpften jede Kraft der
beyden Bedauernswürdigen, und voll der bängsten
Ahndung legte Diego mitten in diesem entsetzlichen
Sandhaufen sich nieder, um wenigstens einige Stunden zu schlummern.

Er mochte vielleicht zwey Stunden lang es gethan
haben, als er sich einige Mahl ganz sanft geschüttelt

fühlte; er sprang auf, und sah seinen Tlaquiqua kraftlos auf dem Boden liegen.

„Wache auf, Don Diego!" sprach er, „und höre
nur noch wenig Worte von deinem Sclaven: die letzten, die dich jemahls von ihm belästigen werden. Ich
habe allerdings aus Unvorsichtigkeit, ohne Schuld,
dich nahe ans Verderben gebracht, mich ganz hinein gestürzt. Billig, daß ich dafür zuerst in die Grube
fahre! — Seit acht und vierzig Stunden habe ich keinen Bissen zu mir genommen, sondern die wenigen
Wurzeln, die auf mich kamen, für dich zur letzten Rettung aufgespart. Doppelt traf mich also auch indeß
Mühe und Entkräftung, und jetzt, jetzt ergreift mich
die kalte Hand des Todes. — Sie schmerzt, aber doch
bleibe ich dem Vorsatz getreu, durch Dahingebung meines Lebens das deinige, und wäre es auch nur um wenige Stunden, zu fristen. — Nimm diese Wurzeln,
und setze dann deine Wanderung, die nicht mehr lange
dauern kann, fort. — Ich habe einst von meinem Vater gehört, daß diese Wüste, selbst da, wo sie am brei-
testen wäre, nicht über fünf Tagereisen betrage. Vielleicht erhält dich dieser wenige Vorrath bis ans Ende
derselben, wo alsdann sofort meine Heimath sich an-
fängt. — Hier sind einige Quipos *); zeige sie dem
ersten Wilden, der dir aufstößt; er wird so fort erkennen, daß sein Landsmann, ein Freund von dir,
sie knüpfte, und wird um meinetwillen deiner schonen.

---

*) Quipos sind gewisse Riemen, woran die Indianer verschie-
dene Knoten knüpfen, und dadurch halb und halb die
Schrift ersetzen.

Frag ihn nach Xintekal, meinem Vater; er wird dich zu ihm führen, und auch dieser muß sogleich sehen, daß nur sein Sohn diese Knoten knüpfen, sie nur für einen Mann knüpfen konnte, den er mehr als sich selbst liebte. — Mehr braucht es zu deiner Rettung nicht, und ein mehreres vermöchte ich auch nicht. Mein Auge wird dunkel! — Meine Zunge — kaum hebt sie sich noch. — Ich sterbe! Verzeih' mir, damit ich ruhig sterbe! —

Diego müßte ein Unthier gewesen seyn, hätte nicht diese unerwartete Rede sein innerstes Mark durchbebt. Erstarrt, als ob auch ihn das Schrecken des Todes ergriffe, stand er da, so lang Tlaquiqua mühsam sprach; dann warf er sich auf den nur zu treuen Sclaven, umarmte, beschwur ihn, den noch übrigen Vorrath selbst zu genießen; betheuerte, daß er so eines grausamen Opfers zur Lebensfristung nicht nöthig habe, und vergoß mehr Thränen, als er vielleicht die ganze lange Zeit seines bisherigen Lebens geweint hatte. — Aber die Kräfte des Wilden waren dahin; zwey Mahl versuchte er umsonst sich aufzurichten, griff nach der Hand seines Herrn, drückte sie herzlich, hohlte noch zwey Mahl aus tiefster Brust Athem, und verlosch, wie die letzte Kohle eines sterbenden Feuers.

Diego lag noch lange neben ihn hingeworfen, und rief ihn vergebens ins Leben zurück. Sein Jammer drang nicht mehr ins Ohr des Ausgeduldeten, und das Gefühl eigener Noth machte, daß der Spanier endlich sich wieder empor richtete, das traurige Erbtheil der wenigen zurück gelassenen Wurzeln zu sich nahm, und dann mit dem letzten Muth der Verzweiflung seinen Weg fortsetzte. Auch dieß Mahl neigte sich die Sonne bereits, als Diego unweit von sich einige einzelne Stauden, bald darauf hier und da einen Baum, und dann endlich in der Ferne den Schatten eines Hains erblickte. — Mit grenzenloser Freude warf er sich jetzt zur Erde nieder, sah einige Minuten lang mit stummem, umsonst Worte suchenden und endlich nur in einige wenige Sylben ausbrechenden Dank empor; dann sprang er auf, und eilte mit verjüngten Kräften dem Walde zu, in welchem er so eben mit Tages Ende eintraf. Mühsam fand er allda einige saftige Beeren und nährende Wurzeln; und warf sich endlich, zwar noch sehr entkräftet, doch schon wieder einiger Maßen gestärkt, unter einen Baum hin, wo er einschlief.

Die Sonne stand schon hoch, als er wieder erwachte, und, begierig einige Mitmenschen aufzufinden, sich so fort auf den Weg machte; aber noch war er nicht über hundert Schritte weiter gekommen, als aus einem dichten Gesträuche zwey Wilde hervor sprangen, ihn von hinten überfielen, seine Hände banden, und ihn so mit sich fortrissen. Umsonst redete er sie in der Sprache des Landes, die er ein wenig verstand, an; vergebens bath er durch Geberden um Schonung; sie blieben bey ihrem feindlichen Eifer. — Jetzt fielen ihm die Quipos des Tlaquiqua wieder ein; er nannte den Nahmen Tiutekal, und sie stutzten: — er bath sie, seine Taschen zu durchsuchen; sie thaten es, fanden die Quipos, und staunten noch mehr.

Das sind friedliche Zeichen;" brach endlich der eine aus: „das sind Quipos, die nur einer unserer Brüder gemacht haben kann, und die für dich um Scho-

nung bitten. — Aber wie kommen diese und ein Spanier zusammen!"

Diego bath nochmahls um Linderung seiner Bande, und sie wurden ihm nun sogleich abgenommen. —
Er erzählte ihnen, so viel es sich thun ließ, sein Schicksal; sie hörten ernst zu, schienen Mitleid zu fühlen,
und endeten zuletzt mit diesen Worten:

Du sprichst gut; doch das soll jeder Spanier
können. — Laß erst sehen, ob du auch wahr sprichst,
und dann bist du ein Wunder unter diesen Söhnen der
Lügen. — Wir wollen dich zum Xintekal führen! Erkennt er diese Quipos für seines Sohnes Arbeit, und
in dir seines Sohnes Freund; wohl! so bist du unser
Bruder, so unmöglich es uns auch bis jetzt dünkte,
einen aus diesem Geschlechte von Wüthrichen Bruder
zu nennen."

Er folgte ihnen, und sie kamen in einen Flecken,
erbaut nach gewöhnlicher Sitte der Wilden, wo alles
Armuth und Unwissenheit verrieth; aber jene reizende
Unwissenheit, in die so oft die höchste menschliche Weisheit sich vergebens zurück wünscht, die aber auch mit
allen übrigen menschlichen Gütern dieß gemein hat,
daß der Besitzer sie nie nach Würden zu schätzen pflegt,
und daß nur immer erst die Entbehrung sie in ihr
wahres Licht setzen muß. — Diego hingegen, der so
manche schimmernde Pracht mit Verachtung und Ekel
betrachtet hatte, brauchte diese Einfalt nur zu sehen,
um sie lieb zu gewinnen.

Man brachte ihn zum Xintekal. Ein alter würdiger Greis, der sogleich in den Knüpfungen der Quipos seinen Sohn erkannte, sein Schicksal erfuhr, ihm
einige wenige Thränen schenkte, und dann den Spa-

nier rasch bey der Hand ergriff. — „Fremdling," sprach
er, „du warst bis jetzt sein milder Herr, das erkenne
ich aus diesem Überbrachten. Mein Sohn starb für dich;
das verzeihe ich dir gern: aber doch bist du mir einen
Sohn schuldig, denn es war mein Einziger! — Willst
du dieser von nun an seyn?"

„Ich will es, Vater!"

„Wohl! so lege so fort diese Kleider ab! Es sind
die Hüllen des Trugs. — Ich hoffe ein Herz der Hologuas in dir zu finden: sey auch im Äußerlichen einer
von uns, so gut als du's seyn kannst!"

Diego that, was man ihm geboth. — Er blieb
bey Xintekal; von ihm geliebt als Sohn, von allen
Bewohnern der Gegend geehrt, wie der Greis selbst,
lebte er hier frey von der Europäer Lüsten und Schimmer, aber auch frey von ihrer Qual und Sorge. Bald
ward sein Körper der Landesart gewohnt; nur selten
dachte er nach Spanien zurück, und noch seltener wünschte er sich wieder hin.

Aber auch bald erwachte noch ein anderer Trieb in
ihm, wenn man anders erwachen von einem Triebe
sagen kann, der bey den meisten Menschen vom sech-
zehnten bis zum sechzigsten Jahre nie ganz einschlum-
mert — der Trieb der Liebe. Nicht weit von Xintekals Hütte stand eine andere, die ein Greis mit seiner
einzigen Tochter bewohnte. — Ihr gebührte vor allen
andern jungen Mädchen des Fleckens der Preis der
Schönheit. Einen edlen Wuchs, Augen voll Feuer,
einen Busen, so schön, daß die Liebesgöttinn selbst
ihn nicht schöner haben konnte; kurz, jeden Vorzug
des Körpers verband sie noch mit so mancher Seelen-
gabe. Ihr Nahme, Holnara, bezeichnete in der Spra-

che ihres Landes eine Staubhafte, und niemand war
es auch mehr, als sie: alle Jünglinge hatten zur Zeit
vergebens um sie gekämpft; sie war freundlich gegen
jeden, doch willführig gegen keinen. — Da kam Diego; das Gerücht seiner Aufnahme durchlief bald den
Flecken; die Mädchen drängten sich, den Spanier zu
sehen; denn eben so verhaßt bey den männlichen Wilden dieß Volk zu seyn pflegt, eben so beliebt ist es
meisten Theils bey ihren Töchtern und Weibern, die
stärkere Gluth, stärkere Mannskraft und — was ja
immer Frauenzimmer lockt und blendet — auch schönern äußerlichen Schein bey ihnen finden. — Holnara,
neugierig, wie die andern, drängte sich mit herbey. Mit
freyem Herzen trat sie hinzu, mit gefesseltem
ging sie hinweg.

Auch Diego hatte das Mädchen gesehen, und
gleich bey seinem ersten Blick Liebe gegen sie empfunden. — Von dieser Minute an war sie sein einziger
Gedanke, und ihr Besitz sein erster Wunsch.
— Er fand bald einen Weg in ihr Haus, und sah
eben so bald, daß er auch den Weg zu ihrem Herzen
gefunden habe. Sein Betragen, sein Witz und seine
Gestalt unterschieden ihn zu vortheilhaft; dieß fühlte
die junge Wilde gar wohl, und fand keinen Grund es
zu verbergen. Auch der Vater Holnarens ward ihm in
Kurzem so geneigt, daß es vielleicht nur Eines Worts
bedurft hätte, um mit Freuden seine Einwilligung zur
genauesten Verbindung zu erhalten. Aber leider! hielten andere Gründe den Diego noch ab, dieß Eine Wort
zu sprechen.

Zintelal nähmlich und Amatsu (so hieß der Dirne
Vater,) waren schon seit langer Zeit einander abge-

neigt. In ihren männlichen Jahren hatten sie beyde verschiedene Mahl um die Anführerstelle im Kriege gewetteifert: drey Mahl hatte sie Amatsu, ein Mahl nur Xintekal erlangt; denn man hielt ihn zwar für erfahrner in Friedenskünsten, doch für minder tollkühn im Gefechte. — Stoff genug zur Grundlage des Neides, der bald darauf durch eine andere Gelegenheit sich in Unwillen und heimlichen Groll verwandelte.

Denn als Tlaquiqua verloren ging, und durch keine Nachforschungen wieder aufzufinden war, da warf der damahls noch nicht allzu alte Vater, voll Begier nach einem neuen Sohn und Erhalter seines Stammes, seine Augen rund umher auf die Töchter des Landes, ob er vielleicht eine fände, die ihn wieder entzündete mit dem Feuer seiner Jugend; und er fand Holnaren, die so eben im ersten Aufblühen war; sein Herz entglühte für sie; er trug ihr dasselbe an, und ward — verschmäht.

Der Wilde ist unerschütterlich als Freund, unversöhnlich als Feind. Was war also natürlicher, als daß Xintekal, so bald nur Diego einige flüchtige Worte von seiner Liebe zu Holnaren fliegen ließ, alle mögliche Gründe erschöpfte, um diese Neigung ihm zu widerrathen? Und als auch dieß wenig fruchtete, und er wohl wußte, daß in dem Stande der Freyheit, in welchem jeder Hologua sich befand, kein ernstliches Verboth den erwachsenen Sohn, zumahl den angenommenen, wie Diego war, zu binden vermöge, da nahm er zu dem weit sicherem Mittel von Bitten und zärtlicher Vorstellung seine Zuflucht, und erhielt wirklich einst vom Diego, im ersten Augenblicke der Rührung, das heiligste Versprechen: nie, so

lange Xintekal lebe, eine Heirath mit diesem ihm ver=
haßten Mädchen zu treffen, auch, wo möglich,
sie künftig ganz zu meiden. — Den ersten Punct war
der Spanier fest zu halten entschlossen, den letzten
bloß wörtlich. Fünf bis sechs Tage lang zwang er
sich, sie nicht zu sehen, und dann, überzeugt, daß
er nicht länger sich zu zwingen vermöge, schlich er
wieder verstohlen in der Dämmerung hin zu Holnaren.
Mit offnen Armen empfing sie ihn, den sie so lange
und so ungern vermißt hatte; zum ersten Mahl drück=
te sie ihn freudig an Mund und Brust, und nicht wei=
ter zwang er sich, sondern gestand ihr sein ganzes trau=
riges Schicksal, seine brennende Liebe und das Hin=
derniß derselben; erhielt gar bald von ihr das Bekennt=
niß der Zärtlichkeit und die Zusage der Ausdaurung.

Von diesem Augenblicke an war Diego der er=
klärte Günstling Holnarens. Amatsu schwieg bey der
Liebe seiner einzigen Tochter, und Xintekal mit der
Achtung zufrieden, welche Diego wenigstens äußer=
lich seinen Gebothen erwies, stellte sich auch, als über=
sähe er das Fortglimmen dieses Brandes. — Wenn
alles ruhte, ruhten doch unsere Beyden nicht. Oft fand
sie noch die Morgenröthe in süßen Gesprächen, und
schneller, als je die Stunden in den sogenannten fei=
nen Gesprächen der großen Welt hinschwinden,
schwanden diesen glücklichen Wilden ganze Nächte hin.
— Auch unterwies Diego seine Geliebte, wenn sie
oft matt von Küssen ausruhten, in den Wissenschaften
seines Vaterlandes, so viel er selbst sie kannte. Mit
behendem Eifer faßte sie jede seiner Lehren. Baum=
blätter waren ihr Papier, und spitzige hölzerne Griffel
ihre Schreibfedern. Mit jedem Tage wuchs ihre Kennt=
niß;

niß; jedes Gespräch entwickelte die Gaben ihres Witzes, und bald besaß sie jeden Vorzug der Euro-
päerinnen, ohne einen ihrer gewöhnlichsten Fehler,
das heißt, ohne Falschheit, Wankelmuth und Eitelkeit zu benützen.

Nichts schmeichelt dem Stolze eines Mannes
von etwas mehr als gewöhnlicher Gattung stärker,
als das Bewußtseyn, die Seele der Geliebten gebildet zu haben — Freudig sah daher auch Diego auf
sein Werk, und seine Liebe wuchs mit der Dauer.
— Aber auch er wußte ihrer Eigenliebe zu schmeicheln.
— Wenn irgend etwas uns zum Dichter macht, (das
sagt nicht Franz im Götz allein, das lehrt beynahe auch
jeden Dichter die Erfahrung) so thut es die Liebe. —
Was Wunder also, daß Diego, kaum der Hologuas
Sprache kundig, doch schon Dichter ward! — Und
mit jenem Vorsprunge von der Kenntniß vaterländischer
Poesie, mit dem mächtigen Übergewicht von innerer
Gluth und Thätigkeit — was Wunder, wenn er bald
der beste Liebesdichter im ganzen Lande ward, und
seine Gesänge schnell von einem Munde zum andern
übergingen! — Sich so überall auch unter fremden
Nahmen besungen zu sehen, o! wie freute dieß die
stolze Holnara! Wie hing sie, auch dadurch gereizt,
fest und immer fester an ihrem Diego!

Aber auch lange hing sie eben so fest an der streng-
sten Tugend. So brünstig ihn auch ihr Arm umfing,
wenn sie im Schimmer des Monds ihm entgegen flog;
so wetteifernd ihre Lippen mit den seinigen Küsse
tauschten; so oft auch, wenn er sie nun wieder verließ, und sie noch Stunden lang auf schlaflosem einsamen Lager an ihn dachte, der Menschheit innerer

Meißners Erzähl. 2.   B

Trieb und der heiße Wunsch in ihr aufstieg, ihn bald
ganz zu besitzen, den süßen, warmen, unübertreff-
lichen Jüngling: — so hielt doch die Furcht, ob er
dann auch bleiben dürfte, was er bisher gewesen sey;
ob er dann auch ihr Gatte noch werden wolle, wenn
ihm mit ihrer nähern Verbindung kein neues Glück
zu erkaufen übrig wäre! diese Furcht und diese Ungewißheit hielt sie kräftiger, als eine strenge mürrische
Zucht von der Gewährung seiner öftern heißen Bitten ab.

Aber einst, es war der Tag ihrer Geburt; und
der Schlaue wußte ihn; und das Liedchen, das er ihr
brachte, war so süß; und die sternenvolle Nacht so
mild und schön; und seine Umarmung so glühend,
seine Worte so überredend, seine Liebe so thätig und
kühn; — o! Holnara vermochte es nicht länger, gegen ihn, gegen Natur rund um sich, und auch
gegen Natur in sich selbst zu kämpfen: und hier
ist das Fragment ihres Gesprächs in dieser für ihr künftiges Geschick so wichtigen Stunde.

Holnara (schwach sich zurückbeugend). Halt ein,
Gefährlicher! o halt ein mit Bitten!

Diego. Nicht eher, liebe schöne Grausame, bevor du mit Widerstand eingeholten hast.

Holnara (gegen Himmel deutend). Blick auf,
Diego! Sieh diesen Stern, und sage mir, wie nennt
er sich?

Diego. Der Abendstern.

Holnara. Nein! nein! er hat einen weit sü-
ßern Nahmen; oder du betrogst mich ehemahls, als
du mir ihn anders nanntest. — Nach seinem jetzt genannten kannte ich ihn schon längst, auch ehe du hier-

her kamst, Störer meiner Ruhe! Länge war er ehemahls schon mein auserwählter Liebling, wenn er dem
milden Heere der übrigen glühenden Puncte voranging,
oder wenn die Morgenröthe ihm nachfolgte mit ihren
schimmernden Wolken. — Aber seitdem du mir ihn
einst den Stern der Liebe nanntest, seitdem
ist er mir unendlich theurer; seitdem sehe ich ihn nie,
ohne feyerlich ihn zu begrüßen; und wenn diese Sterne anders, wie wir glauben, die Wohnungen der
Götter sind, so muß sicher auf ihm einer der mächtigsten wohnen.

Diego. Alles recht gut! recht möglich! Aber
wie kommst du jetzt darauf, Schwärmerinn! Umsonst, umsonst, wenn du mich dadurch abbringen
willst!

Holnara. O wenn der Himmel wollte, daß
ich's könnte! — Aber länger vermag ich dir es nicht
zu verhehlen: du hast mich ins Netz verwickelt, du li-
stigster unter unsern listigen Jägern! Lange widerstand
ich, länger vermag ich es nicht. — Aber sieh, diesen
Stern, Diego, und diesen Gott, der auf ihm thront,
rufe ich heute zum Zeugen deiner Schwüre ohne Zahl
an. — Könntest du je mich trügen, könntest du einst,
wenn Xintekal nun erbleicht, diejenige verlassen, die
jetzt — o Junge, lieber Junge, nicht wahr, das
wirst du nicht! — Sieh nicht so starr, nicht so ganz
wie ein Mann, den Liebe noch nicht gemildert
hat, mir in's Auge! — Aber wenn du's könntest,
o dann müsse von jedem dieser Sterne, die jetzt Zeugen unserer Liebe sind, Tod auf dich herabströmen!

Diego. Zehnfacher! hundertfältiger Tod! Ich
B 2

nehme die Zeugen an! die Zeugen und die Rächer! —
Aber komm in meinen Arm!

Holnara. Bin ich es denn nicht schon? — An
eben dem Tage, da ich Mädchen ward, will ich auch
Gattinn werden. — Du höre nie auf der Meinige zu
seyn, als am Tage meines Todes!

Diego. Still jetzt mit diesem Worte! Der
denkt sich Leben ohne Ende, der fühlt Seligkeit ohne
Maß, der so dich hält! — — Hinweg, hinweg,
Gewänder! — Bald bist du mein! bist mein auf immer! (lächelnd) Hüpfe nicht so hoch anjetzt schon, Busen! Dann wirst du noch höher hüpfen, wenn Holnara weint und lacht in einem Augenblicke des flüchtigen Schmerzens und der dauernden Wonne. — —

Sie waren nun so fest mit einander vereint, als
nur immer menschliche Liebe sich vereinigen kann. —
Freuden des Genußes hatten nun ziemlich jede noch
übrige Freude der Hoffnung verdrängt; aber Diego
fand wirklich, was doch so selten geschieht, diejenige
Wonne ganz in Holnarens Armen, die er sich versprochen hatte. Nur bey ihr stieg, so wie sie ihn nun besaß, und so wie sie nun wußte, daß nichts, nichts
mehr an ihr ihm fremd seyn könne, die Besorgniß
für die Zukunft täglich stärker empor, und der Eifersucht verderblicher Funke glimmte tief, sehr tief in ihrer Brust. — Unglückliche Menschennatur! wie unendlich selten lindert der Elende seinen Jammer
durch Hoffnung künftiger Freude; und wie treulich
folgt hingegen jeder sparsamen frohen Stunde die
Besorgniß baldiger Endschaft und künftiger Trauer
nach!

Doch ich vergesse, daß Sentenzen so langweilig zu seyn pflegen! Lieber will ich noch eines von den Gesprächen der beyden Neuverbundenen mittheilen; mag es doch überschlagen, wer es überschlagen will! Unsere Liebenden hielten daßelbe in der siebenten Nacht ihrer Ehe.

Holnara. Genug, Diego, genug der Wollust für diese Nacht! Du schwelgst, und Schwelgen erzeugt Überdruß.

Diego (lächelnd). Bey dir vielleicht, Liebe?

Holnara (zärtlich). Nie bey mir, so lange es Diegos Arm ist, der mich umschlingt! — so lang es Diegos Lippen sind, welchen ich diesen und diesen Kuß aufdrücke!

Diego (mit neckendem Tone). Wirst du's je einer andern Lippe?

Holnara. Einer andern? (Ihn wegstoßend) Weg von mir, Bösewicht! Schon der Gedanke verdient Strafe.

Diego (wie oben). Und der vorige vom Schwelgen und Überdruß! was verdiente der?

Holnara (ihn wieder fest umschlingend). Verzeihung! wenn anders Wahrheit der Verzeihung bedarf. — Männer, Männer! habt ihr wohl Ursache zu zürnen, wenn man mißtrauisch gegen euch ist? — Seyd ihr nicht immer die Wärmsten im Anfang, die Lauen im Fortgang, und die Kältesten in der Ausdauer?

Diego. Kennst du unser Geschlecht so gut?

Holnara. Ich sollte es doch; denn ich bin über zwanzig Jahre.

42

Diego (lachend). Hahaha! Erst zwanzig, Herzchen! Und hast schon ausgelernt? Sieh, wie unver-
stellt wir in unsern Handlungen seyn müssen, weil man
so bald uns ergründet! Euch auszuforschen, ihr
ewigen Chamäleons, reicht kein Menschenalter zu.

Holnara (ihn küssend). Schweig, Wortverdre-
her, ehe ich den Mund dir versiegle! Wer sprach von
Auslernung eurer Tücke? nur daß ihr der Tücken
so unzählig viele an euch habt, daß man kaum Monathe lang mit euch umgegangen zu seyn braucht, um
euch fürchten zu müssen.

Diego. Ist das wirklich der Fall bey deinen
Landsleuten?

Holnara. Leider!

Diego. Und doch prahlt dein Volk hier mit
Unschuld!

Holnara. Und hat sie auch, im Vergleich mit
dem deinigen; nur daß hier und dort dein Geschlecht
an Fehlern eben so wie an körperlicher Stärke uns überlegen ist!

Diego (lächelnd). Und doch hier und dort von
euch geliebt wird.

Holnara (ihre glühende Wange an seine Brust schmie-
gend). Leider! leider! — Mann! böser Mann! in allen meinen Adern rollt kein Blutstropfen, der nicht dir
zugehörte; hier im Busen schlägt kein Puls, der für
dich nicht schlüge; und hier oben in meinem Kopfe lebt
und webt kein Gedanke, der nicht dich sich dächte! —
— Aber! (mit drohendem Finger). Aber! Aber!

Diego (ernst). Nun? Was aber?

Holnara. Wenn du dieß könntest! — Wehe,
wehe dir, wenn du es könntest!

Diego. Was denn?

Holnara. Mir untreu werden!

Diego. Liebe Thörinn! — Schon wieder Furcht! — Gab ich dir je noch Ursache dazu?

Holnara (mit innigster Wärme). Nein, Diego, nein! — Glühender, lieber Junge! nein, noch thatest du's nicht! — Es ist vielleicht Grille bloß, ist vielleicht ungegründete Furcht! Doch könntest du die Quelle dieser Furcht verkennen? Verkennen, daß es Liebe sey! — Sieh! ich drücke mich so fest an dich, und doch, doch nicht fest genug! — Fast sind wir eins. — Aber daß ich dieß fast nicht auch noch vertilgen kann, schon das quält mich genug. — Sieh, wenn ich dich so steif anblicke, dann dächte ich jeden deiner verborgensten Gedanken lesen zu können; und wohl mir! denn mich dünkt, ich lese auch in dir wahre Liebe; Liebe, die der meinigen gleicht. — Aber, wenn nur der kleinste dieser jetzt so heitern Züge sich verändert; wenn nur ein leichter Traum dich aus dem Schlafe gestört, oder nur ein geringes Insekt dir Schmerzen verursacht hat: o! dann finde ich den Eindruck, den es hinterlassen, sogleich; und so würde ich es auch in deiner Seele lesen, wenn du mich nicht mehr so liebtest, wie du sollst, und wie ich's fordere. Die kleinste Neigung für eine meiner Schwestern würde ich entdecken, im Lächeln der Augen, im kleinsten Fältchen der Stirn, im Druck der Hand, in der Gluth der Umarmung; — da, da wollte ich die Untreue schon finden, die vielleicht deine Worte geschickt genug zu verbergen wissen würden.

Diego (spottend). Bald dürfte ich dich auf die Probe stellen, du vielversprechende Schwärmerinn!

Holnara (halb bittend, halb drohend). O thu's nicht, Diego! — Eifersucht ist ein Feuer im dürren Gesträuche; zu entflammen ist es leicht, zu löschen sehr schwer, und todte Asche ist fast immer das Einzige, was von einer solchen Entzündung übrig bleibt. — Und wenn ich zumahl dich fände, treulos gegen mich, bundbrüchig gegen deine Schwüre; — o! bey allem, was im Himmel, auf Erden und in den Klüften der Erde heilig seyn kann, ich würde diese brennende Liebe umwandeln in brennenden Haß. Der Tieger unserer Wildnisse würde weniger blutgierig, die Schlange in unsern Wäldern weniger trügerisch und gifterfüllt seyn, als ich. — (Mit innigem Schmeicheln). O Mann, liebster, bester, einziger Mann! ich bitte dich, sey nicht treulos! Oder wenn du fühlst, daß du nicht länger mich lieben kannst, o! so bohre mir unversehens, indem ich noch, nicht davon träumend, an deinem Halse hänge, indem du den letzten wahrhaft feurigen Kuß mir aufdrückst; — bohre mir dann den tödtenden Dolch ins Herz, daß ich hinschlummere in dem süßen betrüglichen Traum, noch von dir geliebt, allein geliebt zu seyn.

Diego. O, einer solchen milden Grausamkeit wird es nie bedürfen!

Holnara. Nicht? Hast du Eide für dieß Versprechen, so laß mich sie hören.

Diego. Mein Auge werde dunkel, wenn ihm je ein anderes Mädchen gefällt! Meine Zunge vertrockne, wenn sie je einer deiner Schwestern liebkoset! Meine Lippe glühe wie Feuer der Hölle, wenn sie je eine andere außer dich küßt! und Verzehrung entnerve meinen Arm, wenn er einen andern Mädchen-Nacken

liebevoll umschlingt! — Ist dir das grausend und fest
genug geschworen, du Ungläubige?

Holnara. Grausend genug und fest! doch auch
ich vermag noch dir nachzueifern. Steh! mein ganzes
künftiges Leben sey ein Hinsterben ohne Ende! Mein
Athem die nie gekühlte Empfindung eines glühenden
Durstes in wasserleeren Wüsten! Schlaf fliehe mein
Auge, Kost meinen Mund, Ruhe meine Seele; und
Pein, die kein Wort zu fassen, kein Gedanke auszu-
denken vermag, sey mein alltägliches Loos, wenn ich
dich, dich Treubleibenden, nicht immer so liebe,
wie ich es jetzt thue! Einziger, bester, liebster Diego!
mein Stolz! mein Alles! —

Wer hätte nicht einer solchen wechselseitigen Liebe
ewige Dauer gegeben! Zumahl da keines mehr beschwur, als es wirklich fühlte! — Und doch rauschten
bereits von fern die Fittige des Jammers und der Klage
über Holnarens Haupt.

Xintekal starb; ein anderer Wilder, Yedemka,
trat an seine Stelle. Er war der zweyte im Volk nach
Amatsu; aller Augen sahen Diego für den Dritten an.
Er war nun frey, aber als der Sohn Xintekals ziemte
es ihm nach der Sitte der Hologuas nicht, Holnaren
unter dreyen Monden Frist seine Hand zu biethen. Sie
zählte im Stillen jede Minute; auch er glich ihr Anfangs an Eifer und Sehnsucht, aber bald ward seine
Gluth gemäßigter. — Er hatte nach dem Tode seines
Vaters, einiger kleinen Staatsangelegenheiten wegen,
(denn jeder noch so rohe Staat hat deren) Eintritt
und Freundschaft in Yedemkas Hause gefunden, und
allda zwey Mädchen gesehen, schön wie eine jungbe-
blümte Frühlingsaue, und lockend, wie eine Obstfrucht

für den Durstigen, so wohl durch Neuheit und Reiz im Umgang, als auch durch ihr ansehnliches Vermögen; denn Yedemka galt für den reichsten Mann im ganzen Lande. Vom ersten Augenblick an fühlte Diego sich erschüttert, aber der immer wieder rückkehrenden Tugend Stimme unterstützte ihn noch eine geraume Zeit. Er hoffte nicht mehr so sehnlich auf Holnarens Hand, aber nur sich selbst gestand er diese anhebende Kälte; und blieb Trotz derselben fest entschlossen, Wort zu halten. Kurze zwey Tage waren noch übrig, dann wollte er sie öffentlich als seine Gattinn erklären, da — ach! da blieb Amatsu in einer kleinen Streiferey gegen ein benachbartes Volk.

Die Religion dieses Landes verbiethet verwaisten Töchtern zwanzig Tage lang das Angesicht irgend eines Mannes zu sehen. Abwechselnde Schwesterchöre umringen sie dann bey Tag und Nacht, singen Klaggesänge mit den Trauernden, und suchen sie zu trösten. — Ein leidiger Trost für Holnaren, die so lange ihres Diego's entbehren mußte, und gern bey einem Gespräche mit ihm zehn Väter vergessen hätte! — Aber Sitte war nun einmahl Sitte, und langsam, wie das dunkle halbe Jahr der immer fortwährenden grönländischen Winternacht, schlichen ihr diese Tage dahin. — Endlich waren sie überstanden; und nun, als sie wieder hervor trat aus ihrem Kerker, da war ihre erste Frage nach Diego; — Gott! da war die erste Antwort, die sie empfing: Er sey Alavens (so hieß Yedemkas älteste Tochter) erklärter Bräutigam.

Athemlos sank sie nieder, kalt und starr wie ein Wanderer hinsinkt, den, indem er sorgenleer seinen Weg fortwallt, aus hellem Himmel ein Blitzstrahl faßt

und todt zu Boden streckt. — Aber als sie sich wieder-
ermannte, als sie wieder zum Leben, oder um wahr-
hafter zu reden, zur Qual erwachte, da entschlüpfte
kein klagendes Wort ihrem Munde, da rollten bloß
drey große Thränen die Wangen herab, und keine einzige folgte weiter ihnen nach. — Mit anscheinender
Kälte, mit dem Lächeln des Spottes, mit den
einsylbigsten Wörtchen: So! und wahrhaftig?
und Das wäre? forschte sie weiter nach ihrem Schicksale, und erfuhr alles so umständlich, so sicher, daß
sie nicht, auch nur einen Augenblick noch, an ihrem
Unglücke zweifeln konnte.

Wirklich geschah dem Diego — es dauert mich
als Mann, das von einem andern Manne sagen zu
müssen — in keinem Puncte unrecht. Er war wirklich
der ganze strafbare meineidige Bösewicht, unwerth,
daß die Erde ihn trug, und unwerth ein Mann zu
seyn. — Getrennt von Holnaren waren acht kurze
Tage hinlänglich gewesen, sein ganzes Herz abwen-
dig zu machen; Alavens Reize, Alavens Reichthum und Alavens Lockungen rissen ihn, so bald
er ihre Gegnerinn nicht mehr sah, nun doppelt stärker
hin, und er, der schon so lange geschwankt hatte, war
jetzt zum Meineid fest entschlossen.

Aber gewiß nicht entschlossener, als es Holnara ihrer Seits zur Haltung ihres Schwurs und
zur Sättigung ihrer Rache war. — Zwar wage ich es
nicht, in ihr einsames Gemach ihr nachzufolgen, auf
ihre Verwünschungen in den Stunden der Mitternacht
zu hören, und den langsam sich immer mehr und mehr
entwickelten Gang ihrer Entwürfe zu beschreiben. Aber
auch ungeschildert wird sich dieß alles leicht aus dem,

was sie nachher sagte, schrieb und that, entziffern
laffen.

Genug, daß die schlaufte Italienerinn, unterwie-
fen in der Verstellung und der künstlichsten Schule ge-
mißbrauchter Liebe, nicht mehr Meisterinn über
Sprache, Geberden und Beträgen seyn kann, als diese
halbe Wilde; daß sie gegen keine von ihren Gespielinnen nur ein besorgliches Wort fallen ließ, und daß sie
gegen den Meineidigen selbst, als sie ihm einst begegnete, und er schon auf einen ganzen Orkan von Vorwürfen sich gefaßt machte, sich so leichten muntern To-
nes betrug, daß er selbst sein Erstaunen kaum zu zwingen vermochte. So verflossen acht Tage, und als Diego
einst ruhig in seiner Hütte lag, und mit Entwürfen,
sich bald als das Haupt dieser Völkerschaft verehrt zu
sehen, schmeichelte, brachte eine jüngere Schwester Alavens ihm folgendes Palmblatt.

Unbeständiger, nur allzu liebenswürdiger
Diego!

„Nicht weiter ist es mir also vergönnt, dich mei-
„nen Diego zu nennen! Verschwunden ist meine Herr-
„schaft! Vergessen hast du meiner Liebe! — O daß
„ich ein gleiches könnte, reizender Bösewicht! — Ala-
„vens frischere Blüthe und ihre größere Habe verdräng-
„ten meine mindere Schönheit; und ich, ich fühle
„meine Wunde bluten, ohne auf den Thäter zürnen
„zu können, der mir so nahe ans Herz traf. — O ver-
„gib, Diego, vergib mir, wenn ich jetzt zum letzten
„Mahle von einer Kunst Gebrauch mache, die mir selbst
„dadurch unendlich theuer wird, daß du mir sie lehr-
„test! vergib mir, wenn ich dich mitten im Taumel

„deiner neuen Liebe durch mein Schreiben störe! — Ich
„will dich nicht mit Vorwürfen bestürmen; denn noch
„ist mir der Apfel meines Auges minder werth als
„du. Ich will dich nicht um erneute Liebe bitten; denn
„die einmahl ausgelöschte Kohle wird doch nie wieder
„so hell, wie ehemahls, flammen; wird höchstens ei-
„nige wenige Augenblicke glimmen, und kann erlöschen
„auf immer. — Aber um eines will ich dich noch bit-
„ten, und bey unserer ehemahligen Liebe beschwöre ich
„dich, schlag mir dieß eine nicht auch ab. — Werde
„immerhin — weil es doch nun nicht anders seyn kann
„— werde der Mann einer Andern, beneidenswerth
„Glücklichen! Ich Arme, ich zu Leichtgläubige will bü-
„ßen, will — was ich sonst nie versprechen zu können
„glaubte, — will büßen, dulden und schweigen. Aber
„sey wenigstens so lange noch der Meinige, als du
„nicht ganz erklärt der Gatte einer Andern bist!
„— Noch ist Alave nicht dein; noch schläfst du auf
„einsamem Lager. — Ich bin nicht Alave, bin nicht
„so schön, nicht so neu für dich; aber doch glaube ich
„es ohne Stolz sagen zu können: noch bin ich reizend
„genug, dir eine ohnedieß ledige Nacht versüßen zu
„helfen. — O Mann, Mann! wie tief bin ich gesun-
„ken! — Ich, sonst der Neid meiner Gespielinnen, ich,
„deren Stolz der Gedanke war, deine Gattinn zu wer-
„ben, ich — ha! wie meine Wange vor Scham brennt,
„und doch muß ich den Grund dieser Scham bekennen,
„ich begnüge mich jetzt mit dem Wunsch, auch nur noch
„einige Nächte länger deine Beyschläferinn zu
„bleiben. — Und das solltest du mir versagen! Nein,
„lieber Jüngling, das wirst, das kannst du nicht! —
„Sieh! bey allem, was heilig ist, schwöre ich dir noch

„ein Mahl, kein Vorwurf soll dich kränken, kein Blick
„dich strafen. — Fest will ich an dir hängen, weich soll
„mein Lager, heiß meine Umarmung, und süßer als
„jemahls mein Kuß seyn. — Nur komm! Komm heute
„noch! Nur heute noch, wenn dir es bey mir nicht
„mißfällt. — Sieh, das ist der erste ernstliche Gebrauch,
„den ich von der durch dich erlernten Kunst des Schrei-
„bens mache! Wahrscheinlich ist es auch mein letzter.
„Und doch seyd mir gesegnet, ihr Stunden, wo ich mich
„mühte, Züge bilden zu lernen! Seyd mir gesegnet,
„wenn ihr mir nur auf Augenblicke d e n wiedergebt,
„den meine Seele so einzig liebt."

Es war die ganze Unvorsichtigkeit und der ganze
Stolz des Spaniers nöthig, um unter diesen schmei-
chelnden Worten keinen heimlichen Anschlag zu muthmaßen. — Doch besorgte wirklich der Tollkühne, vielleicht von der Rache des Rächers geblendet, nichts. Er
las hin und her, überlegte lang und viel; und endlich!
— Er hatte Holnaren so lange nicht gesehen; hatte
sie sonst wirklich geliebt; dachte immer noch mit Vergnügen an die in ihren Armen zugebrachten Stunden;
und jetzt — jetzt war Alave ja noch nicht seine Gattinn. Das Bedürfniß von Wollust, seine geschmeichel-
te Eigenliebe, und Gott weiß, ob nicht gar eine komi-
sche Maske von Großmuth; — kurz, alles dieß bewog
ihn zum Entschlusse, Holnaren wenigstens noch e i n e
N a c h t zu besuchen.

Er kam, und fand sie seiner warten. — Gekränkte
Liebe lehrt auch der Unschuld selbst Verstellung und
Pläne zur Vergeltung. Wer hätte sonst jetzt in Holnarens glühendem Kusse, in ihrem festen Umschlingen,
in der stillen Ergebenheit ihrer Blicke und Worte, die-

jerige gesucht, die sie bald werden wollte! — Was nur
ihre Armuth vermochte, trug sie ihm auf, von ihr.
besten Speisen, von ihrem besten Trank; und mit der
freundlichsten Miene des Entzückens. — Diego selbst
schien zu vergessen, wer und wo er sey; er ward wieder so frey und froh, so gut und heiß, daß die Wilde,
entflammt vom letzten Funken der übrig gebliebenen Liebe, noch ein Mahl versuchte, noch ein Mahl hoffte, ihn wieder zu rühren.

„Du bist also," hub sie mitten in ihren Liebko-
sungen mit dem thränenden Auge der Wehmuth an,
„du bist also wirklich und unauflöslich Alavens
Bräutigam !"

„Ich vermag es nicht zu läugnen."

„Und doch, doch, Diego, muß ich noch eines
dir sagen, wodurch du vielleicht erschüttert werden
könntest, wenigstens solltest. Deine Liebe zu mir
ist leider! nicht nur werkthätig genug, sie ist auch
fruchtbar gewesen. — Hier unter meinem Herzen,
Mann, lebt bereits der Zeuge davon."

„Gewiß !"

„Und das kannst du so kalt sagen, Diego! Kannst
nicht achten des Absprößlings von dir? Nicht achten
des Mädchens, das durch dich eine mit Schande be-
deckte Mutter werden soll? — Wenn jetzt in den
Schmerzen der Geburt sie der doppelt schmerzliche Gedanke von ihrer künftigen Schmach und vom Geschick
ihres unglücklichen Sohnes ergreift, kannst du dann
nicht die Qual des Mädchens lindern wollen, das sonst
tausend Mahl ihr Leben für dich hingegossen hätte?
Kannst du in den Armen deiner neuen Braut"—

„Was soll das jetzt, gute Holnara! Laß uns ein
andermahl davon sprechen. — Ich habe ja dein schrift-
liches Wort, heute keinen Vorwurf von dir zu hören."

Holnarens ganzes Antlitz ward Gluth. Sie schwieg
zwey Secunden lang; schnell stieg und sank ihr Busen; dann vermochte sie wieder ihre Thränen zu verbergen. „Nicht ein andermahl, Diego," sprach sie, und
wandte von ihm ihr Auge weg; nie, nie will ich
wieder so mit dir sprechen. Es war mein letzter Versuch, meine letzte Bitte. — (Nach der Pause von einer Minute.) So trinke doch, lieber Spanier! O was siehst
du mich so starr an! Du sollst ja die Thräne nicht sehen, die mit Gewalt sich hervor zwingt. Sey ruhig,
es ist die letzte! — Willst du nicht mehr trinken! nicht
mehr bloß küssen! — Komm, komm, du liebenswür-
digster aller Bösewichter! Ich weiß ja doch wohl, was
du vielleicht begehrst; habe dich ja selbst dazu eingeladen."

Sie stand auf — und der Bube folgte ihr nach,
folgte ihr zu dem längst bekannten Lager; — und sie
schwelgten bis tief in die Nacht; schwelgten, bis nach
entschlafften Nerven Ohnmacht und Schlaf auf seine
Augenlieder herab sank.

Dieß eben war es, worauf die Wilde mit ängst-
licher Sehnsucht harrte. Als sie ihn nun tief entschla-
fen sah, da riß sie sich wild von ihrem Lager auf; da
war keine Spur jenes liebevollen Geschöpfes, kein Zug
des reizenden schwachen Mädchens mehr übrig; da
war sie ganz eine Löwinn, aus anscheinender Ruhe
zur grausamsten Wuth aufgeweckt. Bereit gelegte
Bande umschlangen die Arme des Verräthers, und
dann, als jede Kraft der Gegenwehr ihm benommen
war,

war, da weckte sie ihn mit dem Donnerton: „Wach'
auf, Verführer! wach' auf zum Tode!" Da sah der
Erschrockene beym ersten Aufschlagen der Augen sie mit
seinem eigenen blinkenden Dolch bewaffnet vor sich stehen. Eiskalter Schauder band seine Zunge, und als
er nun sprechen wollte, da betäubte sein Ohr und Herz
Holnarens abermahliger Schreckensruf:

„Es ist voll, voll das Maß deiner Bubenstücke!
Dieß Lager deiner Wollust werde nun das Lager deines
Todes. Gedenke der Nacht, da wir ewige Treue uns
schwuren! Gedenke meines Eides, dir schrecklicher, als
unserer Wälder schrecklichstes Raubthier, zu seyn, wenn
du untreu würdest! Du bist es, warbst noch vor
wenigen Augenblicken umsonst von mir gewarnt, bist
jetzt — ha! der Wonne! — bist in meinen Händen,
und der Donner des Himmels zerschmettere mich, wenn
du ihnen entrinnst!"

„Liebste Holnara!" —

„Hahaha! — Jetzt liebste Holnara! — Liebster
Diego; wie thut dieser Stahl? — Willst du dieß Gespräch nicht auch so abbrechen, wie das vorige? — Da!
da! rief ich sonst, wenn ich dich küßte; ba! ba! rufe
ich auch jetzt, indem ich dich würge!" — —

Und mit der freudigen, überdachten Wuth eines
Satans, der in langsamen Qualen einen Bösewicht
sterben sieht, und ihm, seinem ehemahligen Bundes-
genossen, jetzt schon alle die Flammen der Hölle einzeln zumißt, damit er jede von ihnen in möglichster
Stärke empfinde, fiel jetzt und jetzt, und hier und da
ihr Dolch nieder. Gelächter mischte sie in sein Winseln,
wählte weislich die Stellen, die zweyfach schmerzten,
und verzog lange, ehe sie sein Herz durchstieß.

Meißners Erzähl. 2.   C

Dann aber als sein letztes Aechzen, das letzte Zucken des Todes vorbey war, dann riß sie aus dem zerfleischten Busen eben dieses blutige Herz, eilte zu Alavens Wohnung, und weckte mit dem Geschrey des tobenden Wahnsinns die Bestürzte von ihrem Schlaf auf. „Kennst du dieses Herz?" rief sie, und warf es ihr zu Füßen. „Mein war es einst; mir hast du es geraubt! Aber sieh, doch wußte ich dasselbe wieder zu erbeuten, und gebe es nun dir freywillig. — So, dünkt mich, ist es deiner würdig! — Willst du noch mehr sehen, so komm mit mir!"

Ha! welch ein entsetzliches Schauspiel für die Unglückliche, die halbtodt ihr folgte, und im Blut schwimmend ihren entseibten Bräutigam fand! — „Gefällt er dir so, Alave? — Bey Gott! mir gefällt er nun erst doppelt! Und diese Hände voll Blut? Noch nie sah ich etwas Schöners. — Aber wisse, um ganz dein Elend zu vollenden, er, der hier liegt, ist nicht ermordet allein; er war noch vor wenig Stunden auch treulos gegen dich! kam willig her zu mir, genoß und ward nachher erst geopfert. — Was weinst du, Mädchen? Ich habe ja auch nicht geweint, als du mir ihn raubtest. Räche dich, und durchstoße nun mich, wie ich ihn durchstieß! Hier liegt der Stahl. — Du schweigst? Du starrst? — Wohl! so will ich zu deinem Vater eilen. Er ist Cacique, und strafe mich! — Freue dich, Diego, wenn ich hinabkomme; auch noch in jene Welt nehme ich meine Rache mit, um dort, eine Ewigkeit durch, dich zu quälen."

Sie eilte hinweg, gab sich an, und starb mit eben der Gelassenheit, mit der nur immer ein Märtyrer sterben kann.

Diese Geschichte ging in die Volkslieder der Hologuas über. Als ungefähr zwanzig oder dreyßig Jahre
später die Spanier doch auch noch in diese, lange verschont gebliebenen, Gegenden eindrangen, erfuhren
sie solche bald, und es erinnerten sich Einige noch, den
Diego gekannt zu haben. Aber alle dachten auch, wie
wahrscheinlich viele unter meinen Lesern denken werden: Untreue und falscher Schwur der Liebe! wie gut,
daß europäische Mädchen dich nicht eben so wüthend zu
strafen pflegen!

C 2

Anecdoten zu Nushirvans Leben.

Vorbericht.

Zwar zweifle ich keineswegs, daß den meisten Lesern meiner Skizzen der Nahme Nushirvan oder Nouschirvan eben so bekannt, als der Nahme eines der jetzt lebenden Fürsten im heiligen deutschen Reiche seyn wird; da aber doch unter hundert Personen sich je zuweilen zwey befinden, die in der Regententafel eben so unbewandert, als ich im Hebräischen, sind; mir hingegen der Beyfall jeder meiner Leser zu nahe am Herzen liegt, als daß ich ihn durch irgend eine Unachtsamkeit zu verscherzen wünschte; so will ich hiermit kurz und vernehmlich jedem, der es vernehmen will, zu wissen gethan haben, daß Nushirvan ein berühmter persischer König, ein Muster der Regenten im Orient *) gewesen ist, den Sadi in seinem Rosenthal, oder Gulistan, verschiedentlich lobt; der im sechsten Jahrhundert nach Christi Geburt geherrscht, und einen Sohn,

---

*) Ich sage mit Bedacht: der Regenten im Orient. Denn in unserm mildern Occident dürfte leicht seine Gerechtigkeit noch hie und da sich eine zu nah mit Despotismus verwandte Strenge zu seyn scheinen.

57

Nahmens Nußchirvad, hinterlassen hat. Mehr jetzt
von ihm zu sagen, wäre unnöthig, und eben so unnöthig, dünkt mich, *) jedes Wort, von der Art,
wie ich zu diesen Anecdoten gekommen bin: denn meine Erzählung, wenn ich sie auch noch so wahrhaft ab-
faßte, dürfte doch bloß für eine Nachahmung von jener ohnedem schon tausend Mahl — ja selbst von Herrn
Hofrath Wieland *) trotz seiner übrigen Originalität —
nachgeahmten Cervantischen Erfindung **) scheinen.
Genug, daß ich sie aus einem alten Documente —
leicht so authentisch, als manches, auf welches doch
ein Publicist das Wohl und Wehe, die Ruhe und Unruhe ganzer Völker gründet, — abgeschrieben habe.
Sollte es indessen Frevler geben, die mich für den
V e r f a s s e r, und nicht für den bloßen A b s c h r e i b e r
halten wollten; je nun, so werde ich dieß mit derjenigen Geduld tragen, zu der ohnedem ein Schriftsteller
in diesen parteysüchtigen Zeiten sich gewöhnen muß.
Ist doch unter allen Dichtern der einzige Macpherson
derjenige, der lieber Copist, als Erfinder seyn will!

I.

Von seiner ersten Jugend an liebte Nußhirvan
Gesang und Tonkunst. Seine von Natur helle, lieb-
liche Stimme ward durch öftere Übung vortrefflich,

---

*) In dem Vorbericht zum Diogenes von Sinope, und an
andern Orten.
**) Im neunten Kapitel seines ersten Theiles, bey dem ab-
gebrochenen Kampfe des Byzanters.

und jeden Abend widmete er einsam seiner Laute einige
Stunden, wodurch er es bald zu einer wundernswür-
digen Fertigkeit brachte. — Zoar, so lange sein Vater noch lebte, der, nach Art der morgenländischen
Monarchen, in jeder noch so unschuldigen Tugend, seines Nachfolgers einen Beruf zur Meuterey zu sehen
befürchtete, und ohnedem auf manchen Vorzug seines
Sohnes eifersüchtig genug war, verbarg Nuschirvan
auch diese Kenntnisse sorgfältig; aber jetzt, da er nun
selbstherrschender König ward, vermochte er der kleinen
Eitelkeit, Lob für seine Fertigkeit einzuernten, nicht
länger zu widerstehen, und ließ oft vor dem ganzen
Hofe seine Stimme hören. Es bedarf keiner Erzählung,
wie laut ihm Beyfall zugejauchzt wurde; wie viel
Dichter ihn besangen, und wie oft Minister ihn ver-
götterten. Des Hofes Schmeichlerluft ist so in Europa,
in Asien, und selbst am Hofe halbnackender Barbaren,
bis auf einige wenige Abweichungen, immer eben dieselbe, und dort, wie hier, sieht man sogleich den
Gott im Fürsten, wenn es ihm nur jezuweilen beliebt, ein nicht ganz mittelmäßiger Mensch
zu seyn. — Einst, als Nuschirvan wieder, wie gewöhnlich, nach einem freudigen Conzert rings um sich herum seine Herolde stehen hatte, und zufolge seines richtigen Gefühles selbst empfand, daß man ihm nicht
Lob allein, sondern auch Schmeicheleyen sage,
bemerkte er von weitem seinen ehemahligen Lehrmeister, Mahobed-Kan. Stumm stand dieser da, mischte
sich nicht unter den Haufen, und verrieth in seiner
Miene mehr ein ernstes Nachdenken, als eine beyfälli-
ge Freude. Nuschirvan nahte sich ihm.

Nushirvan. Und nur du allein, lieber Mahobed-Kan, hast kein Wort für mich übrig, da diese hier ihrer tausend haben? — Dein Blick sagt, daß du nicht so nachsichtsvoll, wie sie, denken magst. — Aber warum sprichst du nicht wenigstens? Ich fordre ja keinen Ruhm, und du gabst mir sonst selbst das Zeugniß, daß ich Lehre gern annehme.

Mahobed-Kan. Deren bedarfst du jetzt von mir nicht mehr, großer König. — Überhaupt spreche ich wenig, und unterweise noch weniger, so oft man von Sachen spricht, die ich selbst nicht verstehe. Die Last meiner Jahre hat mich bey manchem Vergnügen ernst-hafter, als ich es selbst wünsche, gemacht, und die lieb-lichen Töne der Musik sind oft nicht mehr lieblich für mich.

Nushirvan. Umsonst weichst du aus! Dein inneres Gefühl muß wenigstens: Gut! oder Nicht gut! gesagt haben, und diese Anzeige wünschte ich aufrichtig von dir zu vernehmen.

Mahobed-Kan. Aber auch diese, du Liebling des höchsten Wesens, vermag ich vielleicht nicht so ganz richtig anzugeben; denn mein Gefühl — nur vergib meiner Offenherzigkeit! — war nicht ganz ausschließend bey dir. Ich hatte heute früh im Leben des großen Alexanders, deines Vorfahren auf der Perser Thron, einige Blätter nachgelesen, und eine mir aus seinen Jünglingsjahren aufgestoßene Geschichte beschäftigte mich — ich sage es zu meiner Beschämung — seittem so oft und so stark, daß nachher bey deinem Gesang und deiner Laute mehr mein Körper, als mein Geist gegenwärtig war.

Nushirvan (mit ~~einiger~~ ~~Empfindlichkeit,~~ ~~die~~ ~~er~~ ~~vergebens~~ ~~zu~~ ~~verbergen~~ ~~suchte.~~) Ich bedaure den Verlust, den ich hierdurch erlitt, und wünschte doch ;ur Schadlesshaltung dieß wichtige Geschichchen selbst zu vernehmen.

Mahobed-Kan. Herzlich gern, nur, daß du nicht zürnen, wenn es vielleicht dir mißfallen sollte!

Nushirvan. Ist es von der Art? — Doch ich zürne ja nie auf diejenigen, die es redlich mit mir meinen; und daß du das thust, davon habe ich Proben.

Mahobed-Kan. Und sollt sie haben, so lange ich athme; sollt sie vielleicht auch eben jetzt erhalten. — Als Alexander noch Kronprinz war, da liebte er, wie du, Musik und Singkunst; übte, wie du, sie aus. Einst beym offnen fröhlichen Mahle sang er: der ganze um ihn her versammelte Hof jauchzte; nur der ernste Philippus, sein Vater, zog die Stirne noch ernster. — "Königserbe," fragte er ihn, schämst du dich nicht, daß du so gut singst!"

Mahobed-Kan schwieg; Nushirvan senkte seinen Blick ernst zur Erde; der ganze Hof war erstaunt über die Verwegenheit des Erzählers. — Welcher Fürst Europens ertrüge eine solche Sprache! Und nun denke man sich erst Asien, wo man den König nicht zu verehren, sondern anzubethen pflegt! — Gleichwohl dauerte auch diese Stille nur wenige Secunden, und dann hing Nushirvan an des Greises Halse.

"Wohl mir, daß ich dich habe! Wohl mir, daß ich dich zu schätzen weiß! Das Eisen des Wundarztes schmerzt, indem es in die Wunde dringt, aber es ist auch die Ursache künftiger Heilung. — Von nun an soll keine Laute mehr — — —"

„Zu viel, zu viel Monarch!" fiel Mahobed-Kan
ihm ein. „Übertreibung im Genuß und Übertreibung
in Enthaltsamkeit, beydes ist Übertreibung, und
also auch beydes ein Fehler. Immerhin sey Tonkunst
je zuweilen die Zerstreuerinn deiner königlichen Sorgen, das Vergnügen müßiger Minuten, nur nie deine
Beschäftigung und noch minder dein Stolz! — Hast
du nicht der edlern Quellen zu diesen letztern tausend-
fach? Ein Volk, das dich anbethet, und das du zu be-
glücken vermagst; neidische Nachbarn, die du beschä-
men, tückische Feinde, die du strafen mußt, und tausend unterdrückte Unschuldige, die du retten sollst.
Nicht wahr, Monarch, gestehe mir selbst, der Nahme
Vater des Vaterlandes, Held im Kriege und Antonin
auf dem Throne, ist schöner noch, als der Ruhm des
größten Tonkünstlers?"

„Das sollen Thaten, nicht Worte dir beantwor-
ten!" erwiederte Nushirvan, und sang seitdem nie
wieder in dreyer Zeugen Gegenwart.

———————

II.

Einst, als Nushirvan, ganz allein, und durch
fremde Kleidung unkenntlich gemacht, in eines von den
vielen öffentlichen Spiel- und Speise-Häusern zu Ispahan eintrat, sah er im hintersten Winkel des Saals
einen jungen Perser sitzen, dessen Turban eine ansehnliche Kriegswürde bezeichnete, und auf dessen Gesichte
eine tiefe Traurigkeit herrschte. — Schwermuth
auf dem Antlitz eines seiner Unterthanen sehen, und
den heimlichen Wunsch empfinden, sie schon zerstreut

zu haben, das waren nach Nathrvans Charakter zwey
untrennbare Dinge. Er nahte sich daher sogleich dem
Jüngling, sprach zu ihm mit der Miene des Zutrauens,
die immer wieder Gegenzutrauen erweckt, fand jede
seiner Antworten edel und gut, und fragte ihn endlich
um die Ursache seiner Schwermuth.

Der Jüngling stockte lange, doch sprach er endlich: Ich kenne dich zwar nur seit wenig Augenblicken;
aber du hast etwas in deinen Mienen und im Ton
deiner Worte, was das Herz mir öffnet. Höre also
meine Geschichte! — Ich liebte ein Mädchen, schön
wie die Sonne am Morgen, roth wie die Abendwolke,
und weiß, wie die weiße siebenfach gebleichte Seide. —
Mit mir warb ein anderer Jüngling zugleich um sie:
er war vielleicht schöner als ich; aber — ohne Eigenliebe kann ich es sagen — mein Herz war besser, als
das seinige. — Sie war Herr über ihre Hand, und
wählte lange; bald sank das Zünglein in der Wage
zur rechten, und bald zur linken Seite; doch endlich
schien alles zu meinem Vortheil entschieden; der Tag
unserer Verbindung war schon anberamt, und ich hielt
mich bereits für den Glücklichsten unter meinen Brüdern, als der Ruf zum Kriege tönte. — Ich und mein
Nebenbuhler verließen die Stadt, eilten zum Heer,
und kämpften beyde dicht neben einander in der letzten
Schlacht. Der Streit war da, wo wir standen, am
heftigsten; der Weichling floh zuerst; mit ihm flohen
einige seiner Nachbarn; diesen folgten mehrere, und
immer noch mehrere: ja binnen wenig Augenblicken
wichen schon an die Hundert von unsern Brüdern, als
ich und vier andere Jünglinge, so rasch als möglich,
uns in die Lücke warfen, durch Zuruf und eigenes Bey-

spiel ben weichenden Gliedern wieder Muth einflößten, und endlich die Ordnung neu herstellten, welcher bald nachher ein völliger Sieg folgte. — In diesem Getümmel entfiel mir mein Turban, und eine tiefe Wunde, von der du noch hier an der Stirne die Narbe sehen kannst, streckte mich bewußtlos zu Boden; nur die Sorgfalt meiner Kameraden rettete mein Leben.

Wir kamen zurück; — meinen feigen Nebenbuhler befreyten mächtige Freunde von der wohl verdienten Strafe. — Freudig eilte ich Wiedergenesener zu meiner Geliebten; glaubte sie noch zu finden wie ehemahls; glaubte mich fester um sie schlingen zu können, als um den Ulmenbaum die Weinranke. — Aber Himmel! welcher Wechsel! Eben dieses Denkmahl meines Muths machte mich häßlich in ihren Augen; ich ward verschmäht, und er — er, dieser Niederträchtige mit Freuden angenommen. — Ha! nicht sowohl der Verlust meiner Geliebten, nur die Ursache dieser Verschmähung, die Unwürdigkeit derjenigen, für die ich tausend Mahl mein Leben aufgeopfert hätte, und das unverdiente Glück des mir vorgezogenen Elenden schlägt mich darnieder."

„Und soll gerächt werden!" rief Nushirwan, indem er voll Hitze sich empor hob, und der Jüngling ihn staunend anblickte.

„Wie? was? Wer bist — — —

„Folge mir, und du sollst draußen, wo keine Zeugen uns stören können, mehr erfahren." — Sie gingen. — „Ich bin Nushirwan," sprach der Monarch, und hielt den Krieger, der niederfallen und anbethen wollte. — „Wie heissest du?".

„Ali."

„Haſt du wahr geſprochen, ſo erſcheine nach Ver=
lauf dreyer Stunden vor meinem Thron, und ſieh dich
belohnt durch eigenes Glück und gerächt durch fremde
Strafe!"

Seiner guten Sache bewußt, erſchien der Jüng=
ling in der beſtimmten Zeit, und fand bereits den Fei=
gen und die Treuloſe knieend vor dem Throne Nuſhir=
vans, der ihn gar nicht zu bemerken ſchien.

„Ich habe dich rufen laſſen, Mädchen;" ſprach
der König. „Dein Vater diente mir ehemahls treu,
und ſtarb, ehe ich ihn gehörig belohnen konnte. Ein
Zufall machte, daß ich deine Neigung für den Mann,
der neben dir kniet, erfuhr; liebſt du ihn wirklich, ſo
geſtehe es hier laut, und gib ihm alsdann bey einem
feſtlichen Mahle meines Hofes, das ich ſo eben anzu=
ſtellen Willens bin, als Gattinn deine Hand!"

„Erſter unter den Königen" —

„Keine Lobeserhebungen! — Ich möchte ſie nicht
von dir verdienen. Antworte mir ohne Umſchweife!
— Liebſt du dieſen Mann?"

„Ja!"

„Liebſt du keinen außer ihm?"

„Keinen."

„Hat auch nie ein Würdigerer, als er, um deine
Hand geworben?"

„Es haben's viele Männer, und unter ſolchen
manche ſehr würdige. — Aber keiner, der edler und
mir werther als dieſer wäre."

„Wohlan! ſo geh und verbinde dich ſofort mit
ihm; die Prieſter meines Hofes mögen dieſes Bündniß
ſchließen, und euch ſodann wieder hierher zu meinem
Throne führen."

Man führte sie ab: auf Nushirvans Gesicht glüh-
te eine Hitze, die alle befremdete, welche ihn genauer
kannten. Es war nicht der Ton des Wohlthäters,
sondern des Monarchen allein in seinen Worten.
— Ernst blickte er unter dem Haufen umher, der seinen Thron umringte, erkannte den Jüngling, und
winkte ihm näher.

„Staunst du vielleicht über diese Rache?"

„O nein! Zwar ergründe ich dein Vorhaben noch
nicht, größter aller Könige; aber gewiß muß es gerecht
und weise seyn, weil Du es begehst."

„Meinst du? — Vielleicht! Vielleicht auch nicht!
Bleib hier stehen!"

Das Geflüster der Höflinge mehrte sich; wenige
Minuten nachher kamen die Neuverbundenen zurück.
Das Angesicht der Braut flammte von der Farbe der
Freude, und sie warfen sich nieder an dem Fuße des
Thrones, um ihren Dank zu stammeln.

„Spart eure Worte!" rief der König mit einem
Zorne, den er nicht länger verbergen konnte. — „Blick
auf, Weib, und sprich: Kennst du diesen Mann da?"

Die Rosenrothe ward bleich. — „Ja, Großmäch-
tigster! es ist Ali, meines Nachbars Sohn."

„Warb er nicht ehemahls auch um dich? Sagtest
du nicht auch ihm bereits Hand und Treue zu?"

„Das that ich — aber —

„Und warum nahmst du, Treulose, dein Versprechen zurück?"

„Weil — Weil —

„Ha, Unwürdige! weil er mehr Mann, mehr
treuer Unterthan, mehr tapferer Soldat, als dieser
elende, weibische, schwurvergessene Flüchtling war, weil

eine Narbe, des Kriegers schönster Schmuck, die
Glätte seiner Stirne entstellte. — Wohl! Du hast
jenen gewählt, und sollst ihn auch besitzen. — Dein
Band, du hast es selbst geknüpft und es sey unauflöslich! Ich gab dir Raum zur Buße; büße jetzt! —
Kannst du rühmliche Narben auf der Stirne deines
Gatten nicht dulden, laß einmahl sehen, ob die Narbe des Schimpfes vielleicht ihn besser kleide! — Hinweg mit diesem Elenden, der seinen Posten in der
Schlacht verließ, die Glieder meines Heeres in Un-
ordnung brachte, und aus Feigheit beynahe sein Vaterland ins Verderben stürzte! — Man brandmarke
sein Gesicht mit dem Zeichen der Landesverräther;
bringe dann beyde in die Brautkammer, und führe des
andern Morgens das glückliche Paar durch alle Straßen dieser Stadt, unter dem Ausruf des Herolds:
So müsse jedes Mädchen gestraft werden, das den redlichen Mann verschmäht, weil äußeres Flitterwerk ihm
fehlt, und den Nichtswürdigen ehelicht, weil er schön,
oder reich, oder vornehm ist!"

Weinend, halbtodt warf die Unglückliche sich zu
den Füßen des Monarchen; zitternd flehte der Verbrecher um Schonung; großmüthig bath Ali selbst für
Beyde: aber Nushirvan winkte, und die Diener voll-
zogen buchstäblich den Befehl.

Gnädig hingegen wandte der strenge Richter sich
zu Ali: „Dir ist der Staat," sprach er, „ein besseres
Weib für das reizende, seinethalben verlorne, schuldig. Wähle unter den Schönen meines Hofes, und
nimm die nächste erledigte Statthalterschaft zum Lohn
deiner Tapferkeit und Treue!"

———————

III.

Nichts konnte kläglicher seyn, als der **Wehr-
stand** Persiens, ehe Nushirvan den Thron bestieg:
Verbesserung desselben war daher eine seiner ersten
Sorgen, und durch unermüdeten Fleiß machte er wirklich auch von dieser Seite bald sein Reich ehrfurchts-
werth, ob er gleich nicht alle, oft tief eingewurzelte
Fehler, sofort zu heben vermochte.

Einst, als er seine Truppen musterte, erblickte
er einen ansehnlichen feinen Mann, der von weitem
aufmerksam den Übungen der Soldaten zusah; jetzt
ihnen freundlich Beyfall zulächelte, und jetzt wieder
fast unmerklich den Kopf schüttelte. Des Königs schar-
fen Augen entging keine dieser Mienen, und kaum
war er im Pallast zurück, so ließ er jenen Zuschauer
ganz allein zu sich rufen.

Der Fremdling (denn das war er) erschien. Der
Monarch fragte ihn um seine Meinung von dem Heere;
er lobte viel, und lobte mit Verstand.

„Aber du schienst mir doch einige Mahl Minuten-
lang unzufrieden; nothwendig waren daran Fehler
Schuld, und die wäre ich näher zu erfahren begierig."

Nach der Überlegung von wenigen Secunden gestand der Fremdling, daß er allerdings hier und da
verschiedenes bemerkt habe, was er nicht zu fassen vermöge, und was ihm unpassend für's Ganze scheine. —
Nushirvans heitere Miene und ferneres Forschen machte jenen noch dreister, und er rechnete mit eben so viel
Einsicht und Muth eines und das andere her, was er
anscheinende Schwächen nannte, und was die

ungezwungene Sprache der Natur Fehler genannt
haben würde.

Nushirvan gab ihm fast durchgängig Recht, merkte jede Beobachtung sich sorgfältig an, und ließ ihn
reich beschenkt von sich. — Schon war der Fremdling
an der Thüre des königlichen Gemachs, als der Fürst
ihn zurückrief.

„Über dem Gegenstand des Gesprächs," sagt-
er, „habe ich den Sprecher vergessen. Wie nennst
du dich?"

„Mirsa."

„Und dein Vaterland —

„Ist Makeran *)."

„Makeran! — Ich will meines Throns verlustig
seyn, wenn ich dieß nicht vorher schon vermuthete,
ehe ich dich noch fragte."

„Und warum das, Unüberwindlicher? wofern du
anders deinem Knecht erlaubst, darnach forschen zu
dürfen."

„Weil du weit, sehr weit vom Hofe geboren und
erzogen seyn mußt, um unangesteckt von der Pest der
Heucheley zu bleiben; um es wagen zu können, einem Herrn über Leben und Tod Wahrheit zu sagen,
und mir da Fehler aufzudecken, wo schon wohl hun-
derttausend meine Weisheit sternenhoch erhoben haben.
— Wie gern behielt ich dich hier an meinem Hofe!
aber höchstens wäre es Gewinnst auf wenig Wochen,
und

*) Eine der entlegensten persischen Provinzen, ehemahls Ge-
drosien genannt.

und dann hätte die Welt wahrscheinlicher Weise einen redlichen Mann weniger. — Doch noch ein Mittel, dich zu nützen, bleibt mir übrig. Geh' zwar zurück in deine väterlichen Gebirge; aber alle Jahre begib dich auf acht oder zehn Tage hierher, ohne Aufsehen, ohne Titel, ohne irgend jemand Kundschaft von deinem Auftrage zu geben; besieh dann alles, was dir aufstößt, und von diesem allen entschütte dich aufrichtig deiner Meinung gegen mich. Nie wird deine Freymüthigkeit mich beleidigen, und ein ansehnliches Jahrgeld soll deine Mühe und deine Reisekosten dir zu vergüten suchen. Suchen, sage ich, denn sie dir wirklich zu vergüten, wenn du anders ein ehrlicher Mann bleibst, dazu dürfte ich und jeder Fürst wohl zu arm seyn."

Der Fremdling ging dieß ein; erst nach dem Tode desselben, der fünfzehn Jahre später sich ereignete, erzählte Nushirvan selbst diese Anecdote seinen Höflingen, bedauerte den Mirsa stets, und versicherte: Zehn Räthe hätten ihm minder als dieser unbestechbare Fremdling genützt.

IV.

Eben so sehr, als Nushirvan von jedem seiner Unterthanen geliebt und fast angebethet wurde, eben so gefürchtet und gehaßt ward er von den benachbarten Fürsten. — Was konnte auch wohl natürlicher seyn? Die einmüthige Stimme von fast ganz Asien, die immer einen und eben denselben Mann als das Muster eines vollkommenen Herrschers anpries, mußte wohl

Meißners Erzähl. 2.   D

endlich auf diejenigen, die so gut wie er Fürsten, und vielleicht noch zehn Mahl begieriger nach Ruhm waren, ohne den hundertsten Theil seiner Talente zu besitzen, einen höchst widrigen Eindruck machen. **Ihn erreichen** konnten sie nicht; **übertreffen** noch weniger; sie versuchten es daher, ihn zu **überwinden.**

Einer der mächtigsten Tartar-Khane machte den Anfang; sein unvermutheter Einfall, die Stärke seines Heeres und die Rauheit seines Betragens erschreckten ganz Persien. Nur eine schleunige Gegenwehr konnte noch den Strom dämmen; nur Nushirvans Gegenwart konnte noch ein in aller Eile zusammengerafftes Kriegsheer mit Muth bewaffnen. — Der Monarch verzog daher auch keinen Augenblick, sich an die Spitze seiner Völker zu stellen und dem Feind entgegen zu gehen; nur ein einziger Gedanke machte ihm einigen Kummer. — Nothwendig mußte er in seiner Abwesenheit einem seiner Minister die Statthalterschaft über die Hauptstadt und über die Regierung des Staates auftragen, und die Wahl war um desto schwerer, da er, bekannt mit dem neidischen Hasse der übrigen Nachbarn, auch von dorther feindlicher Einfälle sich versehen mußte.

Zwey unter seinen Vezieren besaßen seine Gunst in vorzüglichem Grade; Machmud und Omar. Vielleicht hätte er Beyde zugleich gewählt; aber ein heimlicher Groll, der seiner Aufmerksamkeit nicht entschlüpft war, entzweyte diese, und er fürchtete von ihm die übelsten Folgen für sein Reich. Einer also mußte weichen! Nur welcher? Darüber war Nushirvan selbst noch unschlüssig.

Beyde waren jung; Beyde, wie er sicher wußte,
liebten; und von dieser Leidenschaft beschloß er endlich
die Probe herzunehmen, durch welche der Bessere bewährt werden sollte.

Machmud ward zuerst herbey gerufen. — „Du
weißt," sprach der König, „wie vorzüglich ich dich
achte, und wüßtest du auch dieß noch nicht, so sollte
der heutige Tag es dir unwidersprechlich beweisen. —
Übermorgen, mit erster Morgenröths, breche ich und
mein ganzes Heer auf, um den Stolz eines ungerech-
ten barbarischen Feindes zu demüthigen. — Doch auch
Ispahan bedarf in meiner Abwesenheit eines Ober-
hauptes, und noch ruht meine Wahl auf dir, wenn
du anders Herr genug über dich bist, dein Glück durch
ein Opfer zu erkaufen."

Und durch welches, Weisester unter den Königen?

„Du liebst Fatimen; man rühmt ihren Reiz;
und was noch mehr ist, man rühmt auch ihr Herz.
— Deine Neigung selbst tadle ich keinesweges; nur
will ich nicht, daß der Mann, der indeß meinen Thron
einnehmen soll, sich selbst von einer Leidenschaft beherrschen lasse, die ihn oft manche andere Pflicht vergessen machen könnte; von der er hingerissen, oft am
Busen seiner Freundinn schlummern dürfte, indeß das
Wohl meiner Unterthanen Wachsamkeit und Thätigkeit
erfordert. — Kurz, um den ersten Platz nach mir im
ganzen Reiche einzunehmen, mußt du Fatimen aufopfern. — Wähle daher, und gib mir Antwort! aber
nicht jetzt sogleich, damit dein Entschluß nicht übereilt
scheine. Geh' hier in dieß Gemach, da wirst du einsam
seyn, und nach Verlauf einer Stunde will ich dich
rufen lassen."

D 2

Stumm ging Machmud, und war kaum von dannen, als auch Omar herbey gerufen und ihm ein gleicher Vorschlag gethan ward, nur daß hier Zaidens Nahme stand, wo dort Fatimens Nahme gestanden hatte.

Kummervoll brachte Machmud seine Zeit, schnell entschlossen brachte sie Omar zu. Gerufen zur bestimmten Stunde erschienen beyde vor dem Monarchen, und sein Wink befahl Machmuden zuerst zu sprechen.

„Des Ewigen Segen, hub dieser mit halblauter aber nach und nach immer fester werdender Stimme an, ergieße sich tausendfältig über Nuschirwans Thron; aber eben so mild verzeihe der Monarch auch seinem Knechte, wenn er mißfällig sprechen sollte! Dir zu dienen, für dich nicht Gut und Freyheit, Mühe und Blut, auch das Leben selbst nicht zu schonen, das war mein ernstlichster Grundsatz von dem Tage an, da ich deinen Hof betrat; war mein einziges Bestreben von meiner Jugend auf. Wäre von einem unter diesen Stücken jetzt die Rede, willig wollte ich das Opfer bringen. — Aber verzeih mir, du, der du die Güte selbst bist, wenn ich in einem einzigen Puncte nicht Unterthan allein, wenn ich auch Mensch und Mann bin. — Noch war ich weit von dem glänzenden Posten entfernt, auf den deine Huld mich erhoben hat, als ich Fatimen schon liebte, und auch ihr Herz schon besaß. — Des Vaters Stolz schied uns damahls, aber sie selbst schwur mir Treue, und hielt sie. — Und jetzt, jetzt sollte ich ihr entfliehen? — König, wie könntest du dem Manne trauen, der um eines glänzenden Postens willen tausend heilige Eide zu brechen vermöchte? — Wäre es Wohl des Vaterlan-

des, oder wäre ich der Einzige, der diese Last zu tragen vermöchte — dann vielleicht würde ich schwanken.
Aber jetzt, da noch tausend sind, mir am Werthe gleich;
jetzt, da auch überdieß sicher Liebe und Vaterlandes-
eifer friedlich sich vertragen; jetzt würde es jedem meiner Brüder nur Stimme des Ehrgeitzes dünken, was
mich schwurvergessen machte. — Fatimen Mondenlang
nicht zu sehen, das will ich schwören und dulden, bis
ich dem schrecklichen Gewichte erliege; — aber gänz-
liche Entsagung ist mehr, als meine Gedanken fassen."

„Und das ist dein fester Entschluß?"

„Mein fester. Das Wort aus dem Munde des
Todesengels kann nicht unumstößlicher seyn."

„Und wie dann, wenn ich dich in den Staub zurück erniedrige, aus dem ich dich erhob?"

„Das kannst du, Monarch, aber das wirst
du kaum; du bemitleidest Schwäche, aber du
straffst sie nicht. Solltest du aber dieß Letztere wollen,
hier bin ich! Thue mit deinem Knechte, wie deine
Weisheit gebeut."

„Und du, Omar?"

„Ich, — nahm dieser mit der Miene der Selbst-
zufriedenheit das Wort — ich will mich bestreben,
meinem König uneigennützlger zu dienen. Nicht Machmud allein liebt, und wird wieder geliebt. Auch ich
bethe meine Zaide an, und bin ihr wieder werth;
werth wie ihre eigene Seele. Mehr als zwanzig der
reichsten und schönsten Perser hat sie mir zu Liebe ver-
worfen; aber dir, großer Monarch, opfere ich sie
jetzt willig auf!"

Nushirvan schwieg; rings um ihn schwieg der
ganze Hof; da war kein Blick, in dem nicht Unge-

wißheit sich zeigte; mitleidig sah manches Auge bereits auf Machmud, aber ein noch größerer Theil blickte ihn verächtlich an. — Er allein blieb getrost.

„Bist du noch unerschüttert durch dieses Beyspiel?" fragte ihn der König.

„Ich bin's."

„Und was wird dir Ersatz seyn", wenn ich dir meine Gunst, deine Würde, dein Vermögen — kurz alles, was dich hebt und schmückt, entziehe? Wird das deine schwärmerische Liebe allein ersetzen!"

„Nicht sie allein."

„Was sonst also?"

„Die Stimme meines Herzens."

„Nun, so komm dann, und empfange von meinen Händen den Regentenstab in meiner Abwesenheit! — Du bist ein Mann von festem Entschluß, von stäter Seele; du wirst auch ein treuer Verwalter, ein treuer Unterthan seyn. Ich bin nicht eitel genug zu fordern, daß der Diener meinetwegen den Menschen vergesse. — Ein größerer Herr als ich, der Schöpfer dieses Weltalls, legt euch des innern Gefühls Verbindlichkeit auf. Ihm stehe ich an Macht und Werth bey weitem nach; und seine Gebothe sollten den meinigen nachstehen! O nein! freudig vertraue ich mich demjenigen an, der ihm getreu verblieben. — Hier, Machmud, ist das Zeichen deines Postens; eben so standhaft, als du der Menschheit erste Pflicht erfülltest, erfülle nun auch die Pflichten der bürgerlichen Gesetze!"

Laut jauchzte der Hof dem edelmüthigen Fürsten seinen Beyfall zu. — Tief beugte sich Machmud, küßte die Stufe des Thrones, und empfing den Stab der Regierung.

„Und du, Omar, wandte sich Nushirvan, zur andern Seite: du schmeicheltest meiner Eitelkeit umsonst. — Wer der L i e b e allmächtige Gesetze einem glänzenden E h r e n a m t aufopfert, dürfte noch leichter ein gleiches mit den weit geringeren Gebothen eines K ö n i g s thun, wenn ein stärkerer F e i n d ihn bedroht, oder ein schimmernderes G l ü ck ihm winkt. — Vielleicht ist mein Mißtrauen ungegründet, aber Klugheit gebiethet dasselbe. Geh' daher zurück in die Ruhe des Privatstandes, und nimm zur Belohnung bisheriger Dienste einen ansehnlichen Jahrgehalt auf Lebenslang mit!"

V.

Zwar war Nushirvans Gemach einem jeden, der Hülfe suchte, zu jeder Zeit offen; aber drey Tage in der Woche blieben vorzüglich der Gerechtigkeit geweiht. Dann saß er öffentlich auf seinem Thron, strafte den Bösen, schützte den unterdrückten Redlichen und entschied die verwickeltsten Händel mit der Weisheit eines Salomon. — Einst fiel eben das Fest seiner Geburt auf einen dieser Tage, und ein Gelübde, heute wo möglich jedem wohlzuthun, jedem Verbrecher zu verzeihen, und wenigstens über keinen das T o d e s u r t h e i l auszusprechen, band ihm dießmahl die Hände. Man führte einen Mann zu ihm, der die ihm anvertrauten Cassen angegriffen und wichtige königliche Einkünfte verpraßt hatte; Nushirvan verzieh ihm.

Man brachte gleich darauf einen andern Mann, der sein schönes Weib in falscher Eiferhitze erschlagen hatte. Nushirvan verurtheilte ihn bloß, Lebenslang ihr Bild an seinem Halse zu tragen, und täglich, zum Andenken seines Verlustes, ein Loblied laut herzulesen, das er, von Liebe glühend, in den ersten Tagen seines Ehestandes auf sie gemacht hatte.

Man schleppte einen Räuber daher, längst des bittersten Todes würdig, und der Monarch verurtheilte ihn bloß zu ewiger Arbeit. — Kurz, von einer großen Menge Verbrecher erhielt Jeder Erlaß oder wenigstens Linderung der verdienten Strafe; und schon wollte Nushirvan sich wieder vom Thron erheben, als am Stabe gebückt ein alter Greis herbeyschlich, sich mühsam durchs Gedränge hindurchwand, und laut: O Gerechtigkeit, Gerechtigkeit, gütigster und gerechtester unter den Königen! ausrief.

„Und worin?" erwiederte der Monarch, der sogleich sich wieder auf seinen Stuhl herabließ.

„O König — nur zwey Minuten Zeit — ich kann nicht — mein Athem" —

„Schöpfe ihn mit Muße, guter Alter! ich verziehe gern so lange."

Der Greis schwieg ein Weilchen, und begann dann:

„Ich war ein Kaufmann in Jspahan, war reich und hatte ein einziges Kind, Ahesa, das reizendste Mädchen weit umher. In meinem Hause erzog ich den Sohn eines meiner Freunde. Sein Vater hinterließ ihn unmündig, und er selbst war arm: immer hielt ich ihn als meinen eigenen Sohn; gab ihm Lehrmeister zu Erlernung der Weisheit, und Geld zum Genuß des Ver-

gnügens; fah mit Freuden, daß er meine heranwach-
fende Tochter, und diefe wieder ihn heimlich liebte.
— In feinem vier und zwanzigften Jahre brachte ich
ihn an deinen Hof; fah mit jedem Tage fein Glück höher fteigen; erblickte ihn endlich auf einem ehrenvollen
Poften, und übergab ihm dann mit meiner Tochter
mein ganzes Vermögen; mir bedung ich nichts als
Ruhe und Unterhalt aus. — — Ha! wie er mir dankte,
taufend Mahl ewige Erkenntlichkeit mir zufchwur, und
— o der Undankbare! — nichts von allen dem hielt;
fondern dann, als er nun alles befaß, was fonft mein
war, mich verächtlich überfah; das Herz meiner Tochter mir entwandte; mich endlich, um durch mein Klag-
gefchrey nicht länger in feiner Ruhe geftört zu werden,
in eine abgelegene Kammer feines Hinterhaufes ver-
fchloß, und mir dort kaum den dürftigften Unterhalt zu Friftung meines elenden Lebens reichen ließ.
— So habe ich zwey Jahre gefchmachtet; — heute,
als alles in Iſpahan ſich freute, verließ mich mein
Wächter auf wenig Augenblicke; ein mir treu gebliebener Sclave nützte diefe Gelegenheit; erbrach die Thüre meines Gemaches; trug mich auf feinen Schultern
drey Straßen hindurch, und brachte mich bis an den
Rand des Kreifes, der deinen Thron umgibt — den
Thron, wo du mich hoffentlich nicht vergebens wirft
laſſen um Rache flehen."

Da ſtand Nuſhirvan voll edlen Eifers auf, blickte mit thränendem Auge empor zum Himmel, und
bethete alſo: „Ewiges Weſen! vergib mir, wenn ich
jetzt meinen Eid breche, den feyerlichen Eid, kein Blut-
urtheil am Tage, der mir das Leben gab, zu fpre-
chen! Nicht jeder Eidesbruch iſt Sünde; denn jetzt

F.

würde es die Haltung desselben seyn. — Ich habe
dem ungetreuen Unterthan, ich habe dem Mörder und
Räuber verziehen; aber dem größten aller Verbrechen,
dem Undank, nachzusehen, das hieße den Zepter
mißbrauchen, den du meiner Hand anvertrautest. —
Vezier Ali, eile sogleich mit hinlänglicher Mannschaft,
wo dieser Greis dich hinführen wird; findest du alles
seiner Angabe gemäß, so büße der pflichtvergessene Sohn
durch die Schnur, und das Schicksal seiner Gattinn,
der ungerathenen Tochter, hänge ganz von der Will-
kür des beleidigten und in seine Güter wieder einge-
setzten Vaters ab!

VI.

Dreyßig Jahre lang hatte Nushirvan geherrscht,
und noch war er angethan mit Jugendkraft, noch geliebt, wie am ersten Tage seiner Regierung. Den
letzten Tag dieser dreyßig Jahre versammelte er alle
seine Großen zu einem feyerlichen Mahle, und freute
sich mit ihnen, wie ein Vater unter seinen Kindern.

Noch hatte kein Gesetz den Gebrauch des Weines
eingeschränkt, und die Freude strömte aus den weiten Bechern. Da warf Nushirvan die Frage auf:
Welchen Augenblick seiner Regierung man wohl für
den glücklichsten halte?

Es begreift sich von selbst, daß die Meinungen
über einen so willkürlichen Punct sehr getheilt seyn
mußten. Einige riethen auf den Tag, wo er den mächtigen Tartar-Khan besiegte; Andere aufden, wo ihm
sein erster Sohn geboren ward; noch Andere auf jenen,

wo drey ansehnliche Provinzen sich ihm freywillig un-
terwarfen. — Kurz, so viel Köpfe, so viel verschiedene Meinungen auch!

Nuschirvan lächelte, als er ihr Nachsinnen und
ihres Nachsinnens Mannigfaltigkeit sah. „Ihr irrt euch
insgesammt, meine Lieben," sprach er endlich; „aber
euer Irrthum ist sehr verzeihlich; ist sogar unumgäng-
lich, so lange ihr das kleine Geschichtchen nicht wißt,
das mir in einem der merkwürdigsten Augenblicke meines Lebens wiederfuhr.".

„Euch allen wird noch jene fürchterliche Nacht im
Gedächtniß schweben, in welcher einst beym Feldzuge
gegen Schah Akiba ein unvermutheter feindlicher Über-
fall die Ruhe unsers Lagers aufs schrecklichste störte. — —
Die Treulosigkeit eines meiner Generale vergrößerte
den Verlust; die eine Hälfte meines Heeres blieb auf
der Wahlstatt, die andere ward zerstreut; und ich,
ohne Begleiter, ohne Waffen zur Vertheidigung, und
ohne Mittel zur Lebensfristung, floh betäubt in einen
nahen Wald, wo ich auf einem der dichtesten Bäume
mich bis zu Tages Anbruch verbarg. Endlich ward es
licht, und ich sah einen Bauer hart bey mir vorüber-
gehen. Sein Gesicht bürgte für die Redlichkeit seines
Herzens; ich stieg herab, gab mich ihm zu erkennen,
und bath ihn, mir den Weg zur Rettung zu weisen.".

Er fiel nieder. „Du bist verloren, König, sprach
er, wenn du nur noch wenig Schritte weiter in diesem
Kleide dich wagst; der ganze Wald ist von Feinden
umringt. Alles verräth dich, sobald sie dich erblicken.
Wirf daher dieß königliche Gewand ab! Hier ist das
meinige! Besser, daß ich nackend und bloß in meine

Hütte zurückkehre, als daß die Hoffnung von ganz
Persien verloren gehe."

Vergebens weigerte ich mich seine Großmuth anzunehmen; er reichte mir seinen Rock; versenkte den
meinigen mühsam in einen nahgelegenen Sumpf; führte mich glücklich durch den Wald, und verließ mich
endlich, nachdem ich ihm fest eingebunden hatte, sich,
sobald er hörte, daß ich wieder in Ispahan angekommen sey, den Lohn seiner Treu zu hohlen.

Ich wanderte fort, mitten durch ein Land von
meinen Todfeinden überschwemmt, die dießmahl meine Unterthanen, wider ihre Gewohnheit, noch mit
ziemlicher Menschlichkeit behandelten, weil Akiba meine Provinzen bereits als die seinigen ansah; und kam
wohlbehalten gegen Abend in ein Dorf, wo ich in einer der ansehnlichsten Hütten um Herberge bath, und
sie erhielt.

Hier befand ich mich nun mitten unter einem
Schwarm halbtrunkener Bauern, und man kann leicht
ermessen, in welcher schrecklichen Ungewißheit meine
Seele sich umher wand. Eben wollte ich dem ungeach-
tet einschlummern, als ein Trupp von dem Moguli-
schen Heere anpochte; man machte ihm auf, und der
Anführer rief mit lauter Stimme:

"Akiba, der großmüthigste Sieger und mächtigste
Monarch, läßt hierdurch bekannt machen, daß er jeden, der ihm Nachricht von dem entflohenen, und,
wie man sagt, herumirrenden Nuschirvan geben, oder
ihn selbst, es sey lebendig oder todt, überliefern könne, zum Statthalter über die größte Provinz seines Reiches, und zum Herrn von unermeßlichen Schätzen machen wolle."

Die Rotte ritt weiter, und ließ mich in einer Angst zurück, die unbeschreiblich war.

„Hum!" fing nach einer ziemlichen Pause der Älteste am Tisch an, „habt ihr den Vorschlag gehört? Und was haltet ihr davon?"

„Daß er allerdings blendend sey."

„Und wäre wohl einer hier unter uns, der ihm Gehör gäbe, der den König, wenn es in seiner Gewalt stünde, dem Mogul übergeben würde?"

„Keiner! — Keiner! — Ich wenigstens nicht! — Ich auch nicht! — Keiner!" so scholl es aus aller Munde einige Augenblicke lang.

„Mich dünkt," hub, als es nun wieder ruhig geworden, einer der ältern, der dem ersten Anfrager fast gleich war, an: „mich dünkt überhaupt, daß Herr Schach Akiba wohl das Land, das er schon völlig wie sein Eigenthum betrachtet, noch sehr wenig kennen mag, weil er sich's einfallen läßt, einen solchen Ausruf vorzunehmen. Es ist zwar wahr, es mag so manchen Schurken unter uns geben, und ich selbst kenne verschiedene, denen ich nur auf zehn oder zwölf Schritte weit traue; aber daß einer unter uns sich finden sollte, der einen König, der uns so zärtlich liebt, und so viel für uns gethan hat, verrathen könne, das glaube ich doch nicht."

„Ich habe von der Plünderung nichts gerettet, sprach ein anderer, als diese fünf Goldstücke; aber wenn mir Akiba auf einer Seite deren zehntausend böthe, und Nushirvan auf der andern diese fünf zu seiner Rettung mir abforderte, ich würde sie freudig hingeben, und jene nie annehmen."

„Und ich," hub ein Dritter an, „habe ein schö=
nes Gut; aber wollte er's haben, er, der jetzt so viel
verloren, es wäre sogleich sein, und ich ging mit dem
weißen Stabe durchs Land um Brod bitten."

Ein junger Kerl, der in der Ecke der Stube saß,
seinen Arm um ein reitzendes junges Bauernweib ge=
schlungen und zeither noch kein Wort gesprochen hatte,
stand hier auf und trat nahe zum Tische. — „So wie
ihr mich hier seht, sprach er, bin ich mit dem bloßen
Leben davon gekommen. Alles, was ich noch mein nen=
nen kann, besteht in diesem Rocke und in diesem Wei=
be. — Als mein Haus brannte, und ich floh, da ret=
tete ich noch einen Geldbeutel, groß und schwer; euer
halbes Dörfchen könnte ich bezahlen; hätte ich ihn noch.
— Meine Füße, geübt im Laufen, trugen mich schnell;
aber bald hielt mich dieß Weibchen zurück, das athem=
los an meinem Arme nebenher leuchtet. — Ein wollüsti=
ger feindlicher Reiter erblickte uns beyde, sprengte nach,
ergriff sie, schwang sie auf sein Pferd, und wollte fort
mit ihr; aber ich mit Flügeln der Luft ihm nach! —
Nimm mein Leben, sprach ich, und hielt seine Zügel
an; nimm mein Leben, wenn du ein wüthendes Thier
bist! oder bist du ein Mensch, so nimm hier diesen Beu=
tel, und gib mir dafür mein Weib zurück! das einzige,
was mir auf Erden theuer ist! — und er nahm ihn,
und gab mir das Weib."

Brav, brav! rief die ganze Gesellschaft; brav
von dir und ihm!

„Ihr könnt daraus schließen, fuhr er fort, wie
unendlich werth, werther als mein Leben, sie mir
seyn muß: Aber nur jemand auf Erden ist mir noch
werther; und dieser Jemand ist Nushirvan. Käme er

hierher und spräche: Du hast ein schönes Weib; mir
gelüstet nach ihr, gib sie mir! — Bey dem Feuer des
Sonnenlichts sey's geschworen! mit der einen Hand
wischte ich mir die Thräne vom Auge, mit der andern
reichte ich sie ihm dar, und spräche: Da! schlaf bey
ihr! — Denn immer halte ich's für billig, daß wir
dem, der uns so gern alle glücklich machen möchte,
und auch so manchen wirklich schon glücklich gemacht
hat, unserer Leidenschaften liebste zur Befriedigung der
seinigen aufopfern."

Ein lautes Gelächter erscholl. — „Das nennen
wir Treue!" sprach einer der jüngeren Männer: „Fremdling, du hast uns alle überbothen! — Aber was sagst
tu dazu, junges Weibchen! Wärst du mit dem Tau-
sche zufrieden?"

„Ich werde," sprach sie und erröthete, „nie einen Tausch wünschen; denn ich liebe meinen Mann so
heiß, daß selbst ein Gott mir minder gefallen würde:
aber müßte ich ihm, als meinem Herrn, bey einem
solchen Vorfalle gehorchen, so wäre allerdings die Hoffnung, von einem Manne, wie ich mir Nushirvan denke, einen Sohn zu empfangen, das einzige, was mich
in etwas tröstete.

Ein neues Gelächter tönte; nur ich verbarg mein
Angesicht mit der hohlen Hand, und eine Freuden-
thräne stieg in mein Auge. — Aber nun stellt euch vollends, Freunde, mein Erstaunen vor, als jetzt der
Älteste am Tische, der zuerst jene mich treffende Frage
an die Versammlung gethan hatte, aufstand, und sich
ehrerbiethig so zu mir wandte:

„Und du willst noch länger verzögern, Monarch!
noch nicht dich denen zu erkennen geben, die so heiß

dich lieben? — Vom ersten Augenblicke an erkannte ich
dich, Trotz dieses unwürdigen Gewandes, das dich verhehlen soll; aber ich schwieg, um meine Brüder auszuforschen. — Jetzt, da ich es gethan, vor deinen Augen gethan habe, jetzt vergönne mir und ihnen, deine
Knie zu umfassen."

O daß ich euch hier meine Betretung, die anfäng-
liche Bestürzung der Menge, ihre nachfolgende Freude, so wie überhaupt das ganze Gewühl meiner Empfindungen schildern könnte! Damahls blickte ich, —
gewiß mit dem reinsten Danke erfüllt, — auf zum
Himmel; damahls fühlte ich das ganze Glück der Tugend und eben diese Nacht, die manche meiner Geschichtschreiber für die bedrängteste meines Lebens halten dürften, ward durch diesen Umstand, durch die
Wonne, sich so geliebt zu sehen, zur glücklichsten, deren ich mich jemahls entsinnen kann.

Alles war nun heiter um mich; nur das junge
Weibchen saß beschämt; aber auch sie winkte ich mir
näher. — „Es wäre unbillig, wenn ich forderte, was
mir dein Mann kurz vorher zuzugestehen so theuer an-
gelobte. — Aber wenigstens wird er und du mir diesen
Kuß vergönnen; und du kannst dich dann, wenn es
dir der Rede würdig dünkt, rühmen, daß selbst ein
königlicher Mund dich zärtlich geküßt habe."

Mit Anbruch des Tages begab ich mich zu Fuße
weiter hinweg; ein getreuer Wegweiser führte mich
durch unbesuchte Gebüsche, und endlich nach drey Tagen sah ich mich wieder in Sicherheit, und bald auch,
wie ihr alle wißt, durch ein neugesammeltes Heer unterstützt und mit Sieg beglückt.

VII.

Bey den weiten unermeßlichen Staaten, über die
Nushirvans Zepter herrschte, war es unmöglich, daß
alle diese Millionen nur zu einer Religion sich bekennen, nur einen Gott, als den wahren, hätten
anbethen sollen. Nushirvan selbst hielt sich zwar zu dem
Glauben seiner Vorfahren, aber mit einer Duldung,
die ihn in unseren jetzigen Zeiten unter Naturalisten
und Indifferentisten gleich oben ansetzen würde. — Die
christliche Lehre hatte sich damahls zwar längst bereits
bis auf den Stuhl des römischen Kaiserthums geschwun-
gen; aber eine Menge Secten zerrütteten die Kirche:
Arrianer, Nestorianer, Pelagianer, und Gott weiß,
was für Aner mehr, haßten sich so brüderlich, verfolgten sich so grausam, als es nur je ein Nero, Do-
mitian, und wie die andern berühmten Christenfeinde
heißen mögen, gethan hatten, und erstreckten ihre Zwi-
stigkeiten durch das ganze römische Reich. — Nushirvan nützte diese auswärtigen Zänkereyen, um sich gleich
groß, als Menschenfreund und als staatskun-
diger Monarch zu zeigen. So wie wieder eine Rotte am Hofe zu Constantinopel die andere überwog,
und den Schwarm ihrer Gegner austrieb, nahm er die
Flüchtigen willig in sein Land auf, wo ohnedieß der
christliche Glaube schon festen Fuß genommen hatte,
Verträglichkeit war alles, was sie angeloben
mußten, und was sie auch noch so ziemlich treu erfüll-
ten, nicht, weil sie Christen waren, sondern weil
sie sich hier als die Schwächern sahen. — Ihm war
der redliche Mann schon als ein redlicher Mann lieb genug, ohne daß er sich genau erkundigte, ob er die

Sonne, oder Jupitern, den Brama oder den Meßias, verehre; und unter seinen drey obersten Ministern war der eine ein Gueber, der andere ein Götzendiener, und der dritte ein Christ, ohne daß man mit Gewißheit unterscheiden konnte, welchen von ihnen Nushirvan am meisten liebe.

Der müßte Priester nicht kennen, der glauben wollte, daß die Priester der herrschenden Religion dieß lange geduldig hätten mit ansehen können. Zwar in den ersten Jahren, als Nushirvans Herrschaft noch durch auswärtige Kriege beunruhigt und erschüttert ward, schwiegen sie, und ließen sich willig durch die Säbel seiner Krieger beschützen, ohne darnach zu fragen: ob es ketzerische oder rechtgläubige Säbel wären! Aber kaum war Persien von außen her ruhig, als sie heilig betheuerten, ihr zartes Gewissen verbinde sie, es von innen zu zerwühlen.

Nushirvans Adlerauge sah ihren Entwurf, und beschloß, ihn im Entstehen zu zernichten. Einige kleine Tumulte, in welchen das Volk von seinen Bonzen — im weitläufigen Verstande des Wortes Bonze — ermuntert, ein Paar Häuser niederriß, deren Besitzer am Montage fasteten, da ihre Nachbarn es erst am Dienstage thaten, wurden mit einer sonst ungewöhnlichen Strenge bestraft; und ein Paar Priester, auf welchen die ganze Schuld offenbar beharrte, mußten, Trotz ihres Standes, im Gefängniß mit dem Strange büßen, indem Nushirvan wohlbedächtig am Tage ihrer halb verheimlichten Hinrichtung Korn und Geld ausspenden ließ, das dann gern an keinen Aufruhr gedachte.

Ein so außerordentliches Unterfangen, das keinem
Fürsten, außer einem so geliebten, wie Nushirvan
war, ungestraft hingehen konnte, erbitterte die Prie-
sterschaft noch mehr; aber sie wagte nicht, ein neues
öffentliches Zeichen zum Aufruhr zu geben, weil das
stehende Heer des Monarchen sie schreckte. Vielmehr
beschloß ihr Oberpriester, zu etwas seine Zuflucht zu
nehmen, wozu Oberpriester sie sonst selten zu nehmen pflegen — zu Beweisen.

An einem von Persiens festlichsten Tagen, als Nushirvan auf öffentlichem Markte seinen Thron aufge-
schlagen hatte, und den Feyerlichkeiten seines Volks
zusah, trat dieser Eiferer auf, und ermahnte den Monarchen, es zu überdenken, daß er der Staatsverwe-
ser eines Gottes sey, der Wahrheit liebe, Wahrheit ausgebreitet wissen wolle, und der es
nicht anders als mit Mißfallen ansehen könne, daß sein
erwählter Sohn Irrgläubige schütze, und in den höchsten Ehrenposten Männer um sich dulde, deren Beyspiel andere zu gleichen Irrthümern verleiten könnte.
— Die Rede selbst war mit möglichster Kunst und
Wärme — ein gewisser Schriftsteller würde Salbung
sagen — verfertigt; der Redner ließ keine Gelegenheit seine Geschicklichkeit bey ihrer Haltung zu zeigen
vorbey, und so wohl das Unerwartete in der Sache
selbst, als auch der Anstrich von einer alles verläugnenden Freymüthigkeit, machten sie immer noch wichtiger.

Nushirvan allein hörte ihr mit einer sich stets
gleich bleibenden Kälte vom Anfange bis zum Ende zu,
und dann warf er einen forschenden Blick auf die Menge, die seinen Thron umfloß. Wohin er sah, mahlte
sich in jedem Gesichte die ängstlichste Begier nach seiner

E 2

Antwort; aber diese Begierde theilte sich in sehr verschiedene Gattungen. Bey den sogenannten Rechtgläubigen war es Wunsch nach Nudhirvans kleinstem Winke, um dann im Nahmen Gottes zu würgen und zu morden: bey den vermeinten Irrgläubigen war es Furcht und Mißtrauen gegen ihre nächsten Nachbarn; als die minder Mächtigen sehnten sie sich nach Frieden, und wagten doch kaum ihn zu hoffen; denn sie prüften sich, was sie im ähnlichen Falle thun würden. — Nudhirvan sah es, schwieg noch einige Secunden, und lächelte dann so heiter, wie ein Weiser lächelt, der nach Wahrheit strebt, und nun fühlt, daß er Wahrheit gefunden habe.

„Priester," sprach er, „du hast eine Rede gehalten, die deinen Fähigkeiten Ehre macht; auch hoffe ich dich gefaßt zu haben. Aber die Sache ist zu wichtig, als daß ich sie heute mit Gewißheit entscheiden könnte. Zudem ist der heutige Tag ein Freudenfest; ihn müsse kein Zwiespalt entweihen! „Aber morgen um die zehnte Stunde versammle sich diese ganze Menge vor meinem Pallaste, und höre meine Entscheidung!"

Man befolgte seinen Befehl; er traf in Geheim seine Anstalten, und als die zehnte Stunde erschien, zeigte er sich zu Pferde vor dem Thore seines königlichen Pallastes und rief: „Wer mich liebt, der folge mir nach vor die Stadt!" Alles folgte. Es war ein Schauspiel sonder gleichen; die ängstliche und doch ruhige Erwartung so vieler Tausende; das Gewimmel der Menge, die ihm folgte; der starre Blick, den alle auf ihn hefteten; die Ungewißheit der Priester, und die Ruhe in seinem Antlitz. — Nahe bey der Stadt

stand ein treffliches Stück Weizen; hier verweilte der
Monarch, und winkte dem Oberpriester, näher zu
kommen.

„Sieh, heiliger Mann," sprach er, „dieß gesege=
„nete Feld gehört zwey Besitzern; der eine davon be=
„kennt sich mit der äußersten Strenge zu eben der Re=
„ligion, die du und ich als wahr erkennen; der zweyte
„ist ein Christ. Sage mir ein Mahl, wo trennt sich
„dieser Beyden Eigenthum? — Du schweigst! Wohl!
„Wenn dir dieß vielleicht zu spitzfindig scheint: sieh
„hierher! Hier sind zwey Geschwister, beyde schön;
„ihr Vater und ihre Mutter waren von zweyerley Glau=
„ben; der Sohn ward im väterlichen, die Tochter im
„mütterlichen erzogen. Sag an, welches von ihnen hat
„den wahren, und welches den falschen Glauben?"

Der Priester stutzte. — „Wie kann ich das sa=
„gen? Beherrscher der Gläubigen! Welchen Einfluß
„kann Religion auf das Äußerliche des Menschen, und
„was zumahl auf die Fruchtbarkeit der Felder haben?"

„Nicht? Meinst du also wirklich nicht, daß der
„Gott, von dem der Segen der Felder, von dem die
„Schönheit des Menschen herstammt, einen Unterschied
„unter dem mache, der ihm redlich, und dem, der ihm
„falsch dient? Gestehst du, daß er, dem eine Ände=
„rung des ganzen Weltalls nur einen Wink kosten
„würde, in Ausspendung seiner Güter gleich gnädig
„gegen den sich bezeigt, der ihn im Bilde eines Ge=
„kreuzigten, oder im Bilde der Sonne anbethet; o so
„erlaube auch mir, daß ich, als Statthalter dieses
„Gottes, die Maßregeln meines Oberherrn befolge.
„Mir ward die Sorge für die Ruhe und für das
„Glück meiner Unterthanen, und nicht für ihren

„G l a u b e n verliehen. Ich kann ihre körperlichen Hand-
„lungen, aber ich kann nicht ihre Seele beherrschen.
„Fehler in jenen kann und werde ich bestrafen; in die-
„sen strafe sie derjenige, der allein ihr Herz zu durch-
„schauen und würdigen vermag, und der mitleidig auf
„mich herab blicken würde, wenn ich ihm ein heuchle-
„risches Gebeth erzwänge."

Eine Todtenstille herrschte noch einige Secunden
lang, als Nushirvan schon geendet hatte. Dann scholl
aus aller Munde ein freudiges; „Heil sey Nushirvans
„Güte und Weisheit!" Nur die Priester schlichen stumm
nach ihren Häusern, und wagten es nicht wieder, das
Volk zur Empörung und Unduldsamkeit zu ermahnen *).

---

*) Die Schicksale der Schriften sind oft so seltsam, als die
Schicksale der Menschen. Als ich 1778 diese Kleinigkeit
niedergeschrieben hatte, widerriethen einige Freunde, die
solche in der Handschrift sahen, mir angelegentlich den
Druck derselben. Die Wahrheit, die darin enthalten, sey
(glaubten sie) selbst für das aufgeklärte Land, wo ich damahls lebte, allzu stark. Ich konnte mich von diesem Allzu-
stark nicht überzeugen, und wagte den Druck. Aber
unter hundert Lesern schüttelten wenigstens fünf und neun-
zig bedenklich den Kopf. In Wien wurden meine Skizzen
verbothen, und ich kenne in k. k. Staaten selbst Personen,
welchen sie damahls in Briefen zu einzelnen Bogen hinein
geschickt wurden.

Doch als Joseph der II., beym Antritte seiner Regierung, der Toleranz in seinen Staaten einen Tempel widmete, ward nicht nur jenes Verboth zurück genommen!
sondern da auch verschiedene Schriftsteller durch ihre Geis-
tes-Producte zur Beförderung jener wohlthätigen Absichten etwas beyzutragen wünschten, so fiel es einem derselben ein, gegenwärtige Erzählung einzeln abdrucken zu las-

VIII.

Das Herz des Nuschirvan liebte auch im Äußerlichen, in Kleidung, in Umgang und Gebräuchen jene lautere Einfalt, welche die Lieblings-Sitte fast aller wahrhaft großen Männer zu seyn pflegt. Aber die Art

---

len; sie auf dem Titel allen weisen Priestern, guten Christen, und rechtschaffenen Unterthanen zu widmen: auch eine kleine (sehr unbedeutende) Erinnerung voran zu senden. Daß dieß eine Art von Nachdruck war, ist unläugbar; aber ich verzieh ihm, der guten Absicht halber.

Ganz anders dachte einer meiner Obern, der M. und Frh. v. ** darüber. Dieser Mann, vor dessen Geist sich sonst der meinige willig beugt, der aber eben damahls durch ein Podagra, das ihm in den Leib zu treten drohte, äußerst fromm gemacht ward, und der überhaupt, — Gott und Gr. E. nur wissen: warum? — es sich zur Pflicht machte, bey jeder Gelegenheit seine schwere Hand gegen mich aufzuheben, — dieser edle Mann fand jetzt erst meine unschuldige Erzählung äußerst irreligiös, diesen neuen Abdruck, den er mir zuschrieb, äußerst frevelhaft; und ich lief Gefahr wegen einer Erzählung, die ich schon vor fünf bis sechs Jahren, und wegen einer Vorrede, die ich gar nicht geschrieben hatte, einen legalen Verweis, und die gnädige Ermahnung des Künftig-Nichtmehr-Schreibens zu erhalten. — Noch verzog sich das Wetter, das ich durch eine Note bey der zweyten Auflage abzuleiten suchte; und jetzt darf ich freylich jene Verweise nicht mehr fürchten. Aber heilige Göttinn Gesundheit halte doch stets das Zipperlein fern von seinem Körper, damit nicht Andere etwa wirklich erdulden müssen, womit sein Eifer mich bedrohte!

---

des Landes verlangte doch einen Zwang von ihm. Der
Orient hat sich von jeher daran gewöhnt, seine Regen=
ten im Glanze zu sehen. Die schwachen Prinzen haben
sich wohl dabey befunden, die Starken hierin nach=
gegeben. Wenn Nushirvan daher an öffentlichen Festen
sich seinem Volke zeigte, so geschah es stets in größter
Pracht; seine Gewänder starrten von Perlen und von
Edelsteinen, und seine Binde war oft so viel als eine
ganze Provinz werth. Was aber mehr als aller Schim=
mer die Menge in Erstaunen setzte, worüber mancher
lange genug nachgrübelte, und was doch keiner errieth;
das war die Abweichung von jeder Pracht in einem
e i n z i g e n Kleidungsstücke, und noch dazu in demje=
nigen, worauf die Morgenländer vorzüglich halten, in
seinem Turban. Vergebens, daß seine Kämmerer ihm
beym Ankleiden oft die schönsten mit Juwelen reich be=
setzten Turbans anbothen; er forderte dann, ihnen
gleichsam zum Trotz, gewöhnlich einen, den er immer
in seinem Zimmer selbst aufzuhängen pflegte, und der,
was der Neugier vollends Nachsinnen und Kopfschmerz
machte — der gerade oben einen tiefen, Jedermann sicht=
baren H i e b h a t t e.

Wo man bey andern Menschen L a u n e argwohnt,
da, wußte man, lag bey Nushirvan überdachte U r s a c h e
verborgen; ein Höfling daher, der nicht länger seine
Begierde im Zaum halten konnte, wandte sich einst an
den Prinz Nushirvad, der eben damahls vom Knaben
zum Jüngling heran zu wachsen begann, und bath ihn,
mit seinem Vater über diesen Punct zu sprechen; der
Prinz war willig dazu, und bey der ersten Gelegenheit
fragte er lächelnd: „Warum, mein Vater, einen so
unfestlichen Turban bey einem so festlichen Mahle, bey

einer so königlichen Pracht? Wir sind gewohnt, daß
nichts ohne Grund bey dir geschieht, und doch vermag
ich nicht diesen zu errathen."

„Das glaube ich gern, mein Sohn; es liegt eine
Geschichte hier zum Grunde, die ich dir zu entdecken
bereit bin; denn vielleicht bringt Erzählung bey dir
die nähmliche Wirkung hervor, welche Erfahrung
bey mir erzeugte. Wisse, eben diesen Turban hatte ich
in jener Schlacht auf, in der ich endlich den Schach
Alika, meinen bisherigen Überwinder, besiegte. Als
ich mitten im Treffen, an der Spitze eines tapfern
Häufens focht, mit der Verzweiflung eines Mannes
focht, der alles gewinnen oder alles verlieren mußte;
als schon alle vor mir flohen, da überraschte mich ein
feindlicher Reiter von der Seite her, und sein Schwert,
sieh hier selbst! — kaum fehlen noch einige Haar breit,
so ward der Turban durchhauen und deines Vaters
Schedel zerspalten. Geschwindigkeit und mein Arm
retteten mich zwar von dieser Todesgefahr noch; aber
von Stund an beschloß ich, eben diesen Turban bey jeder
öffentlichen Feyer als ein Andenken dieser Fährlichkeit
auf meinem Haupte zu tragen."

„Gesegnet sey er, weil er mir den besten aller
Väter erhielt! aber warum eben deßwegen bey jedem
Festtage" — —

„Das siehst du nicht ein? — O Sohn! wenn bey
solchen Gelegenheiten knechtisch die Menge vor den
Beherrschern der Erde hinstürzt; wenn sie, wohin sie
auch blicken, nichts als Sclaven Nacken, und Stirnen,
die den Staub berühren, sehen; wenn ihren Worten
ganze Tausende gehorchen, andere Tausende selbst ihren
Winken zuvorzueilen suchen; wie leicht bemächtigt sich

alsdann der Stolz ihrer Seele! Wie bald können die
Eitlen verleitet werden sich selbst für Wesen höherer
Abkunft, als der Troß ihrer Unterthanen ist, zu achten! Und dann, dann ist es ganz gewiß ersprießlich für
sie, nahe um oder an sich einen Gegenstand zu haben,
der sie erinnert: daß sie nichts weiter sind, als Fleisch
und Blut; daß S c h w e r t e r für sie schneiden, P f e i -
l e Spitzen und der T o d selbst noch Waffen tausend-
fach habe. Dann — — kurz, Prinz, du verdienst nicht
mein Thronfolger zu seyn, wenn nun der Hieb in diesem Turban dir nicht köstlicher zu seyn dünkt, als alle
Juwelen Persiens, und als alles Gold, welches mir
Irack zollt."

IX.

Nie hatte die persische Dichtkunst eine so glänzen-
de Höhe erreicht, als unter Nußhirvans Regierung.
Da an seinem Hofe keine andere Sprache, als die
S p r a c h e d e s L a n d e s gebräuchlich war; da der
Monarch selbst die Demuth besaß, zu glauben, daß die
Mundart seiner Väter und Unterthanen keineswegs
seine königliche Zunge entweihe; so hatten seine guten
Dichter auch das für d e u t s c h e S ä n g e r beynahe un-
glaubliche Glück, von ihrem Monarchen geschätzt, ge-
lesen und — verstanden zu werden.

Man kann leicht ermessen, daß sie dieß durch manche Lobode, durch manchen ruhmvollen Prolog *) durch

---

*) Eine Art von Schmeicheley, die nachmals die Günstlinge
Ludwigs XIV. oft nachahmten.

manches allegorische Schauspiel, und durch andere der-
gleichen seine Schmeicheleyen zu vergelten suchten.
Aber der kannte Nushirvans edles, von Eitelkeit freyes
Herz wenig, der sich einbildete, daß er durch bloße
Schmeicheley einen Anspruch auf des Monarchen Gunst
sich erwerbe.

„Ich bestrebe mich,“ sprach er oft, „zur Schonung meiner Zeit nur gute Schriften zu lesen. Jedes
schlechte Gedicht, es sey nun an den geringsten meiner
Unterthanen, oder an mich gerichtet, entfällt mir daher gleich bey der fünften, sechsten Zeile aus den Händen. Aber auch bey den guten werde ich oft unwillig,
wenn sie bloß mein Lob enthalten. Mich freut es,
wenn ich nicht den Vortrag allein, wenn ich auch
den Stoff eines Liedes loben, oder gar vielleicht etwas
Neues aus ihm erlernen kann. Wie selten kann ich
das, wenn der Dichter bloß von mir oder mit mir
spricht! Sein Dank vergnügt mich zuweilen; aber
noch öfter mißfällt mir seine Schmeicheley. Er dankt
mir ja dann schon genug für meine Wohlthaten, wenn
er sie anwendet, um würdige Gegenstände würdig zu
besingen, und ich werde mit Vergnügen sein
Schuldner, wenn er mit Einsicht mein
Lehrer wird.“

So dachte Nushirvan, und nur ein einziges Mahl
in seinem ganzen Leben machte er eine scheinbare Ausnahme von dieser Denkungsart.

Mirsa Ebn Bakir nähmlich war bey weitem der
vorzüglichste unter allen persischen Dichtern. Jedes seiner Lieder war Wohlklang, jedes seiner Worte Gedanke, jeder seiner Gegenstände entweder an und für sich
schon der Ewigkeit werth, oder zu solcher durch sein

Lied eingeweiht. Er hatte nie geschmeichelt; aber auch selten einen v e r d i e n t e n Mann ganz ungerühmt gelassen. Seiner Werke waren wenig; aber was er schrieb, war in aller Munde. — Und dieser würdige Mann, nur von geringern Mitbrüdern im Apoll, oder von Verläumdern gehaßt; er, der von Nushirvan schon manche vortheilhafte Auszeichnung und manches Geschenk erhalten, war doch der einzige persische Dichter von Bedeutung, der nie ein Gedicht seinem Monarchen geweiht hatte.

Niemand merkt mehr auf anderer Menschen wirkliche oder anscheinende Fehler, als derjenige, welcher sich selbst heimlich recht viel Schulden vorzuwerfen hat. Einer von Nushirvans Höflingen, der unter andern Thorheiten auch die an sich hatte, dann und wann schlechte Verse zu machen, und sie nachher für schön zu halten; der den Mirsa von Herzensgrund haßte, weil er glaubte, einst von ihm mit einem satirischen Einfall beehrt worden zu seyn; dieß Geschöpfchen war einer der ersten, der Mirsa's Unterlassungssünde bemerkte, und sie zu rügen beschloß. — Was konnte ihm auch leichter fallen? Er sprach in des Monarchen Beyseyn von des Dichters neuestem Werke. Nushirvan lobte es, und das Insect wußte durch manche Wendung endlich sein zweydeutiges Lob bis zur Äußerung des Besorgnisses zu bringen: „daß Ihre „Majestät leicht Ihre mannigfaltige Güte an einem „heimlichen Feinde verschwenden dürfte." Die Einkleidung war fein, der Vortrag gut; Nushirvan ward zwar nicht bewegt, aber doch aufmerksam. — „Laßt mir den Mirsa herkommen!" erging sein Befehl; und Mirsa erschien.

„Die Frage," sprach Nushirvan, „die ich an dich
„zu thun bereit bin, hat, das läugne ich nicht, ihre
„sonderbar scheinende Seite. Tausend Dichter habe ich
„schon gefragt, warum sie mich, eben mich zum
„Gegenstande ihres Liedes machen; dich stehe ich im
„Begriff zu fragen, warum unter deinen mannigfal-
„tigen Helden, eben ich nie das Glück hatte mit zu
„glänzen! — Halte das nicht für Aufwallung meiner
„Eitelkeit! Eine so laut sich beschwerende Eitelkeit
„wäre von der schlechtesten, von der lächerlichsten Gat-
„tung. Aber es gab vorhin Leuten hier, die dich be-
„schuldigten, daß du mir abgeneigt wärest, und ich
„kenne dich als einen redlichen Mann, der nie log, nie
„schmeichelte. Bist du mir wirklich abgeneigt, so mußt
„du Gründe dazu haben; und dann fordere ich dich
„im Angesicht des ganzen Hofes auf, sie mir mitzu-
„theilen. Ich liebe den Dichter, wenn er den Sit-
„tenrichter macht. Loben kann ein jeder; aber mit
„Gründen und — was du auch unerinnert nie
„vergessen wirst — mit Bescheidenheit tadeln,
„ist ein gutes Theil schwerer."

Erstaunt beugte Mirsa sein Haupt zur Erde und
sprach: „Wer bin ich, Monarch, daß du mich würdi-
„gest, mit dieser Herablassung zu mir zu sprechen! Ich
„schäme mich meiner Nachlässigkeit, und bin bereit

„Du bist bereit, mich falsch zu verstehen; das
„für verstellte Bescheidenheit aufzunehmen, was ich
„vom Grund des Herzens sprach. Nicht um dich zu
„meiner Besingung aufzufordern, habe ich dich vor aller
„Antlitz rufen lassen; kann hätte ja mein Schloß der
„abgelegenen Zimmer übrig genug; auch laß mich nicht

„erſt wiederhohlen, daß dieſe Ruhmbegier meiner Seele
„unwerth ſey. Ich verlange Wahrheit von dir;
„verlange dein freyes Geſtändniß, ob es ein Unge-
„fähr, oder eine überdachte Urſache war, die dich
„von mir zu ſchweigen bewog! Iſt es die letztere, ſo
„ſage ſie heraus ohne Furcht und Scheu! Du beugſt
„dann nur einem zehnfach ſchlimmern Argwohn meines
„Hofes vor, der künftig allenthalben Fehler
„an mir zu finden ſich beſtreben würde, weil
„du dergleichen irgendwo zu finden ſcheinſt.“

„Deine Befehle, größter Monarch,“ ſprach Mir-
ſa, „würden ſelbſt meines Herzens tiefſte Geheimniſſe
„dir darſtellen, wie ein freyes Bild; und ich rede ohne
„Beſorgniß, da dein königliches Wort mich ſichert. —
„Du haſt, deſſen bin ich gewiß, in deinem weiten
„Reiche keinen getreuern Unterthan als mich; keinen,
„der deine Verdienſte uns ganz Perſien mit ſo tiefer
„Ehrfurcht bewundert; keinen, der ſo oft den Griffel
„faßte, um dein Lob zu erhöhen. Das iſt — bey mei-
„nem Leben, bey deinem Haupte geſchworen! — nicht
„Schmeicheley, ſondern Wahrheit. Aber eine einzige
„Erinnerung, eine wahre Schwachheit von mir machte,
„daß ich eben ſo oft die Anfänge meiner Schrift wieder
„verwiſchte; und dieſe Schwachheit will ich jetzt frey
„geſtehen. Ich bin aus Baktriana; Merwa iſt meine
„Vaterſtadt. Die Unbeſonnene fiel in deinem erſten
„Kriege gegen Akiba von dir ab. Du vermahnteſt ſie
„zur Reue; aber ſie hörte nicht. Du lagerteſt dich mit
„einem mächtigen Heere vor ihre Mauern; aber ſie trotzte
„dir. Du botheſt ihr zwey Mahl Verzeihung an, und
„ſie verſchmähte dieſelbe. — Noch wollteſt du ihrer
„ſchonen; aber die Beſorgniß, durch Eine Nachſicht

„zehn Schuldige zu machen, die sonst nicht schuldig
„geworden wären, überwog deine Milde, und die
„Gerechtigkeit siegte. Du stürmtest; Merwa widerstand
„lange; aber endlich ward sie eingenommen, und ist
„jetzt ein Schutthaufen. Ich gehörte unter die Zahl
„derer, die am meisten dabey verloren. Mein Vater
„hatte mir zwey Häuser hinterlassen; und auch mein
„übriges Vermögen gab mir einen ansehnlichen Rang
„unter meinen Mitbrüdern. Nie hatte ich den gering-
„sten Antheil an ihrem Aufruhr genommen; doch traf
„mich freylich jetzt ihre Strafe mit, und dieß elende
„Leben war alles, was ich kaum noch als Beute da-
„von trug. Ich kam hierher; die Wissenschaften, die
„mich sonst in einsamen Stunden vergnügt hatten,
„nährten mich jetzt; ich hatte das Glück bemerkt zu
„werden; du gönntest mir eine rühmliche Unterschei-
„dung, und oft eilte ich gerührt meinem einsamen
„Zimmer zu, um dir zu danken. Jedoch — vergib
„meiner Aufrichtigkeit! — so oft ich's thun wollte,
„so oft glaubte ich auch die Flamme knistern zu hören,
„von welcher ehemahls meine Häuser aufloderten;
„glaubte die Waffen zu sehen, durch welche einst mei-
„ne Brüder fielen, und ich zum Bettler ward. Zit-
„ternd entsank dann meiner Hand der Griffel, und ich
„erblickte in dem weisen menschenfreundlichen gütigen
„Nushirvan nur den Monarchen, der Empörer züch-
„tigte, und der Merwa zertrat."

Mirsa schwieg hier. Wie manches Seelchen der
Hofmänner rings herum erbebte vor der Kühnheit des
Dichters, so zu einem Fürsten, — ha! zu einem
Fürsten so zu reden. Nushirvan allein schenkte ihm
den verdienten Beyfall. — „Du hast wie ein Mann

ngesprochen; ich will mich bestreben, dir wie ein König zu antworten. — Daß ich Merwa zerstören
ließ, reut noch jetzt mich nicht; denn wie du selbst
eingestandest, war für ähnlichen, schon da und dort
anglimmenden Frevel ein abschreckendes Beyspiel nöthig. Doch daß Unschuldige zuweilen mit den Schuldigen leiden müssen, dieß beklage ich allerdings, und
danke jedem, der mir Gelegenheit verschafft, den
fruchttragenden Baum zu erhalten, wenn man das
dürre Gesträuch dem Feuer Preis gibt. — Sage;
wie hoch schätzest du dein verlornes väterliches Erb-
gut?"

"Zehntausend Goldstücke ungefähr."

"Fordere sie morgen in meiner Schatzkammer und
noch fünftausend, als die Zinsen, dazu!"

Mirsa dankte ihm mit der Wärme, die eine solche Großmuth verdiente, und ging hinweg; aber nach
zwey Monathen kam er wieder, und warf sich nieder
zu den Füßen des Monarchen.

"Größter der Sterblichen! Vergib meiner Bewunderung und meiner Dankbegierde, wenn ich es
wage, dieß schwache Loblied dir zu überreichen."

Muthiroan lächelte, und nahm die ihm dargebo-
thene Rolle an. — "Ich habe," erwiderte er, "einen
etwas sonderbaren Ehrgeiz. Ihm zu Folge wünschte
ich jedes gute Gedicht, wenn auch nicht ausschlußwei-
se, doch zuerst zu besitzen. Haben ihrer mehrere vielleicht schon Abschrift davon?"

"Ich selbst nicht einmahl; wenn ich meinen ersten
Entwurf ausnehme."

"Und dieser erste Entwurf? — Verzeih, guter
Mirsa, wenn es dir nicht allzu unbequem wäre, so
wollte

„wollte ich dich wohl auch ihn mir zu weisen bitten.
„Das Entstehen, Abändern, und Reisen der Gedan-
„ken und Wendungen in einem guten Gedichte recht
„zu bemerken, führt viel Angenehmes bey sich; und
„nur durch Vergleich von Entwurf und Ausführung ist
„diese Bemerkung möglich."

Mirsa, entzückt über so viel Unterscheidung, floh
nach Hause; suchte zusammen, was er nur hatte; kam
und überreichte es dem Nushirvan.

„Da wäre also alles, was je von deinem Gedich-
„te aufgeschrieben worden?"

„Alles!"

„Vortrefflich! das wünschte ich eben!" So sprach
der Monarch, und warf gelassen die ganze Rolle in
ein nahes Feuer.

„Größter König — — —"

„Glaube nicht, daß dieß ein Zeichen des Miß-
„fallens sey! Ich danke dir für deine Mühe, und er-
„kenne deinen Willen; aber die jetzige That ist bloß
„eine Folge meines Vorsatzes, kein Lobgedicht auf mich
„hinfür zu durchlesen. Vielleicht, daß meine Unter-
„thanen nun aufhören, mir zu schmeicheln, und dann
„sähe ich einen meiner sehnlichsten Wünsche erfüllt."

„Bey Gott!" rief der arme Mirsa: „nie noch
„habe ich es sehr bedauert, wenn auch irgend eine
„meiner Arbeiten unbemerkt und ungelesen blieb; aber
„jetzt beynahe möchte ich eine Ausnahme machen. Auf die-
„sem Palmblatt, das hier in Asche zerfallen ist, stand,
„wenn ich meinem Gefühl trauen kann, — die be-
„ste Ode, die ich jemahls wagte."

„So beklage ich deinen Vaterschmerz, und mein
„Geschichtschreiber zeichne wenigstens unser beyder Ge-

Meißners Erzähl. 2.   F

„ſprach auf, um doch etwas von dieſem Gedichte auf
„die Nachwelt zu bringen. — Mir aber vergib! Wä-
„re dein Lied auch wirklich das beſte deiner Lie-
„der geweſen; hätte der bekannte Wohlklang deines
„Versbaues ſich doppelt ſchön in ihm gezeigt; ich hät-
„te doch nur geglaubt, die Goldſtücke klingen zu
„hören, die dir neulich mein Schatzmeiſter aufzählte.‟

X.

Nuſhirvan — auch dieß brachte die Landesart ſo
mit ſich! — hatte der Gemahlinnen m e h r e r e; auch
auf ſie erſtreckte ſich ſeine Güte und ſeine von Eiferſucht freye Seelengröße; denn er milderte die Sclaverey, zu der faſt das ganze Morgenland ſeine Schönen
verdammt, zog ſie oft in die Geſellſchaft ſeines Hofes; erlaubte ihnen Ausgang und Entſchleyerung, und
traute dem Geflüſter der Scheelſucht und Verleumdung
ſelten oder nie. Eine von dieſen Gemahlinnen, Atame mit Nahmen, liebte er mit der vorzüglichſten ent-
ſchiedenſten Liebe. Bey ihr brachte er die g r ö ß e r e
H ä l f t e ſeiner Nächte, und nur die k l e i n e r e bey
den übrigen zwanzigen hin. Ihren erſtgebornen Sohn
erklärte er zu ſeinem Nachfolger. Sie war die einzige,
die ihn auf allen ſeinen Feldzügen, ſelbſt auf der Jagd,
begleitete; die einzige, die er jezuweilen in eines dritten Zeugen Gegenwart auf den Mund zu küſſen pflegte. Sie hielt er in ihrem vierzigſten Jahre noch ſo
werth, als in ihrem ſechszehnten; und doch war
eben dieſelbe, was alle befremdete, an Reiz und See-
lenkräften, zwar niemahls die l e t z t e, doch auch bey

weitem nie die erste von seinen Weibern gewesen;
doch hatte sie, durch die Menge von Söhnen und von
Töchtern, die sie ihm geboren, weit früher als ihre
meisten Nebenbuhlerinnen gealtert, und war, (was
im Morgenlande zwar minder als bey uns ein wichtiger Anstoß ist, aber doch wenigstens ein kleiner
bleibt) war aus des Volkes allerletzter Classe entsprossen,
und plötzlich aus solcher durch eine unbegreifliche Wahl
des Monarchen ausgehoben worden.

So wie immer mehr und mehr mit dem heran-
nahenden höhern Alter die bloß körperlichen
Freuden den Nuschirvan zu verlassen drohten, desto
mehr schien Atamens Gunst vor allen andern sich ein-
zuwurzeln; schien ihre Gesellschaft dem König immer
unumgänglicher zu werden; und als einst ein neuer
Statthalter, um sich beliebt zu machen, zwey der
schönsten Circassierinnen zum Geschenke einschickte, ver-
schenkte sofort Nuschirvan alle beyde; nachdem er sie
wenige Minuten mit Wohlgefallen angeblickt hatte;
wandte sich dann zu Atamen, die ihm zur Seite saß;
küßte sie und sprach: Sie kommt zu spät diese Versuchung! Laß alle Furcht schwinden, daß derjenige als
Greis dir nicht ergeben bleiben sollte, der als junger
Mann dir so manche seiner seligsten Stunden, und
noch jetzt seine froheste Erinnerung dir verdankt. —
Ihr aber, die ihr hier mir zuseht und euch vielleicht
wundert, daß ich eine Wange, deren Rosen im Ab-
blühen sind, den frischknospenden und so eben sich ent-
faltenden vorziehe, erinnert mich beym heutigen Nacht-
mahl daran, daß ich euch den Aufschluß davon gebe;
ich könnte es jetzt schon thun, wollte ich nicht Atamens
Bescheidenheit schonen.

F 2

Wie neugierig die Köpfe der Höflinge sich zusammen stießen; wie manche kaum den Abend erwarten
konnten; wie einsichtsvoll im Rathen einige sich üb-
ten, und nichts erriethen, das bedarf keiner Erzählung, denn jede nicht ganz beschränkte Einbildungskraft erzählt sich das selbst. Kurz, kaum schien Rus-
hirvan sein Mahl vollendet zu haben, als in tiefster
Demuth sein erster Vezier ihn an das heutige Versprechen erinnerte; als seine vornehmsten Hofbedienten im
dichten Kreis sich um ihn engten, und der leutselige
Monarch also anfing:

„Man weiß nun längst bereits — denn sonst würde ich mich wohl hüten, mein eigenes Geheimniß zu
verrathen — man weiß die Gewohnheit, die ich von
Anfang meiner Regierung her gehabt habe, dann und
wann in unscheinbarer Kleidung auszugehen, und mich
mit eigenen Augen von dem Zustand meines Volks,
von dessen Zufriedenheit oder Unwillen, von seinem
Tadel oder seiner Billigung zu überzeugen. Eine solche Verkleidung ist ein so leichtes, bey tausend Monarchen schon da gewesenes, und doch stets an Kraft
sich gleichbleibendes Mittel; ein Mittel, wobey dem
fürstlichen Günstling das Herz, wenn es nicht
rein ist, erzittern, jeder ungerechte Große sich scheuen
muß! Ein Mittel, wo der Fürst selbst oft seiner Seele ganze Kräfte aufzubiethen nöthig hat, um seinen
Unwillen bey getäuschter Erwartung, seine gekränkte
Eigenliebe bey unvermuthetem Tadel zu verbergen.

„Einst wollte ich von einem dieser nöchtlichen
Spaziergänge heimkehren und hatte den Vezier Machmud, der mich begleitete, schon vorangesendet, mir
das Hinterpförtchen meines Schlosses, wodurch wir

ausgegangen waren, wieder aufzuschließen, als ich in
der Entfernung von sechs bis acht Schritten eine Mäd-
chenstimme und die deutlichen Worte vernahm: Gott
vergebe es mir, und wenn er sterben sollte, ich kann
ihm nicht helfen; kann nichts als mit ihm sterben."

„Da dieß so offenbar ein Ton der bängsten Klage
war, so hätten zehn Machmuds fruchtlos auf mich
warten mögen, ich mußte hin zu dem Mädchen und
von ihrem Jammer mich unterrichten. Ich fand sie
leicht, und hatte mich ihre Stimme schon gerührt,
so that es noch stärker ihr Anblick. Ein liebenswürdi-
ges Geschöpf war niedergesunken auf einen Stein,
halb zerrißen ihr Gewand, sie selbst der Ohnmacht nahe. Doch wollte sie, als sie so dicht bey sich einen Fußtritt hörte, aufspringen und fliehen. Ich rief ihr nach,
daß sie nichts zu besorgen habe; ich fügte eine Bethen-
rung hinzu, und sie hielt ein.

„Euch ganz meine Fragen, ihre Antworten, meine Hülfserbiethungen, ihres wachsenden Zutrauens
Aeußerungen wieder zu erzählen, würde überflüssig seyn.
Noch weiß ich zwar fast jedes Wort, das wir damahls
wechselten, aber manches würde für euch sehr unwich-
tig seyn, was mir ganz anders scheint. Kurz, ich erfuhr, daß sie die Tochter eines armen Handwerksmanns
sey, den ihrer Mutter langes Siechthum um alles
Vermögen und sogar tief in Schulden gebracht habe;
daß er ein nahes hartes Gefängniß und selbst den Hun-
gertod vor sich gesehen, und beydes von sich abwenden
wollen, indem er seiner einzigen Tochter Jungfrau-
schaft dem Hauptschuldner zugesagt habe; daß sie zwar
geduldig, wie ein Opferthier, sich ins Haus dieses
Elenden führen lassen, aber in ihm ein so schändliches,

einäugiges, bucklichtes Ungeheuer gefunden habe,
daß sie eher sterben, als solch ein Geschöpf umarmen
wollen, und daß sie daher ihm entsprungen sey, ohne
nun zu wissen: wohin? und was anzufangen?"

„Die Geschichte dieser Unglücklichen rührte
mich; auch schon bey mindern Trübsalen würde es ihr
Ton gethan haben. Ich sagte ihr Hülfe zu, fragte
nach ihres Vaters Behausung, und ließ mich zu ihm
hinführen. Halbtodt war er, als er seine Tochter sah
und von ihrer Entweichung hörte; meine Tröstung gab
ihm das Leben wieder. Zwar verschwieg ich ihnen beyden, wer ich sey; aber ich gab mich für einen mittlern
Kaufmann aus, der wenigstens Vermögen genug be-
säße, eine so kleine, eigentlich ganz unbedeutende
Schuldenlast auf sich zu nehmen. Ihr freudiges Erstaunen stieg auf den höchsten Grad, als ich dem Vater meine Börse hinreichte. Von ihrem freudigsten Dank
begleitet, ging ich hinweg, und versprach bald wieder
hinzukommen."

„Nicht dieses mein Versprechen allein, auch ein
noch mächtigerer Bewegungsgrund trieb mich bald wieder hin; der Anblick des Mädchens beym Lichte hatte
die Rührung vollendet, die ihr Ton im Halbdunkel
angefangen hatte; ohne äußerst schön zu seyn, fand
ich sie doch äußerst reizend. Von Stunde an begehrte
mein Herz nach ihr. Doch da es Liebe, nicht thierische
Begierde war, so strebte ich nicht nach Genuß sowohl,
als nach Gegenzärtlichkeit; und wünschte einer wahren aufrichtigen Neigung das auch ein Mahl zu verdanken, was bisher nur immer aus Rücksicht auf meinen Rang und zeitliche Hoheit mir gewährt, oder vielmehr angetragen worden war. — Ich beschloß daher

noch lange den König vor ihr zu verbergen, und bloß die Kaufmanns-Rolle fortzuspielen. Es gelang mir. In dem schönsten weiblichen Auge, wo ich beym dießmahligen Weggehen den innigsten Dank glühen sahe, fand ich bey der nächsten Wieder-kehr schon den Blick der Zärtlichkeit; und als ich beym dritten Besuch in des Vaters Gegenwart ihr meine Neigung gestand und um ihre Gewogenheit bath, ward mir aus Beyder Munde Erhörung zugesagt.“

„O ihr, die ihr so oft mit neidischem Auge den Überfluß der Könige im eingebildeten Glück betrachtet, und darüber auf ihren mannigfaltigen Mangel an wirklichen Gütern zu achten ver-geßt; ihr könnt euch die Empfindung nicht denken, die bey dieser holdseligen Versicherung mich durchström-te. Feurig nahm ich jetzt von ihrer Lippe den ersten Kuß und rief: Dank dir, schöne Atame, du beseelst mich von neuem! Aber wie dann, holde Seele, wenn meine Umstände nicht ganz so wären, wie du glaubst? Wenn derjenige, den du für einen nicht unbemittel-ten Kaufmann hältst, selbst der Dürftigkeit sehr nahe wäre?“

„Sey, wer und was du willst! antwortete mir die Holde: Genug, du bist als Mann mir reizend und als Befreyer meines Vaters mir ehrwürdig; für ein Paar, das sich liebt, zur Arbeit Kraft und Lust hat, wird der Himmel schon sorgen.“

„Edles Mädchen!“ riß ich froh mich empor, „habe ich endlich in dir den Schatz gefunden, den bis-her mein ganzes Reich, und aller Nachbarn Reiche mir nicht zu liefern vermochten?“ —

„Schatz! Dein Reich?" stammelte Vater und Tochter bestürzt.

„Ja mein Reich!" nahm ich wieder das Wort. „Vortrefflichste deines Geschlechts, die du so entschlossen dem Geringen treu zu bleiben versprichst, um wie viel mehr kann der Mann, erhabner als du,' von deiner Liebe sich versprechen! — Wisse demnach, daß Nushirvans Arm um deinen Nacken sich schlingt! Daß Nushirvan selbst es ist, der mit dir sein Lager und den Glanz seines Throns zu theilen verspricht."

Ihr könnt euch das erstaunensvolle Aufschreyen und das demüthige Niederfallen des Vaters wohl denken, aber schwerlich die gemischte Empfindung der Tochter. Auch sie wollte anfangs zu meinen Füßen sinken, und als ich dieß hinderte, entfernte sie sich bald darauf unter einem kleinen Vorwand in ihr Gemach. Das lange Verweilen in demselben befremdete mich; ich folgte ihr nach; und seht! eben diejenige, die ich durch meine Entdeckung zu belohnen und zu entzücken gehofft hatte, fand ich in Thränen fast zerfließend; in Thränen, deren Menge deutlich verrieth, daß nicht Übermaß der Freude, sondern wahrer Schmerz sie erzeuge.

Bestürzt fragte ich nach derselben Quelle; sie schwieg ein Paar Augenblicke, dann umfaßte sie so schnell, daß ich es nicht zu hindern vermochte, meine Knie, und sprach: „Vergib, Monarch, daß das, was Hunderttausenden Wonne machen würde, mir Kummer macht! Ach, ich liebte den unbemittelten Othmar mehr als mich selbst, aber ich befürchte für Schach Nushirvan nur Ehrerbiethung empfinden zu können. — Ich schmeichelte mir in Stunden der Schwärmerey sonst oft, meinem Gatten einst alles zu seyn, und werde leider nun seine Gunst mit hundert schönern Mädchen gemein haben. Zehn Mahl theurer wäre mir ein ungetheiltes Lager von Stroh, als ein so zertheilter Thron gewesen. Vergib, Monarch, vergib der Thörinn! Entzieh ihr deine Liebe und überlasse sie ihrem Elende!"

„Ehe meinem Todfeinde die Hälfte meines Reiches! Ehe mein Leben selbst dem Säbel des Tartar Chans!" rief ich und hob sie zärtlich empor. — „Zage nicht, schönste Atame, für dein künftiges Loos! Wenn du wirklich so ganz in mir den König vergißt, und den Mann nur liebst, so wird dieser ewig dich wieder lieben, und jener dich nie vergessen; wird dich höher halten, als sein edelstes Juwel; wird in deinem Gemach stets Nushirvan allein bleiben, und niemahls Schach Nushirvan werden. Jede fremde Schönheit hingegen ———— Sorge nicht! Ein einziger Gedanke an den heutigen Auftritt wird sicher mehr Reiz für mich, als das ganze Geschlecht Cirkassiens haben: wird im Alter noch dir die völlige Schönheit deiner Jugend wieder geben."

„Mühsam überredete ich sie; aber von Stunde an hat sie nur in mir gelebt. Seyd mir Zeuge, daß ich gehalten habe, was ich versprach! Und sagt mir, ob ich mehr versprach, als sie verdiente?"

Man kann leicht denken, was der ganze Haufe dem Nushirvan zurief; aber freylich mochte das Herz manches Wollüstlings himmelweit von seiner Lippe unterschieden seyn.

XI.

Auch Nushirvan nahte sich endlich jener Stunde, der wir einst uns alle nahen werden, und die für Fürsten den sichersten Beweis abgibt, daß sie nichts mehr und minder als Menschen sind, — der Stunde des Todes. Er blickte ihr mit unerschütterter Ruhe, ganz Persien sah ihr mit Zittern entgegen. Er war grau geworden unter abwechselndem Glück und Sorgen. Man hoffte von seinem Alter noch Segen und langen Frieden; aber ein Fall auf der Jagd beschädigte seinen Fuß; die Kunst der Ärzte both zu dessen Heilung vergebens alles auf; der Schaden ward mit jedem Tage gefährlicher, und man fing an, für sein Leben zu zittern.

Seit diesem Augenblick ward seine blühende Königsstadt ein Sitz des Trauerns; weinende Scharen knieten in den Tempeln und auf den Straßen; verliebte Jünglinge schoben ihre Hochzeitfeyer auf; Schwelger fasteten, und Kranke vergaßen ihrer eigenen Schmerzen. — Eine Stadt, vor deren Thoren ein erbitterter Feind liegt, und die beym ersten Sturme seiner Wuth und seinem Morden sich Preis gegeben zu werden fürchtet, kann nicht banger zagen als Ispahan: und das sonderbarste war, daß Prinz Nusschirvad selbst aufrichtige Thränen weinte, und mehr fühlte, daß er einen Vater, als daß er einen Oberherrn verliere.

Nushirvan, als er die Gefahr seiner Krankheit zu fühlen begann, hatte seine Ärzte oft um ihre Meinung befragt; man nahm diese Sorgfalt für Furcht auf, und verbarg ihm lange die Wahrheit; aber end-

lich konnte Haß, der oberste unter ihnen, nicht länger
den gütigsten Herrn durch eine Unwahrheit, so
gutgemeint sie immer seyn mochte, täuschen, und
kündigte zitternd ihm das schreckliche Urtheil des Todes
an. Der Monarch hörte ihm gelassen zu. — „Du sagst
„mir nichts, was nicht mein Herz mir schon gesagt
„hätte. Doch wie viel Zeit bleibt mir wohl noch mit
„Gewißheit übrig!"

„Fünf bis sechs Stunden höchstens."

„Böser Mann, wofern du das gestern schon wuß-
„test, und mich beynahe um einen der süßesten Au-
„genblicke meines Lebens, wenigstens um einen der
„wichtigsten gebracht hättest!" — Er befahl sogleich,
durch Trompeter die Einwohner Jspahans vor sein
Schloß zu berufen, und in minder als einer Stunde
Zeit war der weite Platz mit vielen Tausenden angefüllt.

„Bringt mich," war dann sein zweyter Befehl,
„bringt mich auf den Altan, von welchem ich sonst oft
„mit dem Volke zu reden pflegte; und du, Rußchir-
„vad, stehe mir zur Seite! Die Stunde der ersten
„Rechenschaft ist da; bestehe ich in solcher, dann gehe
„ich der zweyten und ernstern mit heiterer Seele
„entgegen." — Umsonst that man ihm Vorstellungen:
daß eine so heftige Bewegung sein Ende schmerzhafter
machen würde; er bestand darauf, und seine Diener
mußten ihn schwebend aufrecht halten, indem er also
zur Menge redete:

„Meine Kinder! Fünf und vierzig Jahre habe ich
„über Persien geherrscht; der Umfang meiner Staaten
„hat sich mittlerweile nicht verengt; zwanzig Tagreisen
„Landes mehr hinterlasse ich meinem Nachfolger, als

„mein Vorfahrer mir hinterließ. Aber nicht Vergrö=
„ßerung meines Gebiethes, gerechte Verwaltung
„desselben war meine Pflicht, mein Wunsch und mein
„Augenmerk. Die Stunde der Trennung rückt heran.
„Meiner gezählten Minuten sind noch wenig, und
„diese wenige sind kostbar. — Hört mich daher! Gibt
„es noch einige unter euch, für die ich weniger war,
„als ich seyn sollte; die ich nicht hörte, als sie um
„Gerechtigkeit riefen; denen ich nicht vergalt, als sie
„mir redlich dienten; so sey ihnen diese kurze theure
„Frist geweiht. — Auf! naht euch! Euer liebevoller,
„euer sterbender König redet mit euch; bittet euch,
„ihm noch abzufordern, was er übersehen oder über=
„hört hat."

Eine Stille, wie die Stille der Mitternacht,
oder die Öde des Grabes ist, war lange die ganze Ant=
wort auf Nushirvans Frage. — Unterdrückte Thränen,
schluchzende Angst unterbrachen sie endlich. — „Keiner
da?" rief der Monarch noch ein Mahl mit einer Stärke
der Stimme, die seine erlöschenden Kräfte weit über=
stieg: „Keiner da, der Anspruch an mir hätte! Er
komme! Er komme! Er komme!" — Ein Soldat
drang sich hindurch, kam dicht bis zu Nushirvans Söl=
ler, fiel nieder, bethete an, und sprach dann also:

„Du willst es, Herr, und ich rede. — Mein
„Nahme ist Nakir. Ich war Hauptmann unter deinem
„Heere; mein Muth blieb dir nicht fremd, und bey
„einem deiner letzten Feldzüge traf mich das Loos, dein
„Serail zu begleiten und zu bedecken. — Ich weiß selbst
„nicht, durch welches Ungefähr Nahun=Nihár, die
„vorzüglichste deiner Frauen, seit Atamens Tode, mich
„zu sehen bekam, und noch minder begreife ich, wie

„derjenigen ein Knecht gefallen konnte, die der allge-
„mein beneideten Liebe ihres Herrn genoß. Dennoch
„geschah beydes. Eine Sclavinn rief mich insgeheim
„des Abends in ihr Gezelt; sie erschien in ihrer ganzen
„Schönheit, und trug mir Liebe und Seligkeit in ih-
„ren Armen an. So unendlich mich ihr Reiz entzück-
„te, so standhaft blieb ich doch in der Treue gegen
„meinen Monarchen. Ich entriß mich ihrer Umarmung,
„floh, und sah noch im Fliehen auf eben dem Gesichte,
„wo bisher die Liebe zu thronen schien, alle Wuth ei-
„nes beleidigten Weibes hervorbrechen. — Des
„andern Tages ward ich zu dir gerufen; ich fand dich
„ernster, als je ein Feind im Treffen dich finden konn-
„te." — „Nakir!" riefst du mir entgegen; „du hast
„mich bitter beleidiget. Jeder Fürst an meinem Platze
„würde sich an deinem Leben rächen; aber ich will dar-
„an denken, daß ein Mann dann nicht ein Mann
„bleibt, wenn Liebe ihn mit sich dahin reißt. Nur hät-
„test du überlegen sollen, wem das Weib angehöre,
„das du begehrtest; daß sie dir anvertraut worden,
„und daß mein Zutrauen deine Schuld erschwere;
„ich entlasse dich daher meiner Dienste." — Mein Entse-
„tzen war einige Augenblicke starr und stumm; „Mo-
„narch," hub ich endlich an: „erlaube mir einige Wor-
„te zu meiner Vertheidigung!" — „Habe ich nicht schon
„alles gesagt, was dich vertheidigen könnte? Oder bist
„du kühn genug, die ganze That zu läugnen?" „Und
„welche That?" fragte ich!" — „Bist du nicht gestern
„Abends mit Gewalt ins Zelt der Rahun-Nihar ein-
„gedrungen?" — „Ich bin in Rahun-Nihars Zelte ge-
„wesen, aber nicht" — — — „Entferne dich, und
„reize meinen Zorn nicht noch mehr!" — „Ich ging,

„und mein bisheriges Leben war unverdienter Gram.
„Nicht, Monarch, um mich zu rechtfertigen, nicht
„um deine letzte Stunde — möge sie doch noch weit ent=
„fernt seyn! — zu verbittern, sondern um dich zu ver=
„hindern, mit einem falschen Argwohn in jene Welt
„zu gehen, erscheine ich jetzt hier; erscheine auf dein
„zweyfaches Geboth."

„Man rufe Rahun=Nihar!" erging Nushirvans
Befehl. Sie kam und gestand — wer hätte auch einen
so ehrwürdigen Sterbenden belügen können? — gestand
ihr Vergehen. — „Ich liebte dich einst," war des Mo=
narchen Ausspruch, „wie meine eigene Seele; liebte
„dich desto mehr, weil Atame dich mir empfahl. Treu=
„lose! und beynahe hättest du mich verleitet, meine
„Hände mit dem Blute eines Unschuldigen zu beflecken?
„Sey von nun an dieses Mannes Sclavinn, und das
„große Vermögen, das du mit meinem Vorwissen
„sammeltest, sey seine Vergütung!"

Ein freudiger Jubel dankte Nushirvan für seinen
Ausspruch. — „Ist noch einer unter dieser Menge, des=
„sen Zähre mich drücke, dessen Herz mich verklage?
„Er rede! Er eile! denn meine Kräfte schwinden!"
Alles schwieg. — Er wiederhohlte seine Frage; aber
kein Mund, der sich aufthat; kein Fuß, der sich nahte.

„Wohlan, so sey noch eines mir vergönnt! Ich
„habe mich nach meinen S c h u l d e n erkundiget, nun
„darf ich ja wohl auch nach meinem A u s g e l i e h e=
„n e n fragen. Ist irgend jemand hier, dem mein Wohl=
„wollen nützlich, meine Vaterliebe heilsam war? der
„erkannte, wie nahe die Pflichten des Regenten mir
„am Herzen lagen? der bereit ist, mir an jenem Ta=
„ge, wo wir uns wieder finden werden, zu zeigen,

„daß ich nicht ganz unwürdig diesen königlichen Stuhl
„besessen habe? — Ist einer hier, so gebe er mir ein
„Zeugniß davon, es sey nun durch Thränen oder
„Zuruf!"

Welch ein herrlicher Anblick, als jetzt die ganze
Menge niederstürzte! als das Auge eines jeden von
Zähren überfloß, und aus Aller Munde die Worte:
Vater! Erhalter! Größter aller Könige! Unser Ret-
ter im Mangel! Unser Schützer im Kriege! Unser
Gott auf Erden! erschollen. — Kleine, kaum lallende
Kinder streckten ihre Händchen empor; Mütter zerrissen im Schmerz ihren Busen, unbesorgt für den Säug-
ling, der zu Hause ihrer harrte; Greise warfen den
Stab weg, und knieten nieder. — „Gott erhalte un-
„sers Vaters Leben, und nehme dafür das unserige
„hin!" so rief eine Stimme im Volk, und eben so
schnell riefen alle Tausende mit: „Gott erhalte unsers
„Vaters Leben, und nehme dafür das unserige hin!"—
Nushirvans Auge ward hell, wie ein Stern; er winkte mit der Hand, aber er mußte drey Mahl winken,
ehe das Getümmel schwieg; dann kehrte er sich mühsam
gegen Nusschirvad hin.

„Mein Sohn, die letzten Reden eines Men-
„schen haben mit seinen ersten gemeiniglich die Ähn-
„lichkeit, daß sie die ungekünstelten wahrhaften Aus-
„drücke seiner Empfindungen sind. — Hoffentlich wirst
„du mir daher Glauben beymessen, wenn ich dich ver-
„sichere: daß ich diese letzte Frage, die mir so rührend
„beantwortet ward, mehr deinerwegen, als meinet-
„halben that. In wenig Minuten stehe ich vor einem
„Richterstuhle, wo mir ohnedieß gewiß kund ge-
„macht werden wird, ob ich gut oder übel hausgehal-

„ten habe. Aber für dich sey dieser Anblick eine Lehre,
„wie du künftig zu herrschen habest! Der Schmerz die-
„ses Volkes bey unserer Trennung verringert mein kör-
„perliches Leiden; sein dankender Zuruf ist der schönste
„Lohn meiner durchwachten Nächte; er sey auch das
„Ziel, nach dem du künftig ringen müssest.

„Vergiß nie, daß es die Unterthanen sind, denen
„ein Fürst seine Krone zu verdanken hat. Sie sind die
„Wurzeln, der König ist der Baum. Verletze daher
„ihre Herzen nie; da wo diese sich ängstigen, müsse
„auch für dich keine Freude seyn*)."

Er wollte noch mehr sagen, aber seine Kräfte waren erschöpft; seine Zunge stockte, seine Augen schloßen sich, und ihr Licht schien auszulöschen. Die Sorgfalt seiner Diener rief noch auf wenige Secunden seine
fliehende Seele zurück. — Sein schon gebrochener Blick
ward noch einmahl sonnenklar; er hob ihn empor und
rief: „Das ist mehr, als ich verdiente und hoffte! Ich
„zittere vor Freuden, wo Andere vor Angst und
„Schmerzen zittern. Gott der Güte, mein letzter
„Athem danke dir!" — Hier neigte er zum zweyten
Mahl sein Haupt und verschied.

XII.

Nussirvad übersah die Erinnerungen seines sterbenden Vaters nicht so gleichgültig, wie man gewöhnlich den letzten Willen der Monarchen zu übersehen
pflegt

---

*) Die letzten fünf Zeilen legt Sadi in seinem Baumgarten
wörtlich dem sterbenden Nushirvan in den Mund.

pflegt. — Der Anblick jener Freudigkeit im Tode wirkte
so kräftig auf ihn, daß er alles that, was er nur vermochte, um ihrer auch einst theilhaftig zu werden.
Wirklich gelang es ihm, Persien durch seine Sorgfalt
auf der Stufe des glücklichsten Reichs in ganz Asien,
worauf es sein Vater erhoben, zu erhalten.,
Wirklich gelang es ihm, Nushirvans würdiger Nachfolger zu werden. — Wenn er auch ja zuweilen etwas
hinter seinem Vorbilde zurück blieb, so geschah es nicht,
weil es ihm an löblichem Eifer gebrach, sondern weil
die Natur ihn mit mindern Kräften ausgerüstet hatte. — Man verstehe dieß nicht, als ob sie gering gewesen wären! Auch sein Auge sah hell, aber freylich
nicht so hell und schnell zugleich, wie ehemahls Nushirvans Auge. Auch seine Entschlüsse waren
Entschlüsse der Weisheit, aber jener langsamern
Weisheit, die erst Mühe anwenden muß, die Nebel
zu zertheilen, da Nushirvans Geist sie blitzschnell
zertheilte; und eben dasjenige Volk, das ihn, und
zwar mit Recht angebethet haben würde, wenn er un-
mittelbar auf seinen Großvater gefolgt wäre, war
unbillig genug, jetzt sezuweilen über ihn zu murren,
wenn es ihn mit seinem Vater verglich. Er wußte
es, und war edel genug diese Unbilligkeit zu verzeihen.

Einst, als er an Nushirvans Grab mit einem
großen Gefolge vorbey ritt, sah er auf dessen Lei-
chensteine einen Mann in anständiger Kleidung hingeworfen; er ritt näher herzu, befahl ihm aufzustehen,
und fand, daß es ein Mann von ehrwürdigem Ansehen war.

Nushirvad. Was machst du hier, guter
Vater?

Greis. Ich weine um den Vater unser aller.

Nusſchirvad. Liebteſt du ihn denn ſo außerordentlich?

Greis. Nur ſo, wie das ganze Land ihn lieben ſollte, lieben mußte.

Nusſchirvad. Du würdeſt alſo wohl viel darum geben, wenn du ihn wieder ins Leben zurückrufen könnteſt?

Greis. Drey Viertheile meines noch übrigen Lebens.

Nusſchirvad. Erduldeſt du irgend ein Drangſal unter meiner Regierung, das du dieſer Regierung einſt ſelbſt zuſchreiben könnteſt?

Greis. Keines.

Nusſchirvad. Warum wünſcheſt du aber ſo ſehnlich meinen Vater von einem Poſten zurück, der noch glanzvoller vermuthlich iſt, als ſein hieſiger war, da ich, ſein Sohn, auf keine Weiſe dir Stoff zu Klagen oder Beſchwerden gebe?

Greis. Vergib meiner Kühnheit, Monarch! Die Nelke iſt eine ſchöne Blume; aber wenn ich auch an ihrem Geruch mich labe, kann ich doch nie ohne Rührung daran denken, daß die Zeit der Roſen vorbey iſt, kann nie unterlaſſen, ſie mir zurück zu wünſchen.

Nusſchirvad (indem er ſich zu ſeinen Begleitern wendet.) Bey dem ewigen einigen Gott, dieſe Lobrede, Trotz ihrer Kürze, iſt mehr werth, als die Tauſende, mit welchen ich meines Vaters Tod durch ganz Perſien feyern ließ, und mehr als die Menge Trauergedichte, mit denen ich den Tigris zu dämmen vermöchte! — (Sich gegen den Greis wendend.) Ehrwürdiger Alter, deine Rede gefällt mir; komm morgen zu meinem Schatz-

meifter, und empfange von ihm taufend Goldftücke!
Auch bringe mir deinen älteften Sohn mit; ich will
ihn erziehen laffen, und mit Gütern fo mild überhäu-
fen, daß er einft auf meinem Grabe eben fo weinen foll, wie du es auf meines Vaters Grabe
thuft.

Greis (fich ihm zu Füßen werfend.) Größter unter
deinen Mitlebenden! Ich bin fo begütert, daß ich keines Gefchenkes bedarf, und habe leider! meinen einzigen Sohn fchon überlebt; aber doch danke ich dir für deine
angebothene Gnade eben fo aufrichtig, als ob ich fie
annehmen könnte. Du haft meine Thränen um Nushirvan getrocknet, und haft zu gleicher Zeit dich ganz
des Glückes würdig bewiefen, der Sohn eines fol-
chen Vaters und der Herr über ein folches
Volk zu feyn. Wiffe, an diefem Tage und durch
diefe Handlung empfängft du zum zweyten Mahle
den Segen Nushirvans; empfängft ihn eben fo kräftig,
als ob er noch einmahl feine abfterbende Hand auf dich
legte.

Nusschirvad. Wie das?
Greis. Ich bin Mehezim, einer feiner ehemahligen geliebteften Diener. Wenig Tage vor feinem Tod
rief er mich zu fich und fprach: „Ich fühle es, was
„auch der Arzt mich tröften mag, daß ich bald ver-
„fammelt feyn dürfte zu meinen Vätern. Verfprich mir
„daher, wenn ich nun todt feyn werde, und mein Sohn
„fchon einige Monden hindurch das Zepter geführt ha-
„ben wird, ihn zu prüfen, ob fein Herz fich noch mit
„kindlichem Danke meiner erinnere: verfprich mir zu
„thun — — —" Hier fchrieb er mir pünctlich vor,
was ich fo eben gethan habe. — „Hört er nun," fuhr

G 2

„er fort, „gütig deine Rede an, tritt eine Thräne in
„sein Auge; dann ist er der Sorgfalt würdig, mit der
„ich ihn erzog; dann sag' ihm, daß mein Geist, wenn
„er noch hernieder zur Erde blicken darf, eben jetzt es
„thue, und Segen auf ihn und seine Herrschaft herab
lächle!" — Nushirvan verlangte schon viel, aber du,
o Monarch, du hast noch mehr gethan! Derjenige,
der das Lob seines Vorfahren im Munde des
Unterthanen für wahr erkennt und belohnt,
der ist gleichen Lobes werth; ist entweder bereits, was
jener war, oder wird es wenigstens eben so gewiß
werden, als diese Sonne leuchtet.

Die Haselnußschale.

Dünn und beynahe unendlich zart sind die Fäden der
Spinne und das Gewebe des Seidenwurms; aber noch
viel dünner, noch viel unendlich zärter sind jene Fäden,
welche die menschlichen Schicksale jetzt an einander ket-
ten, jetzt in einander verwickeln. Lange Zeit übersahen
dieß unsere Geschicht- und Romanenschreiber, und auch
nun, da sie darauf zu merken beginnen, dürfte doch
wohl die Erzählung von einem jungen Mann, den
eine Haselnußschale in Schmach und Elend brachte,
nicht ganz überflüßig seyn.

Bendorf war ein rascher und doch empfindungs-
voller Jüngling, mit unverbesserlichen Grundsätzen in
Moral und Rechtschaffenheit, mit ziemlich richtigen
in der Liebe; der edelste Mann gegen seinen Freund;
ein edler gegen sein Mädchen. Für beyde hätte er
willig Gut und Leben aufgeopfert; doch für jenen
stets, für diese nur lange Zeit hindurch. Fest
und streng war er gegen sich selbst, aber leider! nach-
giebiger als eine Epheuranke gegen den, an welchem er
hing; und immer hing er an Einem oder an Einer.

Jetzt kam er von Göttingen heim, den Kopf voll
Wissenschaft, aber noch voller das Herz von Eifer für
jedes Schöne und Gute. Sein inniger Ton im Ge-

spräche, das originelle Gepräge seiner Worte, der Anstand seines Betragens, seine Freyheit im Denken,
und sein Muth, verjährter Vorurtheile zu spotten,
machten ihn bald bemerkt. Viel Männer, zumahl die
ältern, schüttelten schweigend die Köpfe; Andere, und
vornehmlich die bisherigen Angeber des Geschmacks,
tadelten laut den Brausenden; nicht weil er b r a u s t e,
sondern weil er sie an Belesenheit und Kopf ü b e r-
t r a f; aber auch manche liebten ihn, und lispelten ihm
leise: „Bravo, junger Mann: Es liegt viel in dir;
sey thätig und anhaltend, so wird es sich entwickeln!"
ins lauschende Ohr. — Ich wähle mit Vorbedacht das
Beywort l a u s c h e n d; denn wer zweifelt wohl daran,
daß ein Bendorf ehrgeizig seyn mußte!

Ganz anders empfing ihn das schöne Geschlecht. —
Da war in dem für ihn schicklichen Kreise der Gesellschaft fast keine einzige, die ihn nicht mit ihrem besten
Knicks bewillkommte; kein Mädchen, das nicht manchen steifen Wohl- und Hochwohlgebornen, Trotz seiner
breitbesetzten Galla-Uniform, stehen ließ, um mit
dem jungen Supernumerär-Secretär zu plaudern;
kein Weibchen, das nicht den nächsten Abend sein Urtheil vom Schauspiel und Schauspieler nachschwatzte;
und keine Matrone, die nicht mit wahrem Mitleid ausrief: ein feiner junger Mensch, wenn er nur fleißiger
in unsere Hofkirche ginge! — In mancher Gesellschaft,
wo man bisher nur l'Hombre und Taroc gespielt hatte,
ward ihm zu Liebe Whist Mode *). Kurz, fast alles

_____

*) Man vergesse nicht, daß die Scene einige Jahre zurück
spielt, wo Whist noch nicht das allgemeine Studium aller
guten Köpfe war.

war hier mit ihm zufrieden, — so lange er nähmlich auch seiner Seits gegen alle sich gleich-artig und aufmerksam betrug.

Aber das verdammte Fantasiren! — Es ist oft fein und nützlich; jedoch ein weiches Herz leidet allzu viel dabey, und wählt sich bald freywillige Sclaveren, statt unbeschäftigter Freyheit. — In einer Stadt, wie Dresden ist, für deren Verschönerung die gütige Natur durch so manches reizende Mädchengesicht gesorgt hat, konnte ein so weiches, der Liebe so bedürftiges Herz, als Bendorfs Herz war, nicht lange ganz frey bleiben. Zwey Frauenzimmer stritten sich bald um dessen Besitz, und er schwankte ziemlich lange hin und her, und her und hin. — Amalie Mildau, sanft, schön, jung, reich, von unbescholtenen Sitten und nie verletzter Tugend, wetteiferte mit Julie Hilmer, gleich begütert, weit schöner, doch minder sanft und gut. Wo jene *führ*te, riß diese hin; wo jene empfand, spottete diese. Für ein stilles ländliches Leben schien Amalie, Julie hingegen ganz für eine Residenzstadt geschaffen. Kein Wort ohne Witz, keine Miene ohne Entwurf zum Siege; geschickt, ein Land zu regieren und zu Grunde zu richten, wenn ein Fürst sie geliebt hätte; eitel, wie ein neu gewordener Titulatur-Rath; und eifriger aufs Spiel als ein zweytägiges Weibchen auf Kuß und Tändeley. — Wenn Amalie mehr Freundinnen hatte, so war Julie desto reicher an Bewunderern. Wenn jene öfter gefiel, glänzte diese öfter, und wenn man jene öfter lobte, sprach man desto mehr von dieser; freylich bald Gutes, bald Böses, aber genug für ihren Ehrgeiz, daß sie sich bemerkt sah.

Bendorf, wie gesagt, war in seiner Wahl lange
ungewiß; er hätte gern, die Wahrheit zu gestehen,
beyde, vielleicht wie Falstaff beym Shakespeare, die
eine zu Sonn- und Fest- die andere zu Werktagen besessen; indeß entschied doch sein besserer innerer Sinn
endlich für Amalien. Er bewarb sich um ihre Freundschaft, erhielt sie; bewarb sich so fort um ihre Liebe;
erhielt auch diese; und ward bald als ihr erklärter Bräutigam angesehen, dem zur Erlangung ihrer Hand bloß
der Tod seines Vordermannes in der Kanzley und die
Einrückung in dessen Posten noch fehle.

Kaum hatte das allzeit fertige Gerücht dieß hier
und da an die Behörde *) oder Nicht-Behörde gebracht,
als auch manches sich in Betracht seiner verwandelte.
Mancher Vater mannbarer Töchter empfing jetzt seinen
Besuch kälter, und lud ihn seltner zur Tafel; manches
Mütterchen schüttelte mit bedenklicher Miene ihr Wa-
ckelhäuptchen; und rief: „Die böse Zeit! Kaum sechs
„und zwanzig Jahre alt, und schon aufs Freyen ge-
„dacht!" Manches Mädchen fand seine Nase nun doch
ein wenig zu sehr gebogen, seinen Wuchs zu schwäch-
tig und seinen Ton zu altklug; und mancher heimliche
Anbether Amaliens versicherte aus hoher Hand die

*) Ein juristischer Ausdruck, den hoffentlich Jeder versteben
wird. Nichts ist so schlimm, worin nicht auch etwas gut
und nützlich seyn könne. Zu einer Zeit, wo so viele, und
zwar mit Recht, gegen den Kanzleystyl eifern, wünschte
ich doch, daß man auch einige wenige in ihm brauchbare
Worte in die bessere Schreibart übernähme. — Behörde,
z. B. dünkt mir, ist ein Ausdruck, der mit wenigen Sylben mehr sagt, als eine weitläufige Umschreibung.

Nachricht zu haben, daß Bendorf seinen Amtsgeschäften eben nicht mit Beyfall vorstehe.

Aber Bendorf, so genau er dieß alles bemerkte,
so wenig schien er darauf zu achten. Ganz an Amalien
gekettet, dünkte ihm jede Gesellschaft langweilig, wo
er sie nicht fand; nur für s i e und i h r e Gunst both
er jede Kraft seines Geistes auf; glaubte sich immer noch
weit zurück in ihrer Liebe, so glücklich er auch mit jedem Tage stärker vorwärts drang; und blieb mißtrauisch
gegen sein Glück, bis endlich einer seiner Collegen gütig genug war, ihm Platz zu machen, und er nun des
Entzückens genoß, aus Amaliens — seiner Amalie eigenem Munde den nächsten Monath zum Zeitpunct ihrer Verbindung ernannt zu hören. — Jeder seiner wahren Freunde freute sich mit ihm; jeder seiner Hasser be-
neidete ihn, und jedes Mädchen von Amaliens Bekanntschaft dachte heimlich bey sich selbst: Wer doch an Amaliens Stelle wäre!

Bendorf erkannte sein vorzügliches Geschick, und
bestrebte sich dessen würdig zu handeln. Seit dem ersten deutlichen Geständnisse von Amaliens Liebe hatte
er, es sey nun aus Mißtrauen gegen eigene ihm wohl-
bekannte Schwäche, oder aus schonender Achtung vor
seiner Braut ziemlich sichtlichen Hang zur Eifersucht,
oder aus wahrer Kälte für alles, was nicht S i e war,
jeden Umgang mit andern Frauenzimmern f a s t g a n z
und mit Julien d u r c h g ä n g i g abgebrochen. Bey ihr
hingegen wuchs eben so die Gluth ihrer wirklich ernst-
haften Neigung, wie sein Frost stieg; je mehr er ihrer zu vergessen schien, desto öfter dachte sie an ihn;
je sichtlicher er auswich, desto eifriger entwarf sie manchen allerliebst ausgesonnenen Plan, aber jedes Bestre-

ben, jede Feinheit blieb vergebens; und sie ward es daher endlich, obschon spät, müde, Lockungen, die tausend Andere mit dem Entzücken eines Ritter Amabis angenommen, und mit goldenen Uhren, Perlen- und Diamantschmuck vergolten haben würden, an einen Undankbaren zu verschwenden. — Eine Sinnesänderung, mit der Bendorf wohl zufrieden war.

Einst, als er müde von Reskripten und Extracten, an einem schwülen Sommernachmittage zu seiner Erwählten hineilte, fand er sie ganz allein bey offenen Fenstern, indem sie zu gleicher Zeit in einem Buche las, und sich mit Aufknackung einiger vor ihr liegenden Haselnüsse, die vielleicht langweiligen Stellen zu verkürzen suchte. Sie empfing ihn aufs zärtlichste; gelehnt an ihren Arm saß er hier lange, und schwatzte von seiner Gluth, ihren Reizen und ihrem Werthe, von tausend inneren Gefühlen, von tausend Aussichten für die Zukunft, und von allen den Zurückerinnerungen ihrer ersten damals anfangenden Bekanntschaft. So ganz in sich und seinem Gespräche verloren, ergriff er jetzt, ohne es selbst zu wissen, warum? eine Hand voll dieser Haselnußschalen, und warf sie zum Fenster hinunter.

„Was machen Sie da, Bendorf!" fuhr Amalie schnell auf; „Sie können sie ja jemanden auf den Kopf werfen!" — „Das sollte mir leid thun," erwiederte er, ging lächelnd ans Fenster, und fuhr noch weit schneller und erschrockener zurück; denn er sah unten einige Frauenzimmer stille stehen, und starr hinan blicken. Amalie, der seine Farbenveränderung nicht entwischte, folgte ihm gleich unbedachtsam ans Fenster nach, sah eben dasselbe, und hörte noch deutlicher die

Worte: „Ich danke Ihnen für Ihre Höflichkeitsbezei-
„gungen, Herr Secretär. Sie sind neumodisch, aber
„eben deßhalb vielleicht vom feinsten möglichen Ge-
„schmack. Vielleicht befürchten Sie, daß ich Sie sonst
„nicht neben Ihrer liebenswürdigen Gesellschafterinn
„erblickt haben würde."

„Das war Julie Hilmer!" rief Amalie voll des
bittersten Verdrußes aus. „Da haben Sie fürwahr et-
„was Feines angerichtet; Sie unbesonnener immer
„tändelnder Knabe! — „Sie haßt uns ohnedieß schon
„längst; wird es sicher für eine vorsätzliche Belei-
„digung halten; wird — —" Hier folgten nach gewöhnlicher Art der Frauenzimmer, (die nirgends ängst-
licher als in Kleinigkeiten sind, ob sie es zwar
durch spielende Großmuth in wichtigen Dingen oft
wieder gleich machen), eine ganze Menge unangeneh-
mer Vermuthungen, dichter gereiht, als eine Grana-
tenschnur; und dem armen Bendorf kostete es wahre
Demosthenische Beredsamkeit, seine Geliebte nur wieder etwas zu beruhigen. — Eben hoffte er, daß es ihm
nicht ganz mißlingen sollte, als Amaliens Stubenmäd-
chen ins Zimmer trat. Diese, eine große Günstlin-
ginn ihrer Herrschaft, hatte durch ein Ungefähr gerade
unten an der Hausthüre gestanden, als der verzweifelte Wurf Juliens Röschen getroffen hatte; und erzählte nun mit einer Genauigkeit, die den guten jungen Mann beynahe rasend machte, und mit einer Um-
ständlichkeit, wogegen jede Ohrenbeichte eine Kleinigkeit ist, alle die Spöttereyen her, die Julie sich nachher erlaubt hatte, oder erlaubt haben sollte.

Amaliens Hitze stieg mit jedem Worte; aber als
sie endlich die boshafte Vermuthung ihrer Gegnerinn,

(als habe sie selbst Bendorfen zu dieser Beleidigung
aufgefordert, um doch sehen zu lassen, daß sie auch
noch einen Liebhaber besitze), vernahm, da loderte
sie vollends hell empor; denn das, was ihrem Geschlecht
lieber als das Leben selbst ist, ihre' weibliche Eitelkeit
fand sich durch dieß auch noch einen aufs schmerz-
lichste gekränkt. — Umsonst bewies der geseugte Liebhaber, der jetzt zum ersten Mahl in seinem ganzen Leben
seine sanfte Amalia aufgebracht sah, durch mancherley Gründe den noch. nie angefochtenen Satz: daß alles einmahl Geschehene doch geschehen sey. Umsonst
versicherte er ihr: daß die Stimme einer solchen Thörinn wie Julie, für nichts zu achten wäre; Amalie
fuhr in ihrem Eifer fort, und befahl ihm endlich: sofort zu Julien hinzugehen, sich aufs beste zu entschuldigen, und mit der unbefangensten Aufrichtigkeit die
Schuld des ganzen Versehens auf sich allein zu nehmen.

Die Wahrheit zu gestehen, in einer so höflichen
Welt, wie die heutige ist, wo man selbst den, der
uns auf den Fuß tritt, oder auf den Kopf spuckt, so
bald er nur vornehm und reich ist, noch um Vergebung
bittet, war die Forderung, ein gleiches bey einer doch
wirklich ohne Schuld und Ursache beleidigten Nase
zu thun, gar nicht zu seltsam oder unbillig; nur der
Ton, mit dem Amalie sie ergehen ließ, verdroß
Bendorfen, der ohnedieß Reit seines Lebens jedes un-
bedingte Geboth ungern vertragen hatte. Der
Gedanke, daß diejenige, die den Bräutigam allzu
nachgiebig fände, auch dereinst von ihrem Manne Be-
harrung in dieser löblichen Sitte fordern könne, stieg
allmählig in ihm empor; er beharrte auf der Einschränkung, bey Gelegenheit Abbitte zu leisten; sie be-

stand auf so fort, und so trennten sich Beyde endlich
mit Widerwillen , und Bendorf eilte zum ersten Mahl
traurig von Amalien seiner Wohnung zu.

Hier auf seinem einsamen Zimmer begann sein
kochendes Blut sich abzukühlen; er fand, daß er zu
halsstarrig (der Eitle nannte es standhaft) gewesen sey;
der allerliebste Trost der Männer, daß man dem schwä-
cheren Geschlechte nachgeben müsse, ward immer kräftiger in ihm, und er beschloß, Amalien morgen zu folgen, ausbedungen, daß sie es noch ein Mahl und mit
etwas gelinderer Art von ihm begehre. — So ging der
kurze Sommerabend hin; er beschlief seinen bessern Vorsatz, und wollte eben ausgehen, als Amaliens Mädchen zu ihm kam, und ihm ein Billet von ihrer Gebietherinn brachte, worin sie ihm meldete: „daß die
Nachricht von der gefährlichen Krankheit einer ihrer
nächsten Muhmen, die ein kleines Gütchen an der böh-
mischen Gränze besaß, sie zu einer plötzlichen Reise
über Land nöthigte; daß er daher, wenn er sie noch
etwa zuvor besuchen wolle, bald kommen müsse; daß
ihm aber auch nur unter der Bedingung vorheriger Abbitte bey Julien der Zutritt offen stehen sollte."

Welche sonderbare trotzige Geschöpfe wir Menschen doch sind! — Bendorf war schon vorher völlig
entschlossen gewesen; aber die Wiederbohlung
des Geboths, die Bedingung, zu welcher es nun
wurde, ärgerten ihn von neuem so sehr, daß er zwar
endlich, aber doch mit dem höchsten Unwillen auf seine
sonst so geliebte Amalie, zu ihrer ehemahligen Neben-
buhlerinn hinging. — Man meldete und führte ihn in
eine besondere Stube. Julie kam nach einigen Minuten Verzug, und schien Anfangs über seinen Besuch,

deffen fie nun ſchon ſeit langer Zeit ſich ganz entwöh-
nen müſſen, ein wenig erſtaunt zu ſeyn, zumahl da
er jetzt zu einer etwas ungewöhnlichen Stunde, (unge-
gefähr anderthalb Stunden vor dem Mittagsmahl) abge-
legt ward; doch als eine Meiſterinn in der Verſtellungs-
kunſt faßte ſie ſich bald, empfing ihn mit der einneh-
mendſten Höflichkeit, hörte ſeine ſtotternde Entſchul-
digung wegen der geſtrigen unvorſätzlichen Beleidigung
mit einem gütigen Lächeln an; verſicherte, daß alles
ſchon halb vergeſſen, und nunmehr ganz verziehen ſey; und bath ihn, nachdem ſie ihrem Mädchen ein Paar Worte zugeflüſtert hatte, ſich bey ihr
niederzulaſſen.

Was Witz, Einfälle und die ungekünſtelſte Freymüthigkeit nur je vermögen können, das both jetzt Julie gegen ihn zum Kampfe auf; und Bendorf, der ſich
einen höhniſchen Empfang vermuthet hatte, und
zu ſeinem eigenen Erſtaunen eines ſo gütigen genoß; Bendorf, in deſſen Herzen heute die Liebe für
Amalien mit etwas gemäßigter Stimme ſprach; der
Julien lange nicht geſehen hatte, und in dießmahliger
bis jetzt mißvergnügter Laune dieſe ſo von ungefähr
aufſtoßende Zerſtreuung willig annahm; Bendorf, ſage ich, fand Juliens Geſpräch heute ſo angenehm,
daß ſein Witz ſich mit dem ihrigen in einen eifrigen
Wettſtreit einließ, und daß eine halbe Stunde ihm ſo
ſchnell als eine Minute verflog. — Mittlerweile trat
auch Juliens Vater ins Zimmer; ſie hatte keine Mutter mehr, war der einzige Liebling des ſchon ziemlich
bejahrten Mannes, und zugleich die unbeſchränkteſte
Gebietherinn des ganzen Hauſes. Auf ihren Ruf kam
jetzt der freundliche Alte, der ohnedieß an eben dieſem

Tage einige seiner Bekannten zu einem Mittagsmahl
eingeladen hatte, aufs Zimmer seiner Tochter; fand
Bendorfen allda, den er ängst gekannt und vom Anfange her geschätzt hatte, und ersuchte ihn höflich, auch
einer von seinen heutigen Gästen zu seyn.

In eben diesem Augenblicke gedachte Bendorf,
seit seinem Eintritte in die gefährliche Stube, zum ersten Mahl wieder an seine Amalie, an ihre nahe
Verreisung, und an seine Schuldigkeit, sie
noch vorher zu besuchen und zu versöhnen. Er lehnte
daher die Einladung des alten Hilmers aufs höflichste
ab, und gestand ihm einige seiner Gründe frey heraus. Aber Julie half so sehr mit Bitten; nahm zu Spöttereyen über den zärtlichen, allzu pünctlichen Schäfer, zu Zweifeln an der Richtigkeit der ganzen
Verreisung, zu Vorstellungen, daß ihm ja auch
nach der Tafel wahrscheinlich Zeit genug noch übrig
bleiben würde, zu der Versicherung, daß sie zeitig speiseten, und zu andern dergleichen Zuredun-
gen ihre Zuflucht; — und Bendorf, nach langem
Widerstreben, beging eine Schwachheit, die allerdings
unsern Tadel verdient, das heißt, er ließ sich erbitten
und blieb da.

Es kamen bald noch mehrere Gäste; die Gesellschaft war zahlreich, munter, wohlgewählt, der Tisch
gut, der Wein köstlich, und Julie ward, als man sich
setzte, Bendorfs Nachbarinn. Ihr Geist, der bereits
wieder einen ziemlich kühnen Plan zu entwerfen begann, hatte durch Vermischung von wahrem und fal-
schem Witze noch nie so hell geschimmert; alle junge
Mädchen nagten zuweilen neidisch an ihrer blässeren
Lippe; alle junge Mannspersonen bewunderten und lob-

len sie. Aber auch alle Andere übersah sie heute gleichgültig; jede ihrer Reden war immer nur hauptsächlich
an Bendorfen gerichtet; in jeder Materie fragte sie ihn
nach seiner Meinung, und immer traf es sich sonderbar genug, daß diese völlig auch die ihrige war.
— Natürlich, daß dieß Bündniß ihm bald Neider und
Gegner genug zuzog; aber jeden dieser letztern wider-
legte ihr Scharfsinn, oder demüthigte ihr Spott; beydes that sie, ohne sich eine Miene vom Verdienst
um ihn anzumaßen. Jeden seiner eigenen Einfälle
hingegen wußte sie mit einer Feinheit, wie man sie
nur bey einer Französinn suchen sollte, in besseres
Licht zu setzen; seine Eitelkeit hatte noch nie sich
so sein geschmeichelt, und seine Wenigkeit noch
nie sich so hochgeschätzt gesehen.

Man kann leicht denken, wie wohl dem Ehrsüch-
tigen dieß alles gefiel: er ward so heiter und frey, seine Schmeicheleyen kamen so warm und zahlreich, daß
bey einem und dem andern das bedeutende Flüstern sich
mehrte, und endlich die Schlaueste von allen, ein junges Weibchen, der es vielleicht vorkommen möchte,
als ob Julie für heute nun Lob und Vorzug genug erhalten habe, den halbtrunkenen Jüngling mit einem
Mittelton von Schalkheit und Lachen fragte: ob sie
wohl alle Gespräche des heutigen Gastmahls seiner
Amalie Mildau wiedersagen solle?

Kaum war diese boßhafte Frage über die Lippe
des neidischen Weibchens, als Juliens Auge Bendorfen mit starrer Aufmerksamkeit faßte. Sie sah ihn sich
schnell entfärben, und eben so schnell wieder an dunk-
ler Röthe mit der Tuberose wetteifern; er stotterte mit
merklicher, kaum sich zwingender Betretung ein kur-

zes:

zes: „Warum das nicht, Madame?" her, und sprach sofort mit seiner Nachbarinn linker Hand von der wichtigen Materie! daß — daß — ihr karmesinrothes Kleid ihm ganz vortrefflich gefalle. — Nichts von allen dem entging Juliens Aufmerksamkeit; auch selbst die Verlegenheit nicht, mit welcher er sie eine lange Weile hindurch nicht wieder anzureden wagte; sie gefiel ihr mehr, als das schmeichelhafteste Compliment, denn sie verrieth ihr seine innere Ungewißheit, seinen innern Kampf; die Hoffnung, daß noch nicht alles unwiderbringlich verloren sey, lebte wieder auf und bewog sie zu dem Entschlusse, alle ihre gefährlichsten Waffen wider ihn zu gebrauchen. Es kostete Mühe, ihn zu zerstreuen, doch diese verdroß Julien nicht, und ihre dreyfach wiederhohlte Anrede machte ihn aufs neue so gesprächig und munter, daß er bey allen nachherigen Tischgesprächen die wichtigste Rolle spielte.

Endlich ward die Tafel, schon spät im Nachmittage, geendigt; Bendorf gedachte jetzt wieder an Amalien, und zwar mit demjenigen Ernste, mit dem er billig es längst hätte thun sollen. Vergebens bath man ihn, an einem kleinen Spaziergange, nach dem Kaffeh, Theil zu nehmen; er schlug es mit höflicher Standhaftigkeit aus; und Julie fand selbst für gut, heute nun genug vorbereitet zu haben, und es der Zeit zu überlassen, ob Ungefähr und Schlauheit ihr vielleicht in der Folge einen besseren Gewinn von heutiger Kriegslist verschaffen würden. — Sie lud ihn daher bloß dringend ein, bald wieder zu kommen; er versprach es und ging fort.

Kaum war er in der freyen Luft, als er das ganze Gewicht seiner heutigen Unbesonnenheit fühlte, und sich eben

134

so schnell mit der Hoffnung tröstete, daß sie nichts zu
bedeuten haben würde; er kam während eines unge-
sprochenen Monologs von Selbsttadel und Selbstent-
schuldigungen an Amaliens Wohnung, fand einen Wagen an der Thüre, und das Mädchen seiner Braut noch
im Begriffe etwas einzupacken. — „Gut!" rief sie ihm
entgegen, „daß Sie doch endlich noch kommen; mei-
„ne Mamsell hat sehnlich schon, wer weiß wie lange,
„auf Sie gewartet; der Wagen hält wenigstens eine
„Stunde lang, und wir werden nun Ihretwegen tief
„in die Nacht hinein reisen müssen. Gehen Sie nur
„herauf, ich müßte mich sehr irren, wenn es dießmahl
„nicht einen recht derben Verweis abwerfen sollte." —
Bendorf flog die Treppe hinan; bestürzt durch die eben
gehörte Nachricht, häufte er Fehler auf Fehler, aus
Furcht, für den ersten zu büßen; beschloß, die wahre Ursache seines Ausbleibens unter einer wichtigern
erdachten zu verbergen, und trat eben daher gleich
Anfangs mit einer etwas verlegenen Miene in Amaliens Zimmer. Sie, schon längst in ihrem Reisehabit,
und auf der Lauer am Fenster, hatte ihn kommen sehen, und ging ihm langsam entgegen. Ihr Blick zwang
sich zum Lächeln der Gleichgültigkeit, aber die
Röthe unterm Auge strafte sie Lügen. — Er umarmte
sie feurig; sie duldete seinen Kuß, ohne ihn zu vergelten: so wie sich ungefähr zwey Ehegatten nach
dem ersten Jahre zur gesegneten Mahlzeit zu küssen
pflegen.

    Bendorf. Warum so kalt? Sind Sie vielleicht
ungehalten, schönste, beste, geliebteste Amalie, daß
ich Sie heute so lange auf mich habe warten lassen?

Amalie (mit gezwungenem Trost). Wer sagt Ihnen denn, daß ich eben auf Sie gewartet habe?

Bendorf. Mein Herz.

Amalie. Trauen Sie diesem Dinge ja nicht! Bey mir wenigstens hat es den Credit der Wahrhaftigkeit verloren. Es schwatzte und schwur mir sonst so viel von der glühendsten Liebe vor; jetzt sehe ich wohl, daß es mit seinem Verbrennen keine Noth haben wird. — Ernstlich! an meinem Daseyn oder Nicht-Daseyn muß Ihnen doch sehr wenig liegen, Bendorf, weil es Ihnen so gleichviel dünkt; mich auch ohne Lebtwohl abreisen zu lassen.

Bendorf. O nein! Vergeben Sie mir, schönste Amalie; ein wichtiges, unvorgesehenes Hinderniß; eine Einladung, die ich unmöglich ausschlagen konnte. —

Amalie (spöttisch). Unmöglich! Je, wer war denn dieser Einlader, gegen den jede Entschuldigung so unmöglich war? Sind Sie nicht bey Julien gewesen?

Bendorf. Allerdings! Heute früh. — Sie hatten mir es ja zwey Mahl gebothen; und ich befolgte pünctlich Ordre. Nachher aber ———

Amalie (aufmerksam werdend). Nachher! und was nachher noch?

Bendorf. Als ich von ihr ging ···

Amalie. Um Vergebung, wann war denn das?

Bendorf (etwas verlegen). Um — ungefähr um zwölf Uhr.

Amalie. Schon so zeitig? Sie haben sich also wohl gar nicht lange da aufgehalten?

H 2

Bendorf. Nur so lange, als es meine Geschäf=
te und die Höflichkeit erforderten.

Amalie (mit dem Tone der gezwungenen Lustigkeit).
Sonderbarer Mensch! nur so kurze Zeit bey einem
der reizendsten Mädchen zu verweilen!

Bendorf. O der, dessen Auge und Herz Ama=
liens Reize fesseln, was für Vergnügen kann der,
entfernt von Ihnen, noch finden!

Amalie. Wie fein dieß gesagt war! Schade
nur, daß ich's schon tausend Mahl gedruckt gelesen ha=
be! — Doch, um Ihre Erzählung nicht länger zu
unterbrechen; als Sie von ihr gingen, sagten Sie
vorhin — Nun was da?

Bendorf. Begegnete mir der Herr von We=
stern, redete mich an, und lud mich, da wir Geschäf=
te von Wichtigkeit gemeinschaftlich unter den Händen
haben, zur Mittagstafel ein, mit dem Vorgeben,
daß wir besser in seiner Wohnung uns besprechen
könnten. — Ich lehnte es höflich ab; aber er bestand
darauf, zumahl da ich kurz vorher unvorsichtig genug
gewesen war, ihm zu sagen, daß ich nach Hause
gehen wolle. Ich weiß nicht, liebste Amalie, ob Sie
Western genau kennen; es ist ein braver Mann, der
viel bey den Ministern vermag; der seinen Freunden
gern, und oft mit eigenem Verluste dient; der aber
auch einen vorzüglichen Fehler, allzu große Empfind=
lichkeit, an sich hat. Die Ausschlagung des kleinsten
Anerbiethens macht ihn verdrießlich, und scheint ihm
Beleidigung; die kleinste Beleidigung glaubt er
erwiedern zu müssen, und obgleich sein Zorn nicht
eben allzu lang dauert, so ist er doch zuweilen ge=
fährlich.

Amalie. Wollten Sie wohl Ihre Charakter-
schilderungen (mit poetischem Knick) indeß Bruneren
überlassen, und lieber in Ihrer Erzählung fortfahren?
Ich steh' auf dem Sprunge, wie Sie sehen.

Bendorf. Dieser Charakter gehörte zu meiner
Erzählung. Aus Furcht, wollte ich sagen, einen so
empfindlichen Mann, dessen Freundschaft ich oft bedarf, zu beleidigen, nahm ich endlich seine Einladung
an, ging mit, und ward von ihm bis jetzt, Trotz alles meines Drängens und Treibens, aufgehalten.

Amalie (mit dem ernstesten Tone). Bendorf, sagten Sie nicht oft selbst zu mir, daß Sie k e i n e Beleidigung schmerzlicher träfe, als wenn man
Ihnen zumuthen wollte, eine Unwahrheit zu
glauben?

Bendorf (betreten). Allerdings! Aber — — —

Amalie. Nun so wissen Sie denn, daß ich
hierin mit Ihnen vollkommen e i n s t i m m i g denke; daß derjenige mich schmerzlicher, als ich's zu sagen vermag, beleidigt, der mir seine fein oder
nicht fein erfundenen Mährchen aufzuheften sucht. —
O umsonst, daß Sie mir so fremd und starr ins Auge zu schauen belieben! — Sie, Bendorf, Sie sind
es, den ich meine; Sie, von dem ich sicher weiß, daß
er heute bey Julien gespeist, bey Wein und Scherz,
mich vergessen, selbst erröthend sich meiner geschämt
hat, als mein Nahme genannt wurde. — Unbedeutende Kleinigkeiten, als ich sie Anfangs von einer andern Hand erfuhr; aber nicht unbedeutend mehr,
da Sie mir dieselben verbergen und mich belügen wollen.
— Gehen Sie! — und kommen Sie meinetwegen
mir nie wieder vor die Augen! (will fort).

Bendorf (fie zurückhaltend). Amalie, theuerste Amalie, hören Sie mich! Ich bin strafbar, ich gestehe es; aber vergeben Sie mir meine jetzige grö ß e r e Unbesonnenheit, die ich nur beging, als ich eine klei n e r e wieder gut machen wollte.

Amalie (immer ernster). Eine Kleinere? Wie? —

Bendorf. Sie werden doch mein Bleiben bey Juliens Vaters. ——

Amalie. Klein! Vortrefflich! Also auch keine Reue einmahl! O allerdings ein sehr kleines Versehen! Da geht er hin, der mein Bräutigam heißen will, und flattert mit tausend süßen Schmeicheleyen um eine Thörinn herum, von der er weiß, daß ich sie, und sie mich haßt; thut, als ob es ihm, wer weiß wie schwer würde, ein kleines unbedeutendes Compliment bey ihr abzustatten; läßt mich bitten, drohen, schreiben; gehorcht, bewahre der Himmel! nur mir zu gefallen, und bleibt dann Tage lang bey ihr, verlacht nicht nur meine Einladung und Abschied, sondern möchte sogar mir gern aus dem ganzen Handel ein Geheimniß machen. Was wird der M a n n erst thun, wenn dieß der L i e b h a b e r schon thut? Was könnten Sie für Ursachen zu Trug und künstlichen Erfindungen haben, wenn nicht Ihr eigenes Herz; Ihnen sagte, daß Sie ungerecht gegen mich gehandelt hätten? — Leben Sie wohl, und trösten Sie sich bey Julien während meiner Abwesenheit; denn auch ich will alle mögliche Mühe anwenden, mit kälterem Herzen zurückzukehren.

Bey diesen Worten verließ sie ihn schnell, und entwich in eine benachbarte Stube. Umsonst wollte Bendorf ihr nacheilen, er fand die Thür verriegelt; umsonst bath und flehte er vor derselben, ihm nur auf

zwey Minuten noch Gehör zu geben; es erfolgte weder Stimme noch Antwort. Er schwur, nicht von diesem Platze hinweg zu weichen; ein höhnisches bitteres
Lachen, das Lachen des schmerzhaften Spottes, antwortete ihm. — Indem er immer noch anhielt und
flehte, hörte er an der Hausthüre ein Geräusch, eilte
hin ans Fenster, und sah Amalien, die durch eine
Seitenthüre den Saal und die Treppe herabgeschlüpft
war, schnell, als ob sie sich vor seinem Nachkommen
fürchtete, in den Wagen steigen und fortfahren.

Es wäre vergebene Mühe, Amaliens Betragen
g a n z   z u   v e r t h e i d i g e n: übertriebene Hitze leuchtet wohl überall hervor; aber man denke sich ein Mädchen, das zum e r s t e n   M a h l liebt; das von E i-
f e r s u c h t glüht; das sich eben da v e r n a c h l ä ß i g t
sieht, wo sie am ängstlichsten auf ihren Bräutigam
harrt, und das noch obendrein durch eine U n w a h r-
h e i t sich b e l e i d i g t und g e t ä u s c h t fühlt; und
man wird sie wenigstens größtentheils e n t s c h u l-
d i g e n.

Bendorf hingegen, der sich doch auch um die
Hälfte minder strafbar fühlte, als man ihn dessen an-
geschuldigt hatte, stand, als er sie entfliehen sah, Anfangs einige Secunden lang starr, wie eine Bildsäule, da; warf sich dann auf einen nahen Sopha;
sprang, ehe er noch vielleicht dessen Stahlfedern recht
berührt haben mochte, wieder auf, und rief: „Nun,
„beym Himmel, z u   v i e l bleibt ewig z u   v i e l! Ich
„will verdammt seyn, wenn ich hier, wie ein Schooß-
„hündchen, kriechend und bettelnd um Vergebung stehe!" — Indem er dieß noch sagte, war er schon halb
die Treppe hinunter; er sah keinen Wagen mehr, und

ging, aus mechanischem Wunsche, sich durch Spa-
zierengehen zu zerstreuen, immer fort, immer der Elb-
brücke zu, indem er fruchtlos bey sich überlegte: wer
ihn wohl verrathen, oder gar angeschwärzt haben
könne!

Bendorfs Gesicht war blöde; sein drittes und bestes Auge war gewöhnlich ein Fernglas. Natürlich
also, daß ein Mann, der ohnedem gewöhnlich nicht
viel sah, jetzt im Eifer beynahe gar nichts sehen
konnte: an alle Leute anlief, höchstens ihnen auswich,
ohne etwas anders als ihre Schuhschnallen erblickt zu
haben, und eben so wenig andere grüßte, als denen
dankte, die ihm mit Höflichkeit zuvor kamen. — So
schoß er auch, mitten auf der Brücke, bey einer ganzen Menge wohlgekleideter Frauenzimmer vorbey, und
war schon drey Schritte vorwärts, als er sich laut nach-
lachen hörte, und die Worte vernahm: „Nicht doch,
„wir wollen den Träumer nicht so ungeneckt lassen!"
— „Wenn er aber nun, wie Archimedes, uns bäthe,
„ihm seine Zirkel ungestört zu lassen!" schnarrte ein
halbgelehrter Stutzer drein; und Bendorf, indem er
sich umsah, erblickte mit Erstaunen Julien sammt ihrer ganzen Gesellschaft, die eben auf dem Spaziergange begriffen waren, zu dem man ihn vorhin mit
eingeladen hatte; er kehrte daher um, und entschuldigte seine Zerstreuung:

„O dessen bedurfte es nicht!" fiel ihm Julie lächelnd ein. „Sind Sie nicht ein Bräutigam? wohl
„gar ein heißverliebter Bräutigam? und
„ein Gelehrter zugleich? Ist das nicht dreyfacher Be-
„ruf zur Zerstreuung? — Aber woher sobald? haben
„Sie sich denn schon bey Amalien beurlaubt?"

Bendorf stotterte ein Ja! indeß Julie ihm starr
ins Auge blickte, und über seine Verwirrung lächelte;
er ward von neuem zur Gesellschaft eingeladen, und
nahm es mit Freuden an. Der Zorn gegen Amalien
machte Julien für ihn jetzt doppelt reizend; sie faßte
ihn, ob sie gleich schon einen Begleiter hatte, mit der
andern Hand unterm Arm, und ihre ganze Gesprä-
chigkeit wandte sich wieder zu ihm. Indeß sie so sprachen und gingen, rollte ein Wagen hinter ihnen her;
sie sahen sich um. — „Je! das ist ja erst Ihre Mildau!" schrie Julie: „Frisch, den Hut geschwenkt,
„Herr Seladon!" Ein neues Erstaunen für den armen
Bendorf, der schüchtern, wie ein ertappter hinter die
Schule gegangener Schüler, seinen Hut zog, ohne
kaum seinen Augen zu trauen. Gern hätte er sich selbst
überredet, daß er träume; gern Amaliens jetzige Wie-
dererscheinung für ein täuschendes Wunder gehalten,
und doch war alles nur mehr als zu natürlich. Amalie
hatte eine Freundinn abgeholt, und sich auch bey ihr
um einige Minuten verspätet. Ihr Weg trug sie dann
über die Brücke; und kaum erkannte sie jetzt ihren
Bräutigam von weitem, als sie sich mit der höhni-
schesten Miene, deren nur ihr sonst so sanftes Gesicht fähig war, zum Wagen heraus legte. „Ich freue mich,
„Sie in so guter Gesellschaft zu finden; es bleibt bey
„unserer Abrede!" rief sie und fuhr davon.

„Stürmt denn heute alles auf mich ein!" brach
Bendorf aus, indem er seiner selbst vergaß. — „Auf
„Sie einstürmen!" fragte Julie hastig. „Wer thut
„denn das, lieber Freund! Haben Sie etwa Verdruß
„mit Amalien gehabt? Doch nicht etwa gar meinet:
„wegen?"

„Bewahre Gott!"

„Das sollte mir äußerst leid thun! Wirklich, ich
„kenne Amalien in diesem Puncte; sie ist eifersüchti-
„ger, als eine Welsche; freylich zwar aus bloßer über-
„großer Liebe, aber doch immer etwas zu eifersüchtig.
„— Könnte Ihr Verzug bey mir vielleicht — —"

„Nicht doch, schönste Julie! Hätte ich Streit
„mit Amalien gehabt, so müßte ich doch ein wenig
„verdrießlich seyn; und ich entsinne mich nicht, daß ich
„je vergnügter gewesen wäre. Sie sollen es selbst er-
„fahren."

„Gut; ich halte Sie beym Worte!"

Und wirklich hielt sie ihn. Ihr Scherz und Witz
verjagten bald die Nebel, die ihn umgaben; er gerieth
in jene ausschweifende Munterkeit, die wir
meistentheils, (weil doch Verstellung immer gern
ein oder zwey Stufen überspringt) an die
Stelle eines verhehlten Grams zu setzen pflegen.
Einfall auf Einfall, scherzhafter Wortwechsel und Gelächter folgten dicht auf einander; ja, er ward endlich,
was er nur hatte scheinen wollen, — aufgeräumt; so
wie es Menschen gibt, die endlich wirklich berauscht
werden, wenn sie sich eine lange Zeit so angestellt
haben.

Was Wunder, wenn Bendorf daher sich heute
den Beyfall aller Frauenzimmer in seiner Gesellschaft
von neuem erwarb, und Julien mit dem gestärkten
Vorsatze belebte, noch einmahl aus möglichsten Kräften um diesen Flüchtling zu kämpfen. — Es gelang
ihr mehr, als sie selbst hoffen konnte. Wohin er ging
und trat, als er nach Hause kam, stand ihm auch Juliens Bild im schönsten Lichte und jenes von Amalien

im Schatten vor Augen. Je mehr er der Geschichte
des heutigen Tages nachdachte, desto schimpflicher
fand er sich von dieser, und desto edler von jener
behandelt. Jeder witzige Einfall Juliens war seinem
Gedächtnisse gegenwärtig; jeder ihrer Reize neu für
ihn. — „O, es ist ein herrliches Mädchen!" so endigte sich jedes Selbstgespräch, das er ihretwegen an-
stellte.

Sie hatte beym Abschied ihn gebethen, des andern
Tages sie in das Schauspiel zu begleiten. — „Sie
sind ja so," fügte sie lächelnd hinzu, „jetzt ein halber
„Strohwitwer, und wenn die Sonne sich verbirgt,
„darf wohl zuweilen der Mond hervorzutreten wa-
„gen."

„O, ich versichere, schönste Julie, daß dieser
„Mond" —

„Sagen Sie mir das morgen, lieber Bendorf!
„Punct fünf Uhr erwarte ich Sie;" — und husch!
war sie weg. Nichts bekümmerte Bendorfen mehr,
als diese letzten Worte. Er merkte die Leidenschaft nur
mehr als zu gut, die bey ihm aufkeimen wollte, und
war so ehrlich, sich zu gestehen: daß er, Trotz des kleinen Zwistes mit Amalien, nichts in sich aufkeimen lassen sollte; aber sein innerer Verdruß, seine Achtung
für die Gesetze der Höflichkeit, und seine eigene Begier siegten dennoch. Er sah Julien schon fünf und
fünfzig Minuten auf fünf Uhr wieder; begleitete sie
in ihre Loge; hörte vom ganzen Schauspiel kaum anderthalb Scenen, führte halb im Rausche seine Begleiterinn heim, und ward beym Abschiede wieder, obschon ganz nachläßig, gefragt: ob er bey einer mor-
genden Spazierfahrt mit seyn wolle! Stotternd schütz-

te er eine Abhaltung vor. — „Das wäre doch wirklich
Schade, „wenn es Ernst wäre ," erwiederte Julie,
und faßte ihn nachläßig bey der Hand; „Ich habe Ih=
„nen einen Platz in unserm Wagen aufgehoben. Sie
„können rechts und neben mir fahren; denn un=
„ter meiner Aufsicht muß ich Sie allerdings behal=
„ten, damit Sie mir nicht Schaden nehmen." Er
stammelte und wankte; versprach es nur halb und kaum,
ging zwey Stunden unentschlossen in seinem Zimmer
auf und ab, sagte endlich zu sich selbst: „Nur dieß
Mahl noch!" und spielte so das ganze liebe Spiel,
obgleich mit einigen geringen Veränderungen, sechs
oder sieben Tage hindurch.

Doch war Bendorf keineswegs so äußerst flatter=
haft, daß er nicht auch oft mit Besorgniß an Amolien
und an die Besänftigung ihres Unwillens gedacht ha=
ben sollte. Ein gütiges Wort von ihr hätte den Irren=
den auf den rechten Weg zurück gebracht; nur Scha=
de, daß sie sich eben dieß gütige Wort zu sprechen wei=
gerte, und daß sie, durch den letzten Vorfall auf der
Brücke noch bestärkter in ihrem Argwohn, steif auf
ihrem Trotzköpfchen zu beharren geruhte. Ein ehrfurchts=
voller und mit aller möglichen Kunst geschriebener Ab=
bittebrief, durch einen eigenen Bothen ihr nachge=
schickt, blieb ohne schriftliche Antwort. Ein spöttisches:
„Sie lasse ihm für das schöne Gedicht danken;" war
alles, was sie dem Bothen gegenseitig auftrug, und
was Bendorfen noch mehr erbitterte. Zu eben der Zeit
blieb Juliens Witz immer sich gleich; ihr Reiz ward ihm
täglich gefährlicher; oft schon schwebte auf seinen Lip=
pen ein feuriges, obgleich eben so oft wieder verbissenes
Liebesgeständniß, und schon wollte er sich ein Herz fas=

sen und reden, als er endlich hörte, daß Amalie wieder in die Stadt gekommen sey. Sein guter Schutzengel erwachte nun mit neuer Kraft; Bendorf flog hin, und ward — nicht angenommen; er wiederhohlte es drey Mahl, und allemahl vergebens.

Es ist hier unmöglich, umständlich fortzuerzählen, ohne weitläufig, oder vielmehr ohne langweilig zu werden. — Genug, daß nun bereits jene Pest des menschlichen Lebens, jene unselige Zunft von Zwischenträgern, sich auch hier eingeschlichen hatte, und Amaliens Unwillen durch tausenderley Erzählungen: „wie oft und unter welchen bedenklichen Umständen Bendorf indeß bey Julien gewesen wäre," zu vermehren wußte! Genug, daß Amalie ihn nun exemplarisch zu prüfen beschloß! Genug, daß er dessen bald müde ward, und von einer Thüre ganz wegzubleiben begann, die er ohnedieß immer für sich verschlossen fand! Genug, daß dieß bey Amalien für eingestandenes Verbrechen, für Hochverrath und Meineid galt, und daß sie eben durch diese ihre übertriebene Strenge Juliens Plan befördern half! Endlich schrieb Bendorf noch einen Brief an Amalien, wo er um entscheidende Antwort bath; und als er auch diesen uneröffnet zurück erhielt, ließ er sich des andern Tages feyerlich bey Julien melden. — Er gestand ihr nun seine Liebe, sie ihm ihre Gegenneigung; ihr Vater freute sich dessen, und binnen wenig Wochen waren ihre Hände vereiniget.

Die Nachricht von dieser Heirath setzte den andern Morgen die ganze Stadt in Verwunderung; Amalie, schon im voraus darauf gefaßt gemacht, war eine der ersten, die Bendorfen Glück wünschen ließ, und

ihm ein ſtarkes Packet Papiere, begleitet von nachſte-
hendem Zettelchen, überſendete.

„Mein Herr!

„Es gab einſt eine Zeit, wo wir gewiſſer Ver-
„hältniſſe wegen oft Briefe zuſammen wechſelten.
„Dieſe Zeit iſt nun hin, und ich will alles thun, ih-
„rer zu vergeſſen. Um auch nichts mehr zu haben,
„was mich daran erinnere, ſende ich Ihnen hier Ih-
„re Briefe zurück, indem ich von Ihrer Großmuth
„gleiche Zurückgabe der meinigen erwarte.“

Amalie Mildau.

„N. S. Ein ehemahls erhaltenes Briefchen Ih-
„rer nunmehrigen Gemahlinn liegt beyge-
„ſchloſſen. Jetzt iſt es ja eben ſo viel, als
„ob Sie es ſelbſt geſchrieben hätten.“

Bendorf durchlief ſchnell die ganzen Briefe, um den
von Julien zu finden; er ſtaunte, als er ihn traf und
Folgendes las:

„Liebſte Mildau!

„Sie haben mich ſehr überraſcht, indem Sie
„mich einer Kleinigkeit wegen um Verzeihung bitten
„laſſen, die ſich von ſelbſt verzeiht; und noch mehr
„durch die Perſon überraſcht, der Sie dieſe Ent-
„ſchuldigung aufgetragen haben. Ihr Bendorf, der,
„indem ich dieſes ſchreibe, bey uns ſpeiſt, und von
„dem ich mich nur ein Paar Augenblicke mühſam
„wegſtehlen konnte, machte durch ſeinen Witz und
„ſeine Munterkeit Ihrer Wahl Ehre; die ganze Ge-
„ſellſchaft iſt ſeines Lobes voll. Wir haben ihm ſo
„eben Ihre Geſundheit zugebracht, und denken Sie
„einmahl, der blöde Schäfer ward roth, und woll-
„te ſeine Liebe beynahe gar noch läugnen! — Verge-

„bon Sie es mir und meinem Vater, wenn wir
„Sie heute um ein Paar Stunden seiner Gesellschaft
„bringen; bald besitzen Sie ihn ja ohnedieß ganz;! —
„Wenn Sie heute noch, wie er uns gesagt, weg-
„reisen sollten, so reisen Sie glücklich, und seyn
„Sie versichert, daß Sie mit wahrer Schwesterliebe
„in Gedanken küßt

„Ihre

„Julie Hilmer."

N. S. „Vielleicht trage ich Bendorfen auch
„selbst dieß Küßchen für Sie auf. Darf ich
„das? Oder sind Sie eifersüchtig, liebes
„Mädchen?"

Zwey Mahl durchlas Bendorf dieses fatale Billet. —
Nun stand alles, was ihm bisher in Amaliens Betragen dunkel gewesen war, sonnenklar vor seinen Augen;
nun erklärte er sich ihre Eifersucht und Hitze bey der
letzten Unterredung; nun wußte er, wem er es zu
danken habe, daß er der Unwahrheit überführt worden
sey; auch war er scharfsichtig genug, Juliens ehemahlige Absicht bey Schreibung dieses Briefchens zu errathen.

Der arme Bendorf! alles wußte er, nur eines
nicht; ob er zürnen, oder zufrieden seyn solle.
Beschämung über sein Betragen, Unwillen über Juliens Hinterlist und Stillschweigen, sprachen laut auf
einer Seite; aber eine andere Stimme; daß Amaliens
Eifersucht ihn wahrscheinlicher Weise unglücklich
gemacht haben würde; daß Juliens heiße Liebe sich
deutlich in diesem Schritte zeige; daß er ihm allein
sein gegenwärtiges Glück zu danken habe; setzte sich jenen Einwürfen noch lauter entgegen.

Indem er noch so überlegte und wankte, trat seine junge Gattinn herein. Ihr Reiz, durch das Vergnügen der vorigen Nacht zwar etwas geblaßt, aber eher vermehrt als gemindert, ihr schwimmendes liebevolles Auge, ihr Kuß, ihr sich so dicht und feurig an ihn schlingender Arm und Busen, verdrängten jetzt alle andere Ideen. — Zwar zeigte er ihr den Brief; aber ihr freymüthiges Geständniß, daß der Wunsch nach seinem Besitze ihr denselben in die Feder gesagt habe; ihre halb scherzende, halb feyerliche Versicherung, daß dieser Tausch ihn nie reuen solle, machten seine Vorwürfe stumm. Er dankte ihr mit Handkuß und Umarmung; fragte, ob er so viel Zärtlichkeit verdiene; und both dem Himmel selbst Trotz, ihm einen glücklichern Mann zu zeigen.

Der Verblendete! Er bedachte nicht, daß jedes Frauenzimmer wenigstens zwey Seiten habe; daß die Geliebte, die Braut und die junge Ehefrau zwar immer weislich die beßere Seite ins helle Licht zu setzen wissen; daß aber Zeit genug die Reihe auch an die andere komme. Als Bräutigam hatte er Tag für Tag bald in dieser, bald in jener Gesellschaft mit Julien herumgeschwärmt, und sich die Menge Bekanntschaften, die er durch sie erhielt, recht wohl gefallen lassen; dem Ehemann fingen sie bald an zur Last zu werden. — Nicht nur, weil er durch sie seine Zeit, die zu nöthigeren Geschäften bestimmt war, einbüßte; o nein! der so oft weggebethene Herr Secretär mußte nun auch, da er, nach dem Sprachgebrauche, ein eigenes Haus machte, oft wieder bitten; und fand, daß er wenig oder nichts erspare, wenn er auswärts esse, und doch sehr viel verthue, wenn

oft

oft Fremde bey ihm speisten. — Julie kleidete sich
mit vielem Geschmack; der Bräutigam hatte ihr
manche Lobrede deßfalls gehalten; der Gemahl seufze-
te nun über Putzmacherinn- und Schneiderzettel, und
biß sich noch mehr in die Lippen, als er ihre Neigung
zum Spiele wahrnahm, wodurch oft in Einem Abende zu zehn, zwölf und mehr Louisd'ors durchgebracht
wurden, als wären es eben so viel Pfennige gewesen.

Sein Haus ward jetzt ein Sammelplatz für vor-
nehme Müßiggänger, für Spielgelage und Pickenicks,
und er selbst, der nie viel innere Neigung zu seinen
Amtsgeschäften gehegt hatte, versäumte sie jetzt täglich mehr und mehr, und seine Einnahme minderte
sich in eben dem Grade, als seine Ausgabe stieg.
Zwar erstaunte er nicht wenig, als er beym Schlusse
des ersten Jahres Rechnung hielt; zwar nahm er sich
es fest vor, auf Einschränkung seiner Wirthschaft
zu denken; aber es blieb immer auch nur beym Denken; eine einzige Bitte seiner Julie, eine einzige ver-
steckte Erinnerung an ihr allerdings ansehnliches Ein-
gebrächte, und sein eigener Hang zum gesellschaftlichen
Leben rißen ihn immer wieder hin; er lebte fünf Jahre durch so trefflich, daß er im sechsten, außer seinen sparsamen Amtseinkünften, nichts mehr zu leben
hatte.

Wenn ihm der Mangel ein heimliches Murren
abpreßte, so brachte er Julien beynahe zur Verzweiflung. Kein Spielgeld mehr, wenn sie spielen wollte;
kein Röllchen mit Ducaten, wenn ein neuer seidener
Zeug aufkam; keinen Zuschuß weiter, wenn sie Gäste bitten wollte. — O das war viel zu traurig, als daß

Madame Bendorf nicht auf Rettungsmittel hätte, denken sollen!

In einer Residenz, mit begüterten und müßigen
Weichlingen so überreichlich versehen, kann es einer
jungen, schönen, eitlen Frau nicht lange am Gelde
gebrechen, sobald sie es nur verdienen will. Ein
Graf von Starberg besuchte und sah Julien oft. Er
hatte das Glück, den Frauenzimmern, vorzüglich denen von der höhern Gattung, sehr zu gefallen: denn
was er sprach, war Persiflage; seine Complimente waren fade, aber süß; seine Kleider nach dem neue-
sten Schnitt, und seine Goldbörse reichlich gefüllt.
Er hatte sich lange um die junge Bendorf bemüht,
aber immer vergebens; jetzt schien man ihm zu winken, und Starberg war nicht der Mann, der sich
zwey Mahl winken ließ. Prächtige Geschenke sollten
ihm den Sieg erleichtern; man weigerte sich anfangs,
und nahm sie bald darauf an; ja wer weiß, ob nicht
die Festung wirklich schon auf Übergabe dachte, als ein
unvorgesehener Zufall noch für dieß Mahl alles ver-
nichtete.

Bendorf, so sehr er fühlte, daß seine Gattinn
und zwar seine Gattinn allein sein Elend mache, fuhr dennoch fort, sie mit einer Treue zu lieben,
die sonst, wie man es uns (vermuthlich aus Haß) nach-
sagt, nicht eben das alltägliche Erbtheil der
Männer seyn soll. Die Absichten des Grafen entgin-
gen daher seinen scharfsichtigen Blicken nicht, und seine
Furcht erhob sich zum Argwohn, als er das erste
Geschenk desselben angenommen sah. — Mit der liebe-
vollsten Zärtlichkeit machte er sofort seiner Julie des-

falls Vorwürfe, und sie war noch billig genug darauf
zu hören.

Aber als eine Tausendkünstlerinn, die alles,
nur nicht sparsam leben konnte, warf sie ihm
zärtlich, als er seine Vorstellung geendet hatte, den
Arm um den Nacken, und schwur, daß ihre Treue gegen ihn niemahls gewankt hätte, noch je wanken würde. — „Du bist mir noch immer so theuer," rief sie,
„als in jenem Augenblicke, wo zuerst die Hoffnung,
„dich Amalien zu stehlen, wieder in mir er-
„wachte; bist mir alles, mein Stolz und mein Glück,
„und wirst es ewig bleiben. Aber worum wollen wir
„uns ein Bedenken daraus machen, einen reichen Ge-
„cken zu plündern? Ist nicht unverdienter Über-
„fluß auf seiner Seite, und Bedürfniß auf
„der unsrigen? Überlaß mich getrost meiner Tu-
„gend und meiner Klugheit! Jene wird mich dir
„treu erhalten; diese dir auf Jahr und Tag den lä-
„stigen Artikel meines Putzes und mancher andern
„Nebenausgabe ersparen."

„Nein, nein, liebe Julie! — Wenn ja eines
„von uns zu List und Unterschleif wegen dieses elenden
„Lebens seine Zuflucht nehmen soll, so will ich es lie-
„ber seyn. — Hier sind vier hundert Thaler; schalte
„darüber! Wende die eine Hälfte zu deinem Vergnü-
„gen, und die andere zu Nothdürftigkeiten
„an: Sie sind mir schwer genug zu erwerben gewor-
„ben; doch frage nicht: wie schwer?" — Julie stutzte: achtzig hellspiegelnde Friedrichsd'or war mehr,
als sie seit langer Zeit bey ihrem Manne gesehen hatte; weit mehr, als sie, wenigstens jetzt, bey ihm
vermuthete.

J 2

„Je, Männchen, liebes Goldmännchen!" schrie
sie auf: „wo hast du denn so viel Geld her?"

„Sey das meine Sorge, Julchen! Nimm und
„gebrauche es! Nur mit dem Beding, daß von Stun=
„de an dem Grafen jeder Zutritt abgeschnitten werde."

„Von Herzen gern, mein Engel! — (Mit etwas
lauterer Stimme.) Johann, gebt Dinte, Feder und Pa=
pier her!" — Der gute Mann, ohne auf den lang=
samen Johann zu warten, flog selbst, hohlte es,
und ein höhnisches Billet sandte dem Grafen sein letz=
tes Geschenk, mit der Versicherung, daß man seine
Absichten merke und verachte, zurück. — Zwar er=
staunte dieser, der, voll Zuversicht auf seinen nahen
Sieg, schon einem Dutzend seiner Bekannten die
ganze Bendorf, Stück für Stück, nach ihren Reizen,
selbst Busen und Hüfte unvergessen, so pünktlich ab-
gemahlt hatte, als wenn sie ihm zum Modell gesessen hät=
te, nicht wenig über diesen unerwarteten Brief; aber
er faßte sich bald. Mit dem Ausruf: „Die bürgerliche
Canaille!" floh er zu einer benachbarten Freundinn,
deren platter Wuchs ihn zwar minder schadlos hielt;
deren Gunstbezeigungen aber, die höchste und ge=
ringste im Durchschnitt gerechnet, ihm auch minder
schwer und kostbar zu stehen kamen.

Bendorf und seine Frau lebten indessen von neuem
einige Wochen im fröhlichsten Rausche. Sie beschäftig=
te jetzt wieder eine Menge Krämer und Handwerker,
und man sah in der nächsten Woche wieder drey Mahl eine
Tafel von funfzehn Menschen bey sich zu Gaste. —
Die Unbesonnene! sie gedachte nicht daran, wie
theuer vielleicht ihrem Manne dieß ihr preisgegebe=
ne Geld zu stehen kommen konnte; und doch wäre hier

ihr Argwohn, zu welchem seine eigenen Worte nur
allzu viel Anlaß gaben, wohl gegründet gewesen. Bendorf hatte bey seinem Amte eine so genannte Sportel-
casse unter sich gehabt, und ihr bis jetzt mit möglichster Genauigkeit vorgestanden: selbst das bringendste
eigene Bedürfniß würde ihn nie dazu gebracht haben sie anzugreifen; aber Eifersucht war stärker als
Mangel; unter nichtigen, beynahe kindischen Entwürfen und Hoffnungen baldigen Ersatzes griff er sie jetzt
an; die vier hundert Thaler, die er Julien gab, waren aus ihr hergenommen, und der Termin ihrer Wieder-
erstattung erschien, ohne daß ein Pfennig zurück gelegt worden war. — Da sein ganzes Glück und sein
guter Nahme von der Verheimlichung dieses Schrittes
abhing, so sah er sich nun zu einem andern, nicht minder wichtigen genöthigt. Er hatte von jeher nichts eifriger vermieden, als Wechselschulden; jetzt mußte er zu ihnen fliehen, und da sein Credit schon mehr
als zu sehr gesunken war, fiel er Männern in die Hände, an welchen, außer ihrer Kleidung, nichts
christliches war, und die eben deßhalb desto mehr
an Zinsen zu gewinnen suchten, weil sie das ganze
Capital zu verlieren wagten.

Tausend Mahl faßte Bendorf den Entschluß, sein
ganzes Hauswesen umzuformen; tausend Mahl entwarf er den Plan, sich durch eine weibliche Karg-
heit von vier bis fünf Jahren wieder in Wohlstand für die nachfolgenden zu setzen; aber die
verzweifelte Furcht, die Liebe seiner Gattinn zu verlieren, schloß ihm immer wieder den Mund, und be-
thörte seinen Verstand. — Oft, wenn er sie eben bitten wollte: doch etwas minder theure Spitzen zu tra-

gen, oder doch nicht täglich Whist, die Marke zu einem
halben Gulden zu spielen; kam sie mit der freundlichsten Miene und erzählte: daß ihre Nachbarinn ganz
ein vortrefflich neues Kleid zum Geburtstags-
geschenke bekommen; daß die heutige Komödie
ein ganz allerliebstes Stück sey; daß sie nun
schon zwey Mahl wieder bey der oder jener Familie zu
Gaste gewesen wären. Der arme Mann stand dann
mit einem so ungewissen Blicke da, als ob er Senf ge-
gessen hätte, und dessen Wirkung auf seine Nerven
verheimlichen wollte: noch schwieg er; aber kam vollends ein einziges Küßchen, ein einziges: „Was meinst
du wohl, Herzchen?" hinzu, dann gab er seinen
letzten Heller, der oft noch weniger als sein letzter
Heller war, hin; brachte die Nacht mit vergeblichen
Sorgen schlaflos zu, und schrieb am nächsten Morgen
einen neuen Wechsel.

Lange konnte sich freylich eine solche Wirthschaft
nicht erhalten: der Mangel, durch Mittel, die noch
schlimmer als er selbst waren, auf kurze Fristen entfernt, brach nun, gleich einer übelgedämmten Wasser-
fluth, mit doppelter Gewalt herein. — Zwar fehlte es
Bendorfen nicht an gutem Willen, noch mehr zu
borgen; es fehlte ihm nur an dem andern zum Borgen
gleich unentbehrlichen Stücke — an einem Leiher.
Vergebens forderte jetzt Julie Geld von ihm; was er
längst hätte thun sollen, mußte er nun thun —
es ihr abschlagen. Sein Herz ward kalt, und seine
Spieltische leer. — Doch eben diese Einschränkung machte seine mißtrauischen Gläubiger noch mehr mißtraui-
scher: ihre Wechsel drängten ihn täglich, und er sah einem baldigen Arrest, und, nach den Landesgesetzen,

bey Ausbrechung des Concurses, auch dem Verluste
seines Amtes entgegen.

Versunken in jene Unempfindlichkeit, zu
der uns endlich der äußerste Kummer verhilft, saß er
einst einsam in seinem Zimmer; seine Gattinn hatte sich
unter dem Vorwande heftiger Kopfschmerzen in ihr Cabinet begeben und gebethen, sie da ungestört einige Stunden
schlummern zu lassen. — Hastig eröffnete Weller, Bendorfs letzter übrig gebliebener Freund, die Thür. —
„Freund," rief er, „Sie müssen fliehen! Zwey Stun-
„den noch verweilt, und Sie sind in Verhaft genom-
„men. Ich habe den Befehl dazu in Erlachs, des un-
„barmherzigsten Advocaten, Händen gesehen. Er muth-
„maßte, ich weiß nicht, aus welchem Grunde, ein
„Mißverständniß zwischen uns, und glaubte mir ein
„Vergnügen zu machen, indem er dieß fatale Pa-
„pier mir zeigte. Fliehen Sie, ich beschwöre Sie! Hier
„in dieser Börse ist alles Geld, was ich jetzt entbehren
„kann; nehmen Sie es, und fristen Sie sich damit!"

Bendorf stand lange Zeit wie versteinert da. Umsonst fuhr Weller fort, mit der freundschaftlichsten Wärme in ihn einzudringen; alles, was er von ihm er-
zwang, war: daß er sich erst mit seiner Gattinn darüber besprechen müsse. — Er eilte in ihr Cabinet, an
ihr Bette, keine Julie da! — Er durchlief das ganze
Haus; es erfolgte weder Stimme noch Antwort. „Was
ist das?" brach er wüthend aus, und ging so fürchterlich auf Juliens vertrautes Mädchen los, daß die arme
Erschrockene ihm zitternd zu Füßen fiel. — „Ach, ich
„will ja gern alles gestehen, was ich weiß und kann,
„liebster, bester Herr! Nur schonen Sie meiner! Die
„Frau Secretärinn ist nicht krank; sie ist nur ausge-

„gangen." — „Und wohin?" — „Um, wie sie schon
„einige Mahl gethan hat, mit jemanden am dritten
„Orte zu sprechen." — „Und wer ist der Jemand,
„Bestie?" — „Der Graf von Starberg."

Bendorf, als ob ein Degen sein Herz durchstieße,
sank starr auf den nächsten Stuhl, und schlug sich wild
mit geballter Hand gegen die Stirn: erst nach einigen
Minuten, als die Sprache wieder kam, erhob er sich.
— „Auch das? Auch das?" rief er. „Alles, alles ih-
„retwegen verloren! und noch dazu entehrt und hinter-
„gangen? — Soll ich sie erwarten und strafen? Soll
„die Treulose von meinen Händen — Nein! Nein!
„Armuth, Schande und Gewissen strafe sie! Ich will
„der Rache dessen nicht vorgreifen, der selbst Unbe-
„sonnenheiten so strenge an mir gerächt hat. —
„Wohlan," fuhr er nach der Pause von einigen Minuten fort, „hier an dieser Stelle, wo ich den Tod zweyer
„meiner Kinder beweinte, hier danke ich dir jetzt, ewi-
„ge Vorsicht, daß du sie mir nahmst. Nun brauche ich
„keine Vaterpflicht zu verletzen; und die Pflich-
„ten des Gatten werfe ich ab von mir: die Treu-
„lose ist nicht mehr werth mein Weib genannt zu
„werden. — Gern, gern würde ich auch die Oblie-
„genheiten des Schuldners und des Bürgers er-
„füllen, wenn es meine Armuth vermöchte. Aber —
„aber! Es ist dahin, alles dahin!" — Mit diesen Worten ergriff er Wellers Hand, sank an seinen Busen;
weinte zwey oder drey Thränen, glühend heiß und mit
dem Schluchzen der Verzweiflung, und riß sich dann
wieder los, und in sein Zimmer. Weller folgte immer
in Besorgniß eines zu tobenden Entschlusses; immer
bereit, ihm wenigstens einige lindernde Worte zuzu-

flüstern. Bendorf hörte nicht mehr; sprach nicht mehr.
Gleichsam unempfindlich durch zu großen Jammer, ging
er noch ein Paar Mahl auf und ab; ergriff zwey Mahl
die Feder, warf sie zwey Mahl wieder hin; steckte einige wenige ihm noch übrig gebliebene Kostbarkeiten zu
sich, und stürzte zu seinem Hause hinaus; in minder
als einer Viertelstunde saß er zu Pferde, und verließ
seine Vaterstadt auf immer.

Nur bey e i n e m Hause, indem er floh, hielt er
eine Minute still; bey Amaliens Wohnung. — Lange
war sie bereits die Gattinn eines würdigen Mannes,
eine glückliche Mutter, und eine werth gehaltne Freundinn mancher Redlichen. Lange hatte sie des Kummers
vergessen, den ihr Bendorf gemacht hatte; aber sie be-
daurte aufrichtig sein Geschick, und machte sich heimlich zuweilen gelinde Vorwürfe wegen jener übertrie-
benen Eifersucht. — Hier harrte Bendorf, und rief:
„Da, Elender, da standst du sonst! Glücklich in G e-
„genwart, und noch glücklicher in H o f f n u n g
„baldiger Zukunft. — O verdammt sey der Au-
„genblick, wo ein unglücklicher Wurf deiner Unbeson-
„nenheit die Gelegenheit gab, alle Wonne dieses Le-
„bens dir zu zertrümmern!"

Thränend floh er weiter, und verlebte den kleinen
Rest seiner Tage in Dunkel und Armuth unter einem
fremden Himmelsstrich. Julien hielt er keiner Zeile
mehr werth; und bald empfing Weller die Nachricht seines Todes.

———————————

Lindloß Correspondenz.

Selwiß war Dichter, aber zum Unglücke für ihn, und zuweilen auch für Andere, einer der mittelmäßigsten. Ruhmbegier und ein wenig Empfindsamkeit hatte er, wie so mancher seiner Brüder, für untrüglichen inneren Beruf zum Lorber Apolls gehalten; hatte zeitiger zu dichten als zu denken angefangen, und fuhr fleißig mit jenem fort, so kleine Fortschritte er auch in diesem machte. — Nur etwas besaß er, was schlechte Poeten sonst selten besitzen: ein dunkles Gefühl, daß er noch weit von Vollkommenheit entfernt sey, und nie war ihm dieß weniger dunkel, als wenn er eines Gleichnisses in seinen Gedichten bedurfte.

Er liebte diesen Schmuck so vorzüglich, hielt ihn für so ein unentbehrliches Dichter-Ingredienz, lernte fast jedes neuangetroffene Gleichniß auswendig, und gleichwohl fehlte es ihm immer an selbsterfundenen. — Endlich ward er fest überzeugt, daß die Schuld nicht an ihm, sondern an der Verschwentung seiner Vorgänger liege, die, gleich der tartarischen Lammspflanze, alles rund um sich aufgezehrt hätten; und es dünkte ihm daher ein höchst origineller Einfall zu

seyn, wenn er künftig jede Vergleichung aus ent fern-
ten Welttheilen herhohlen könne.

Nun gibt es allerdings Leute unter uns, die Afrika und Amerika, selbst Otaheite und Terra del Fue-
go weit besser, als ihre eigene Heimath und Mitmenschen kennen: aber Selwitz gehörte nicht darunter!
er kannte im eigentlichen Verstande nichts als den Busen seiner Phillis, die Länge und Kürze der Sylben und die Gedichte seiner Zeitgenossen. Er
würde also auch dieses treffliche Project gar bald haben
aufgeben müssen, wenn er sich nicht auf seinen Freund
Lindlof verlassen hätte.

Und wer war denn dieser Lindlof? wird man fragen. — Der unermüdetste Leser, der sich denken läßt;
der jede Reisebeschreibung mit gierigen Augen verschlang,
und was freylich noch seltener ist, auch das Gelesene
behielt und nutzte. Diesen ersuchte Selwitz um die Mit-
theilung seiner gefundenen Schätze, entdeckte zugleich
ihm aufrichtig seinen Endzweck, und erhielt die Zusage der Gewährung. So entstand hieraus ein Briefwech-
sel, der auf Lindlofs Seite nicht unter die ganz alltäglichen gehörte, und wovon ich hier nur einige, durch
ein Ungefähr mir in die Hände gekommene, Fragmen-
te mittheilen will.

I.

Sagte ich's Ihnen nicht zum voraus, mein Liebster, daß der Commodore Biron, bey dem ich mich
einzuschiffen gedachte, so alt auch seine Reise schon ist,
mir doch wenigstens zu einem Briefchen Stoff her-

geben würde? Noch din ich nicht weiter als zur Magellanischen Meerenge fortgesegelt, und schon stößt mir
ein Geschichtchen auf, das ich Gewissens halber nicht
bey mir behalten kann. Denn als in diesem Canal Birons Schiff von einigen Indianern besucht ward, so
ließ er, um ihnen doch einiges Vergnügen zu machen,
einen seiner Unterofficiere den Matrosen zum Tanze
aufspielen. Noch nie hatten diese nackenden Gäste etwas dem Ähnliches gesehen und gehört: ihre Freude
war daher unbeschreiblich, und einer von ihnen, am
lebhaftesten unter allen gerührt, stürzte sich über den
Schiffsrand in seinen Kahn, aus dem er bald nebst einem großen Sack rother Schminke zurück kam. —
Mit vollen Händen bestrich er das Gesicht des Violini-
sten, und eilte von ihm, um dem Commodore gleiche
Ehre zu erweisen. Umsonst, daß dieser eine solche Höflichkeit zu verbitten suchte: der Wilde bestand auf seiner Freygebigkeit, und man mußte Ernst brauchen, um
ihn abzuweisen. — Wie so mancher unserer kleinen
Kunstrichter, Zeitungsblättler und Bibliothekenschrei-
ber hat vielleicht in Birons Reisen *) selbst dieß Histörchen mit Lächeln gelesen, ohne sich träumen zu lassen, daß man zwischen ihm und diesem Wilden eine
Ähnlichkeit finden könnte, die, dünkt mich, doch ein-
leuchtend genug wäre. — Wenn ein solcher eingeschränk-
ter Kopf zuweilen die Werke unserer wenigen guten

*) Darunter hatte Lindief noch angemerkt: „Eine Vermu-
„thung, die nur deßhalb Statt finden kann, weil diese
„Geschichte bald zu Anfang des Buchet steht. In die Mit-
„te der Schriften kommen die Afterkunstrichter bekannter
„Maßen fast nie."

Schriftsteller anstarrt, und sie mit eben dem Lobe über-
schüttet, das er kurz vorher bey Stümpern entweiht
hat; was erweist er ihnen anders, als einen ungebe-
thenen Freundschaftsdienst nach dieses Wilden Sitte?
Will er nicht offenbar seine ekle Schminke Wangen auftragen, die durch gesunde Farbe zehn Mahl besser ge-
ziert werden, und wundert er sich nicht zuweilen mächtig, wenn sein Lob, das dem Weisen Tadel dünkt,
abgelehnt wird? — Stille Bewunderung von ferne,
das wäre das beste Loos, das er ergreifen könnte.'
u. s. w.

II.

Müde von den Stürmen der magellanischen Meerenge habe ich, mein Bester, seit einigen Tagen eine
kleine Ausflucht nach Peru gethan, und allda so manches Gebirge, bewehnt von tödtenden Winden, unbeschädigt überstiegen, manche Ruine und manches fremde Thier so halb und halb kennen gelernt. Keines unter diesen letztern gefällt mir besser, als das so genannte Guaniko, wild und muthig, und als solches jedem schon bekannt, der sich nur einiger Maßen in der
Naturgeschichte dieses Weltheils umgesehen hat. Weit
unter ihm steht ein'anderes Thier, Vikunnah mit
Nahmen, zahlreicher und leichter zu fangen. Oft sammeln sich von diesem zweyten ganze große Herden in
den Thälern; so fort umgeben die Indianer diese mit
einigen wenigen Stangen, an denen einzelne Lappen
oder Felle hin und her wehen; und diese furchtsamen
Geschöpfe werden dann durch dieses leere Flattern so

geängstiget, daß sie in gedrungenen Haufen still stehen, und sich fangen lassen, ohne nur um einen Schritt weit von ihrem Platze zu weichen. So bald aber ein einziger Guaniko unter diesem Schwarme sich befindet, so bald springt er auch mit leichter Mühe über die Stangen hinweg, und die alten und jungen Wikunnahs folgen dann seinem Beyspiele mit solchem Ungestüm nach, daß schnell die ganze Verzäunung nieder gerissen wird. — — Nicht wahr, guter Selwitz, hier braucht es nicht einmahl meiner Erklärung, wen ich bey die-sem Histörchen im Sinne habe!

III.

„Wie! Sie errathen es doch nicht! — Wäre es möglich, daß sie das Volk nicht kennten, dessen Schrift-steller sich nun so manchemahl schon in die erbärm-lichsten Schranken wahrer und falscher Regeln schmieg-ten, und dann schnell wieder nach einmahl gemachter Lücke, mit gleich tadelhaftem Ungestüm, sclavische Einschränkung gegen Zügellosigkeit ver-tauschten? Das Volk, dessen Dichter jetzt nur immer im lispelnden Zephyr und an rieselnder Quelle scherzten oder neugeschaffene Amorettenengel mit Baumblüthen spielen ließen; jetzt schnell wieder im Donner Wodans unter entwurzelten Eichen daher braußten, wie Wald-ströme im Winterhain; jetzt so einzig auf Wohllaut und Scansion sahen, daß ihr Gedicht ein Rosen-thau ward, der Trotz des lieblichen Nahmens nur Wasser ist; jetzt, um Britten zu seyn, weither ge-plünderte Gedanken in wenig Zeilen so zusammen eng-

ten, daß sie — sich selbst nicht verstanden? — Das
Volk, dessen dramatische Dichter jetzt so ängstlich von
den drey Einheiten des Orts, der Zeit und
Handlung zusammen gepreßt wurden, daß sie seuf-
zend die Hände empor hoben, wenn irgend ein besserer
Kopf die Fesseln brechen wollte; und die, so wie nur
Ein Guaniko, oder wenn Sie lieber wollen, ein Gö-
the, unter sie kam, so rehfüßig aus ihrem Käfig
schlüpften, daß sie jetzt wieder beynahe glaubten,
Sprünge wären des Dramatikers einziges Verdienst;
daß sie, unbekannt mit G. wahrhaft großem Geiste,
immer nur seine Unregelmäßigkeit priesen; jedes Schauspiel langweilig fanden, wo die Scene nicht hier und
da war; und wo nicht zwanzig Jahr in dreyßig Minuten so pfeilschnell hinrauschten, daß es wohl recht
heißen konnte: ihnen sind tausend Jahr wie ein Tag,
und ein Tag wie tausend Jahr. — Das Volk kennen
Sie nicht, und leben mitten darin? Selwitz, Selwitz!
Sie haben sicher ein Schauspiel unter der Feder, wo
der Held des Stücks im ersten Auftritt an der Ammen-
brust, und im letzten als ein lebenssatter Greis er-
scheint."

IV.

"Also kein Schauspiel? — Aber doch ein anderes
poetisches Werk? Und zwar eines, worin Sie,
wie Sie sagen, alle ihre Kräfte anspannen, und
sich selbst übertreffen wollen? — Freund, verzeihen
Sie meiner Aufrichtigkeit; aber ich gestehe es frey,
dieß klingt gefährlich. — Ich liebe es höchlich, wenn
ein Dichter sich angreift; die ersten Würfe—

lobe folche, wer da will, ich ſtimme nicht mit ein! —
Aber ſo oft ich auch höre: Hier will der Dichter ſeine
ganzen Kräfte ſammeln, will ſein Meiſterſtück
liefern; dann denke ich immer: Walte der Himmel,
daß dir's nicht etwa geht, wie Noverren! — —

„Und wie ging es denn Noverren?" höre ich Sie
murmeln; denn bekanntermaßen iſt Kenntniß der Geſchichte nicht Ihre Stärke. — Nun ſo hören Sie zu;
denn iſt es gleich nicht ein Hiſtörchen aus der neuen
Welt, ſo iſt es doch eines aus der jetzigen, und kann
Ihnen leicht eben ſo nützlich ſeyn.

Noverre, der berühmte Noverre, war anfangs
Tänzer auf dem königlichen Theater zu Straßburg, und
bald der erſte allgemein geſchätze Mann in ſeiner Kunſt
allda. — Stolz war ſein einziger Fehler; aber
dieſer Fehler ging allerdings auch ſo weit, als es zu
geben nur möglich war *). — Der Ruf ſeiner Verdienſte
durch-

―――――――

*) Nur eine kleine Anekdote davon! Wenn in Straßburg ein-
mahl das Thor zur Nachtzeit geſchloſſen iſt, ſo wird
es nur für Perſonen vom erſten Range wieder geöffnet.
Der wachhabende Offizier kommt dann auf den Wall, läßt
ſich ihren Nahmen ſagen und ſo weiter. Noverre kam einſt
nach ſchon geſchehenem Schluſſe; anſtatt zurück zu gehen,
glaubte er einer von denen zu ſeyn, welchen dieſer Vorzug
gebühret, ließ den Offizier herausrufen und trug ſein Anliegen ſo an: „Mein Herr, ich bin der Herr von Noverre,
erſter Tänzer auf dem hieſigen Theater Sr. Königl. Maj.
und will hereingelaſſen werden." — Der Offizier lächelt
und antwortet: „Mein Herr von Noverre, erſter Tänzer
auf dem hieſigen Theater Sr. Königl. Maj., Sie werden
— nicht hereingelaſſen werden!" — Eine Antwort, die
jenem ſo unbegreiflich ſchien, daß er wenigſtens noch ein

durchdrang schnell das jedes Verdienst so gut kennen-
de Frankreich; und Paris, von langen Zeiten her
im Besitz des Vorrechts, seine Sänger und Tänzer mit
Generals = und Marschalls = Gehalten zu belohnen, berief ihn unter den vortheilhaftesten Bedingungen
zu sich.

Sie können sich leicht denken, daß der ehrgeizige
Künstler die Gelegenheit, seinen Ruf und seine Einnahme zu vergrößern, mit beyden Händen ergriff; aber
zu gleicher Zeit war sein angelegentlichster Wunsch,
auch für Straßburg das Andenken seiner länderbeglü-
ckenden Größe unvergeßlich zu machen; und ein gedruckter Anschlag versicherte, daß er ein Abschiedssolo
mit zur Zeit noch ungesehener Kunst tanzen würde.
Natürlicherweise waren Parterre und Logen bis zum
Brechen voll; er selbst, angefeuert von der Menge,
begann mit außerordentlichen Kräften seinen Tanz,
und hob sich schon bald anfangs mit so ungemeiner Gewalt, daß jede Erwartung aufs höchste gespannt war;
aber als nun das Ende sich nahte, und er gern mit
dem besten Gerichte das Augenmahl beschließen wollte,
sank er plötzlich in einem der schwersten Entrechats darnieder, und die Sehnader seines rechten Fußes war
zersprengt. Unwissend, was ihm widerfahren sey, hob
er sich zwar ein wenig von neuem, aber sein baldiges
Niederfallen belehrte ihn von seinem Unglück, und er
blieb lahm für immer; lahm, weil er auch seine Kräfte alle in einem Augenblick vereinen, und sich selbst
übertreffen wollte.

Viertelstunde verzog, in Hoffnung, daß man sich eines bessern besinnen werde.

Meißners Erzähl. 2.   K

V.

Um Sie recht zu überzeugen, wie aufrichtig ich es mit Ihnen meine, will ich nicht nur die Schätze meiner gedruckten Lectüre, sondern auch meine handschriftlichen Vorräthe Ihnen aufthun. Nachstehende Anecdote werden Sie umsonst irgend wo suchen; denn sie ist mir aus einem raren Manuscript mitgetheilt worden, dem Sie übrigens allen möglichen Köhlerglauben schuldig sind.

Zu einigen reichen Engländern, die begierig waren, Palmirens weltberufene Ruinen zu besehen, zugleich aber, wegen Unsicherheit des Weges, zu Balbeck auf mehrere Gesellschaft warteten, gesellte sich unter andern auch ein junger Franzose, ein Mann von mancher unverächtlichen Kenntniß, aber auch mit alle dem Leichtsinn ausgerüstet, der seines Volkes Unterscheidungszeichen ist. — Es konnte nicht fehlen, er und die Britten stritten sich vom ersten Augenblick ihrer Bekanntschaft an. Auf jeder Poststraße Europens würden sie beym ersten Pferdewechsel sich getrennt, und wechselseitig auf einander in ihren Reise-Journalen geschimpft haben; aber jetzt, da einer des andern bedurfte, blieb es beym Streit und bey der Reisegesellschaft; bald darauf brachen sie mit einer kleinen Karavane auf, und kamen nach manchen Mühseligkeiten, die Neugier verachten lehrte, zu Palmira an. Hier belohnte die unendliche Menge der kostbarsten Trümmer, die zerbrochenen und selbst halb im Schutt noch prächtigen Wasserleitungen, der glänzende halbe Sonnentempel und tausend andere Merkwürdigkeiten ihre Mühe mit Wucher, und sie wußten eben so wenig, wo sie anfan-

gen, als wo sie aufhören sollten? An jeder darnieder
liegenden Säule bewunderten sie den Geschmack dieses
ausgestorbenen Volks, und die außerordentliche Über-
häufung des Schmucks; jede noch halb erhaltene Ruine
verkündete gleich stark den Reichthum und die
Schwelgerey der vorigen Besitzer, und beynahe
jedes halb verstümmelte Gemählde, jede halb zertrümmerte Bildsäule machte die Kunst des vergessenen
Künstlers bewundern. — Einige Stunden hindurch
vergassen unsere Reisende ihrer selbst über diesem noch
nie gesehenen Schauspiel; aber als sie alles einzeln
besehen und durchwandelt hatten; als sie nun mit einem Blick das ganze Feld noch einmahl überliefen;
als sie die Haufen von Schutt, diese so kläglichen Beweise, daß alles unterm Monde eitel sey, noch einmahl
betrachteten, und mit ihnen die elenden kleinen Hütten
der dürftigen Araber verglichen, die mitten auf diesen
Ruinen gleichsam nur deßhalb schwebten, um durch
ihre stehende Armuth den Abstand der darnie-
derliegenden Pracht noch mehr zu erhöhen; da
traten ins Auge eines jeden Britten edle Zähren; da
klagte jeder zwey Minuten lang über das wechselnde
Schiksal, dem keine Größe zu groß sey. — Nur der
Franzose machte auch hier wieder eine Ausnahme, indem er lächelnd, spöttelnd und witzelnd von einer Ruine
zur andern hüpfte, und, als ob er in einem Tanzsaal
wäre, sich durch Springen und Voltigiren übte. Zwar
strafte ihn Baronet L**, der älteste und weiseste unter den Engländern, mit manchem verdrießlichen Blick;
doch übersah er jetzt noch schweigend diese kindische
Thorheit.

K 2

Aber als der Leichtsinnige, beym nächsten Mit=
tagsmahle zu Balbeck, wieder lachend dieser Scene und
des Unterschieds ihrer Empfindungen gedachte; als er
selbst sich rühmte: da Heiterkeit gezeigt zu haben,
wo sie unmännliche Weichlichkeit bewiesen hätten,
da hielt der Britte sich nicht länger, und verwies ihm
seinen unbesonnenen Scherz in einem so derben Tone,
daß sie nun eben auf beyden Seiten in den ernstlichsten
Wortwechsel übergehen wollten, als ein Anderer von
der Gesellschaft, Faldbridge mit Nahmen, dem
Streit eine neue Wendung gab.

„Zwar hat," unterbrach er sie, „mein Landsmann
schon in so ferne Recht, daß Sie als bloßer Mensch
der Verbindlichkeit mehr als zu viel auf sich haben, bey
einem Anblicke, wie der neuliche war, zu fühlen und
zu trauern. — Aber wie dann zumahl, mein Herr,
wenn ich Ihnen bewiese, daß eben Sie — eben Sie,
mein Herr! unter uns, aus einem andern Gesichts=
puncte genommen, die größte Ursache hatten, ernst=
haft zu seyn? Daß es eben für Sie Pflicht gewesen
wäre, zwischen diesen traurigen Trümmern und einem
andern, Sie sehr nahe angehenden Gegenstande Ver=
gleichung anzustellen, und durch diese Vergleichung
sich zu betrüben?"

„Ich! Wie das? — Das wäre ich allerdings be=
gierig zu hören."

„Sind Sie nicht ein Franzose?"

„Ich habe die Ehre."

„Und zwar ein Gelehrter?"

„Morbleu! das sollte ich denken."

„So ist doch wohl ohne Zweifel Ihnen alles das=
jenige, was ihre Landesgelehrsamkeit angeht, wichtig?"

„Welche Frage! — Das Ja darauf ergibt sich
von selbst."

„Wie? Und Sie bemerkten nicht die auffallendste
Ähnlichkeit, die ihre ehemahlige und ihre jetzige Epo-
che der Literatur mit Palmirens ehemahligem Flor
und jetzigen Trümmern hat?"

Die ganze Gesellschaft lachte: nur er, der sonst
so selten ernsthaft blieb, blieb es jetzt.

„Verstehe ich, was Sie wollen, und wie Sie
das zu beweisen denken?"

„Beweisen? O! nichts ist leichter, als das. Ich
darf Sie nur erinnern, wie viel von Ihren berühmten
Männern in Vergleichung mit den ehemahligen noch
stehen; darf Sie nur bitten, den Werth dieser wenigen Jetztlebenden mit dem Werth ihrer Vorgänger zu
vergleichen, und Ludwigs XVI. Zeitalter wird dann
im Punct der Literatur sicher jedem unparteyischen
Auge ungefähr das zu seyn dünken, was diese in Palmirens Gefilden noch einzeln stehenden Säulen gegen
die ehemahligen und nun zertrümmerten Palläste sind."

„Vortrefflich! Wenn anders paradox vortrefflich ist."

„Wie! das setzt ein Franzose noch als ungewiß voraus?"

„O ja! sobald dieß Paradoxe die Grenzen über-
schreitet. — Palmirens Öde mit einem angebauten
Lande zu vergleichen! Welcher Einfall, und auch nichts
mehr als ein Einfall!"

„Den ich aber doch, mit Ihrer Erlaubniß, fort-
setzen könnte, wenn ich anders Sie an die Hütten der
Araber erinnerte, die jetzt noch Palmira keineswegs
zur gänzlichen Einöde werden lassen, und die wieder

durch Parallelen mir, wie Sie sehen, manchen Stoff
zu fernern Einfällen geben würden. Nicht zu vergessen
die immer noch stehenden Aquäducten, den Sonnentempel und andere Geläude mehr, auf deren Mauern
ich die Nahmen Voltaire, Rousseau, Di-
derot, Mercier und ungeführ von drey Andern
noch schreiben würde: Männer, allerdings der Achtung nicht von Frankreich allein, sondern von ganz
Europa würdig! Aber was ist das gegen Ludwigs XIV.
glänzendes Jahrhundert!"

„Ein brittischer Edelmuth, uns doch nicht alles
zu nehmen! Aber wie, mein Herr, wenn ich Ihnen
aus Ihren eigenen Worten bewiese, daß wir nach Ihrer eigenen Vergleichung, wenn sie anders passend
seyn soll, wenigstens ehemahls das erste Volk unter der Sonne in Künsten und Wissenschaften gewesen
seyn müßten! wo es sich dann nebenher von selbst er-
giebt, daß wir unmöglich in so kurzer Zeit so tief gesunken seyn können, als Sie es lieber behaupten
möchten."

„Immer hervor mit diesem Beweise; ohne Eingang!"

„Kennen Sie irgend ein Volk, das in der Bau-
kunst dem ehemahligen palmirischen an Pracht gleich
gekommen wäre!"

„An Pracht? — Nein."

„Nun! wenn also unsere Vorfahren diesem Volke so ganz gleichen sollen, nur daß man dort von Ge-
bäuden und hier von Literatur spricht; so sind ja, nach
Ihrem eigenen Geständniß, wir dasjenige Volk, bey
dem Künste und Wissenschaften den höchsten Grad
der Größe erlangt haben, und unsere stolzen Na-

benbuhler, die so gern ihren Shakspeare über unfern Corneille, ihren Pope über unfern Boileau, ihren — — —"

„Halten Sie ein, Freund, halten Sie ein! Es
wäre Sünde, Sie so viel Literatur und Redekunst in
Folgerungen verschwenden zu laſſen, da wir über
die Vorderſätze noch nicht einig ſind. — Sie ver-
wechſeln liſtig genug die Worte Pracht und Größe. Nur an jener waren die Unterthanen Zenobiens
einzig; an edler Einfalt, an wahrer Größe, da übertraf ſie noch manche Nation. Dieſe gekünſtelten Säulen, alle von korinthiſcher Ordnung, dieſe mit Zier-
rathen überladenen Palläſte, dieſer Schmuck an jeder Ecke, und alſo auch oft am unrechten Orte —
ſehen Sie nicht, welches weite Feld Sie mir ſelbſt er-
öffnen, wenn ich ſonſt daſſelbe zu nützen Luſt hätte!
— Aber ich erinnere mich, daß allerdings ein Einfall nicht allzu weit ausgedehnt werden darf, und ich
habe meinen ganzen Zweck erreicht, da ich Sie ernſt-
haft ſehe."

So weit mein Manuſcript. — Glauben Sie indeß keinesweges, lieber Selwitz, daß ich, indem ich
daſſelbe Ihnen mittheile, auch die Vergleichung des
Engländers durchgängig billige. Weit von dieſem Ma-
jeſtätsverbrechen entfernt, glaube ich vielmehr, daß
bloß ein Britte dieſes wagen dürfe. Denn welcher unter uns würde ſich dieß wohl gegen ein Volk erlauben,
deſſen treueſte Nachbether wir, unſerm Leſſing zu
Trotz, immer noch verbleiben; deſſen kleinſte Kleinigkeiten tauſend unſerer periodiſchen Schriften ſammeln,
überſetzen und lobpreiſen; deſſen Schmierer ſogar
von unſeren Großen oft ueben und übe r unſere be-

I

sten Schriftsteller gesetzt werden? — Nur des
Gedankens kann ich mich nicht erwehren: Was würde
der strenge Falbridge wohl jetzt sagen, da zwey ihrer
größten Säulen, Voltaire und Rousseau, um-
gefallen sind, da er schon bey deren Lebzeiten so viel
sagte?

VI.

Warum sollte ich aber auch, liebster Freund,
nur immer in Afrika und Amerika mich Ihrentwegen
herumtreiben? — Schon Spanien dächte ich, wäre Ihnen entlegen genug; ich durchreise es jetzt in Gesell-
sellschaft des Herrn Twiß, des bekannten großen Pa-
trons der Irländer, die sein Bildniß auf eine ganz neue
Art verewigen *), und er hat mich auf einige einzelne Bemerkungen gebracht, die Ihnen vielleicht brauch-
bar seyn können.

Haben Sie irgend einen Freund, der eine ein-
trägliche Bedienung umsonst sucht, oder eine schon besessene wieder verliert; dann trösten Sie ihn durch ein
Beyspiel aus dem Twiß.

„Der heilige Antonius von Padua," sagt er,
„war sonst Generalissimus der portugiesischen

---

*) Sie eröffneten nämlich, voll Unwillen gegen seine Be-
schreibung von Irland, eine Subscription auf Kammerbe-
cken, worin Twiß Bildniß, nebst der witzigen Unterschrift:
„Das ist Herr Twiß, auf den ich p*ß," sich befand; und
die Subscription belief sich binnen wenigen Tagen auf einige tausend Stück.

„Armee mit einer Besoldung von 300000 Reis
„oder 84 L. 7. 5. 6. D. — Doch der Graf von
„der Lippe-Bückeburg kam nachmahls an seine
„Stelle, und ihm folgte, als er nach Deutsch-
„land zurückging, ein schottischer Edelmann,
„Maclean, in diesem Posten nach."

Wer kann nun wohl seines Amtes sicher seyn, da
selbst Heilige es nicht sind! —

Oder sollte etwa einmahl ein brittischer Spötter
auftreten, und uns Deutschen jene ökonomische Klugheit verweisen, die schon so manchen guten Kopf nicht
nur untergehen ließ, sondern ihn auch nicht einmahl
nach seinem Tode mit einem Denkmahl ehrte; wie wenigstens Buttlern widerfuhr, nachdem er, Trotz seines Ruhms, Hungers gestorben war; dann lesen Sie
diesem Klügling folgende Stelle vor:

„Der große Fielding liegt zu Lissabon auf dem
„Kirchhof der englischen Factorey beerdigt. Ei-
„ne Menge prächtige Monumente sind Kauf-
„leuten und ihren Weibern und Kindern da auf-
„gerichtet; seinen Hügel deckt kein Stein, der
„nur sagte: Hier liegt Heinrich Fielding."

Fieldingen kein Denkmahl! dem Verfasser des
unnachahmlichen Tom Jones keine Grabschrift! Ha,
der Britte müßte noch unverschämter als ein gemeiner
Franzose seyn, der sich dann nicht wenigstens ein Paar
Minuten lang entfärbte.

Oder bedürfen Sie eines neuen Gleichnisses für
eine zahlreiche und allzu gemeine Sache, dann setzen
Sie auf Twißens Bürgschaft hin:

Gemein, wie der Christorden in Por-
tugall. „Dieser Orden," sagt er, „wird beynahe

gar nicht die Schauspieler seines Landes ein!
jene Königinnen auf der Bühne, zu deren Füßen oft
die Ducs und die Marschälle von Frankreich seufzen;
jene Helden, die in ihrem Leben oft mit dem Prinzen
von Geblüte speisen, und die nach ihrem Tode doch kaum
bey andern Christen begraben werden dürfen?

Nicht wahr, eine solche Vergeßlichkeit können
eigentlich nur Franzosen sich zu Schulden kommen
lassen; sie bleiben immer das Volk, das bey Roßbach
wie eine Heerde Schafe vor wenig Hunden flieht, und
doch wohl nachher gutmüthig genug versichert: daß
des Markgrafen von Brandenburg baldiger gewisser Un-
tergang ihnen Leid thue, und daß sie seines Länd-
chens halber nicht erst die Macht ihrer Staaten
aufbringen wollen. — Aber nur Geduld, lieber Selwitz! auch ein Britte hat sich gleicher Unachtsamkeit
nicht enthalten können; D. Watkinson heißt er, von
dem wir eine Reise durch Irland haben. Er gedenkt
in dieser mit spöttischem Tone einer guten alten Frau,
die in Irlands gebirgigstem Theile wohnte; die einige
Guineen mühsam sich gesammelt hatte, und die nun
lieber betteln gehen als solche angreifen wollte, weil
sie dieselben, ihrem eigenen Ausdrucke nach, zu einem
anständigen Begräbniß sich aufhob. Und
worin bestand dieser ihr so wichtiger Anstand? Bloß
darin, daß die Nachbarn beym Todtenmahle
überflüssig mit Whiskey und Tabak be-
wirthet werden könnten.

Wie in aller Welt konnte dem Watkinson bey dieser Erzählung der natürliche Gedanke entschlüpfen,
daß das, was er an diesem Weibe verspottete, nichts
mehr und nichts weniger sey, als was tausend und

aber tausend von seines Gleichen — denn ich hoffe
wenigstens, daß er sich unter die Gelehrten rech=
nen wird — sich selbst zu Schulden kommen lassen?
Wenn Sie oft ihr ganzes Leben in Dürftigkeit und Ar=
beit zubringen, keinen Schweiß sich dauern, keine
Vergnügung sich ablocken, durch keine Drohung des
Arztes sich schrecken lassen, nur um das unempfundene
Glück des Nachruhms zu haschen; um nur zu machen,
daß zwanzig Journale den Tod eben desjenigen Mannes,
denn sie lebend oft neckten, nun mit dem Klageton
eines gestäupten Knaben anzeigen; was thun sie dann
anders, als daß sie des eigentlichen Lebens Be=
quemlichkeiten für ein anständiges Todten=
mahl aufopfern? Nur mit dem Unterschied noch,
daß ihnen, bey allen ihren durchwachten Nächten, bey
aller ihrer Mühe und Entsagung, doch, wegen Un=
dankbarkeit des Publicums, wegen Unstätigkeit mensch=
licher Kräfte, eb.n dasjenige noch ungewiß bleibt,
was jenes Mütterchen wenigstens ziemlich sicher
hatte.

VIII.

Haben Sie, lieber Freund, etwa Lust eine Sce=
ne aus einer Unschuldswelt, oder eine Idylle
nach Geßner zu machen, und sind nur noch wegen des
Schauplatzes verlegen, auf welchem Ihre tugendath=
menden Helden auftreten sollen, so könnte ich Ihnen
mit einem dienen, der ganz gewiß noch nicht durch öf=
tern Gebrauch abgenützt worden ist. — Die Schwar=
zen nähmlich auf der Helfenbein = Küste waren vor der

Ankunft der Portugiesen, und noch lange nachher,
das schuldloseste, unerfahrenste, gutmüthigste Men-
schengeschlecht, das man sich nur denken kann. Ein
Schloß war ihnen ein so unbegreifliches Ding, daß
sie das erste von uns Europäern hingebrachte zu bewundern nicht satt werden konnten. Eine Uhr vermehrte ihr Erstaunen noch um ein Großes: und die
Kunst, das Papier redend zu machen, schien
ihnen eine übernatürliche Kunst zu seyn. Armes Volk,
und doch beneidenswerth, wenn es auch nur einer einzigen Gewohnheit halber seyn sollte!

Denn ehe die Schwarzen an ein fremdes Schiff
kommen, verlangen sie von dessen Hauptmann nichts,
als daß er sich ein wenig Seewasser ins Auge spritze;
nach dieser Ceremonie setzen sie in ihn, seine Absichten
und Handlungen, ein völliges Vertrauen, weil sie
glauben, daß man einen so heiligen Eid nie verletzen könne. Ich hatte, als ich dieß las, zuvor in einem über die Erfindungen geschriebenen Buche ein
Langes und ein Breites über die Nutzbarkeit dieser und
jener Entdeckung, von dem mächtigen Vorzug, den
Europa durch diese vor andern Welttheilen habe, gelesen: und die Hochachtung, welche jene Mohren für
Uhr, Schloß und Briefe haben, gab mir einen Beweis mehr von der Wahrhaftigkeit jenes Schriftstellers.
Aber ich konnte mich doch nicht enthalten, auszurufen:

„O ihr Erfinder der Uhren, der Schlösser, und
tausend anderer häuslicher Bequemlichkeiten, so viel
wir euerm Nachdenken, oder dem glücklichen
Zufall, der euch darauf brachte, zu verdanken haben, nehmt eure Geschenke wieder! Selbst du vergesse-
ner, obschon der Unvergeßlichkeit mehr als zehntausend

großmächtigste Monarchen würdiger Mann, du Erfinder der edlen Schreibekunst, nimm deine Gabe zurück, wenn uns dafür die Unschuld wieder zu Theil
werden könnte, in welcher dieses arme unwissende Volk
noch lebt, das nur die häufigen Gewaltthätigkeiten der
Europäer seitdem scheu und argwöhnischer gemacht
haben."

Wenn Ihnen, lieber Selwitz, diese Declamation
Langeweile verursacht hat, oder wenn Sie darauf be-
stehen, keinen Brief von mir ohne Beytrag zu ihrem
Allegorien- und Gleichniß-Schatzkästlein zu erhalten,
so will ich Ihnen drey aus einem so eben vor mir liegenden alten deutschen Polygraphen abschreiben, dem
sie solche keck nachbrauchen, sie keck für neu ausgeben
dürfen; denn jenen liest sicher Niemand mehr. Hier
sind Sie:

Bey einem Ritt durchs Wasser, reitet billig nur
derjenige voraus, der sich sehr wohl beritten
weiß. So ist es sicherer, verständigen Männern
nachzureden, als ohne richtiges Gefühl der
Kraft etwas zuerst zu sprechen.

Gesellschaft gleicht einem Gebäude;
so wie man zu diesem nicht großer Werkstücke
allein, sondern auch der Füllsteine bedarf, so
finden bey jener sich auch gewöhnlich der Verständigen wenig, der Unverständigen viel.

Und nun das beste!

Wollüstige Liebe ist der Jael gleich. Sie ver-
birgt diejenigen, die zu ihr fliehen, gibt ihnen
Milch zu trinken, bedeckt mit dem Mantel ihren
Schlaf; aber wenn sie nun sicher schlafen, dann

schlägt sie ihnen den Nagel durchs Haupt, ——
der sie tödtet.

Sie wollen wissen, woraus ich dieß abgeschrieben
habe? Vielleicht mache ich Sie noch neugieriger, wenn
ich Ihnen sage, aus den ersten besten z e h n Seiten
eines Buches von a c h t T h e i l e n, wo jeder Theil
s e c h s h u n d e r t S e i t e n stark ist, und wo man auf
jedem Bogen wenigstens z w ö l f, wo nicht mehr,
gleich gute Sentenzen finden kann. Denken Sie selbst,
welche starke Nachlese es allda noch für Leute geben
mag, die G e d a n k e n e r s t s u c h e n m ü s s e n; und
dennoch sind Schriftsteller und Buch längst so gut als
vergessen. H a r s d ö r f e r heißt jener, und hat freylich
der Tändeley, der Übertreibung, des falschen Witzes,
und überhaupt der Fehler viel, und selbst für sein Zeitalter fast allzu viel: aber in seinen G e s p r ä c h s-
s p i e l e n, woraus ich dieses nahm, steht doch auch
Manches, was einer Todtenauferweckung würdig wäre *).

---

*) Nachrichten über Harsdörfers Leben und Schriften findet
man im 6. Bande dieser Sammlung, welcher Meißners
Fabeln enthält.

Was man sich irren kann.

Wahre Anecdote.

Eine englische Landkutsche, nach gewöhnlicher Art mit Menschen vollgestopft, war auf den Weg nach York begriffen. Man sprach viel von Straßenräubern, und von der besten Art, sein Geld vor ihnen zu bewahren. Jedes pries sich im Besitz einiger Vortheile zu seyn, die man aber nicht von sich geben wollte. Ein junges, rasches achtzehnjähriges Mädchen war die keckeste und offenherzigste von allen.

„Ich trage," sagte sie, „mein ganzes Vermögen, einen Bankzettel, von zwey Hundert Pfunden bey mir, und der ist mir auch gewiß geborgen; ich habe ihn in meine Schuhe, zwischen Strumpf und Fuß versteckt, und der Räuber müßte mit dem Teufel selbst im Bunde stehen, wenn er dort ihn suchte."

Sie hatte dieß kaum ausgesagt, als sich wirklich Straßenräuber einfanden, und den erschrockenen Reisenden ihre Börsen abforderten. Sie erhielten solche, aber der Inhalt derselben war so äußerst dürftig, daß die Räuber damit nicht zufrieden seyn wollten, und die ganze Gesellschaft mit einer strengen Durchsuchung aller ihrer Habseligkeit bedrohten, wenn sie nicht sofort eine

Meißners Erzähl. 2.   L

Summe von wenigſtens hundert Pfunden herbey-
ſchafften.

„Dieſe können die Gentlemens," — erhyb ein
alter Mann tief in der Kutſche Hintergrunde ſeine
Stimme, — „leicht und doppelt obendrein finden,
ſo bald ſie nur die Miß da bitten, ihre Schuhe und
Strümpfe auszuziehen! Der Rath ward befolgt. Das
arme Mädchen erhielt für ihr niedliches Füßchen ein
Paar halb ſpöttiſche Complimente, die ſie nur allzu
theuer mit ihrem Bankzettel bezahlen mußte; man
dankte für Fund und Rath; wünſchte glückliche Reiſe,
und tröſte ſich ſeiner Wege.

Kaum waren die Räuber aus dem Geſichte, als
die Beſtürzung der Reiſenden ſich in Wuth verwandelte. Worte reichten nicht hin, die Betrübniß des armen
Mädchens und den Zorn zu beſchreiben, mit welchem
die ganze Geſellſchaft gegen den alten Verräther loszog.
— „Böſewicht! Diebshehler! Räubergenoſſe!" erſcholl
es von allen Seiten her. Man drohte ihm mit Schlä-
gen, Herauswerfen, gerichtlicher Belangung, kurz mit
allem, womit man ihm nur drohen konnte; aber er
blieb ganz gelaſſen; entſchuldigte ſich ein einziges Mahl:
daß man ſich ſelbſt der Nächſte ſey; und als die Kutſche
an dem Orte ihrer Beſtimmung hielt, verſchwand er
unvermuthet, ehe man noch etwas gegen ihn vorneh-
men konnte.

Das arme unglückliche Mädchen! Wie ſchlaflos
war ihre Nacht! Aber wie unbeſchreiblich auch ihr Erſtaunen, als ſie des andern Morgens noch ſehr zeitig
folgenden Brief erhielt:

„Hier, liebe Miß, ſendet Ihnen der Mann, den
„Sie geſtern als Ihren Verräther ſo ſehr verabſcheuten

„und verabscheuen mußten, das für ihn ausgelegte
„Capital zurück, nebst eben so viel Zinsen, und einer
„Haarnadel von wenigstens gleichem Werthe. Alles
„dieß wird hoffentlich hinreichen, um wenigstens in et-
„was Ihren Kummer zu zerstreuen; und dann werden
„auch folgende wenige Worte mein Betragen Ihnen
„entziffern.

„Ich bin ein Mann, der nach zehn, in Indien
„mühsam zugebrachten Jahren heimkehrt, um für die
„übrige Lebenszeit auszurasten. Wechselbriefe auf drey-
„ßig tausend Pfund waren gestern in meiner Tasche,
„und waren verloren, wenn es die Knauserey meiner
„Gefährten zu einer Durchsuchung von den Räubern
„kommen ließ. Unmöglich könnte ich wünschen, wieder
„zurück nach Indien, zumahl mit leeren Händen, ge-
„ben zu müssen. Verzeihen Sie daher, wenn ich Ihre
„Offenherzigkeit nützte, und lieber eine mäßige Sum-
„me, ob sie gleich nicht mein war, aufopfern, als alles
„das Meinige verlieren wollte! Ich bin Ihnen dafür,
„dieß heutige kleine Geschenk ungerechnet, zu jeder
„Zuflucht bereit: und trage daher auch kein Bedenken,
„meinen Nahmen und meine Addresse, auf einem bey-
„liegenden Zettel, abzugeben.“

———

Der Findling.

Eine wahre Anecdote.

Ein armer Schuster zu D. hatte mit seiner Frau schon sechs oder sieben Jahre in einem Ehestande gelebt, dem zu beyderseitiger höchster Zufriedenheit nichts, als ein reichlicheres Einkommen fehlte. Sie hatten bereits vier Kinder am Leben; jetzt ging das gute Weib zum fünften Mahl schwanger. Wie sie bey dieser abermahls bevorstehenden Erweiterung ihres Hauswesens auskommen sollten; da sie jetzt schon oft für den nächsten Morgen keinen Pfennig Geld und kein Stückchen Brod besaßen? — dieß war alle Abende ihr Gespräch beym Schlafengehen. Gewöhnlich schloß es sich mit dem Geständniß: daß sie es nicht wüßten; und — mit Thränen.

Einst um Mitternacht, als der Schuster sich dessen am wenigsten versah, weil sein ehelicher Kalender ihm noch einen Stillstand von drey bis vier Wochen versprach, weckte ihn seine Frau mit der Nachricht: Sie empfinde so heftige Schmerzen, daß sie an einer baldigen Niederkunft nicht zweifeln könne. Der arme Mann war in nicht geringer Verlegenheit. Daß ein solches Geschäft sich nicht aufschieben lasse, wußte er gar wohl. Um eine Hebamme hohlen zu lassen, gebrach es ihm an jeder Bedienung: sie selbst hohlen, war er zwar

bereit; doch indeß blieb ja seine Frau allein! Keine
Nachbarinn, keine Freundinn, die in der tiefen Nacht
geweckt werden könne, hatten sie. Kurz, unser Ehemann entschloß sich endlich lieber selbst, so gut er es
vermochte, die Pflichten einer Wehmutter zu überneh-
men, und seine Frau kam auch binnen einer Viertelstunde, zwar glücklich genug, aber, o Schrecken, mit Zwil-
lingen nieder.

Schon für ein Kind gebrach es bey dieser über-
eilten Niederkunft, und bey der Ältern bittersten Armuth, noch an mancherley, was von Wäsche und zur
Wartung nöthig war; und nun sollten sie gar Kleidung, Kost und Sorgfalt auf zwey verwenden! Wie
dieß zu erschwingen sey, blieb der Mutter, bey allen
körperlichen Schmerzen, und dem Vater, der seiner
selbst vergaß, unbegreiflich. Endlich gerieth der letztere
doch auf einen Gedanken, der ihm das letzte Rettungsmittel zu seyn schien.

„Erinnerst du dich noch," fragte er, „wie neulich
der Gewürzkrämer an der zweyten Gassenecke sich so
sehnlich Kinder wünschte? Wie! wenn ich ihm jetzt
eines von den unsrigen vor die Thüre legte? Er ist
ein vermöglicher Mann; zieht er es auf, so wird dieß
Kind vielleicht sein Erbe und glücklich. Behält er es
nicht, so muß er dasselbe doch anderswo unterbrin-
gen, und überall wird es wenigstens besser aufgehoben
seyn, als bey uns. Die Nacht ist warm; für des Kindes Leben ist keine Gefahr; willst du, so trage ich
es fort."

So groß die Noth des armen Weibes war, so
sehr sie wünschte: beyde Kinder hätten sich gar nicht
eingestellt; so regte sich doch jetzt die Mutter noch

stärker in ihr. Zweifel, Widersprüche, Bitten setzte
sie dem Vorschlag ihres Mannes entgegen; gleichwohl
mußte sie zweyerley ihm eingestehen. Erstens: daß
ihr Unvermögen, sechs Kinder zu ernähren, augen-
scheinlich sey; und dann: daß alles, was geschehen
sollte, gleich geschehen müsse, weil am Morgen sofort ihre Lage mehreren Menschen bekannt werden
würde. — Sie gab daher endlich nach; man theilte
und verfuhr selbst bey dieser Theilung so ehrlich als
möglich. Die Zwillinge waren von beyderley Geschlecht:
da man muthmaßen konnte? dem unbeerbten Krämer
werde ein Knabe lieber als ein Mädchen seyn, so ward
der Sohn zum Aussetzen bestimmt. Der Schuster nahm
ihn, so gut als möglich eingepackt, unter seinen Mantel; schon drey Mahl war er damit an der Stuben-
thür, als ihn immer sein Weib noch zurück rief, um
ihrem Kinde nur noch einen Kuß, den letzten, wie
sie glaubte, — zu geben. Endlich trat der arme Vater einen Gang an, der ihm weit schwerer ankam, als
manchen Soldaten der Gang ins tiefste Feuer der
Schlacht, oder zur Sturmleiter.

Die Straße war todt. Jetzt befand sich der Schuster an der bewußten Ecke; hatte sich wohl sieben Mahl
nach allen vier Seiten umgesehen, ob ihn auch Jemand
in der Nähe oder Ferne bemerke: er sah nichts; that
hastig zwey oder drey Schritte bis zur Hausthüre hin,
küßte zärtlich noch einmahl das schlafende Knäblein,
und legte es hin. In eben diesem Augenblick öffnete
sich die Hausthür. Der Krämer selbst sprang heraus,
faßte unsern Schuster oben beym Kragen des Mantels,
und rief: „Hab ich dich Bösewicht! Kommst du wirk-
„lich noch einmahl! Wo in aller Welt, Kerl, nimmst

„du die Kinder her! und warum soll ich gerade sie
„dir ernähren! Den Augenblick trage mir deine beyden
„Bankerte wieder fort, oder ich lasse die Wache rufen,
„die dir und ihnen schon Quartiere verschaffen soll!" —
Bey diesen Worten schob er dem Schuster ein zweytes,
ganz frembes Kind, (das ihm, wie man nachher erfuhr,
ungefähr eine halbe Stunde früher vor eben dieselbe
Thür gelegt worden war,) unter den Arm; zwang
ihn dieses sowohl, als jenes selbst gebrachte aufzunehmen; hörte auf kein einziges seiner Worte, sondern
schlug ihm unter Drohen und Schimpfen die Thür
vor der Nase zu.

Nie hat sich wohl ein Mensch in einer ängstlichern
Verlegenheit, als jetzt dieser unglückliche Vater befunden. Was konnte er nun wohl thun! Vor eine andere Thür gehen! Deren gab es freylich noch viel.
Aber hatte man nicht vielleicht in der Nachbarschaft
schon von diesem Lärmen etwas gehört! Hatte der
Krämer nicht so gut, als gewiß, ihn erkannt! War
nicht, wenn er auch weiter ging, und seine Last nochmahls ablegte, am nächsten Morgen alles ruchbar, alles entdeckt! Würde man dann nicht ihn vorfordern,
hinsetzen, bestrafen! — Und zumahl dieß zweyte,
gleichsam vom Himmel herab gefallene Kind! Wem
gehörte dieses! Wie kam er dazu! Was sollte er damit anfangen! Wenn nun jetzt vielleicht die Wache
käme! Ihn so fände! Ihn mitschleppte! — Wenn
wohl gar eines von diesen Kindern jetzt in seinen Händen stürbe! Wenn man dann glaubte, er habe den
Tod desselben bewirkt, oder wenigstens beschleunigt!
Wenn man ihn verhaftete, indeß seine Frau vielleicht
mit dem Tode — Ach das Heer von Möglichkeiten,

das auf allen Seiten in ihn einstürmte, und wovon
immer jede letztere schrecklicher als die vorhergehende
war, wuchs endlich zu einer solchen Menge, zu solcher
Höhe empor, daß er so schnell, als fasse ihn zum zwey=
ten Mahl der Krämer und die ganze Justiz behm Man=
tel, seinem Häuschen mit beyden Kindern zulief.

Aber zumahl das Erstaunen des armen, kraftlos
da liegenden Weibes, die sich schon ängstete, wo ihr
Mann so lange ausbleibe; die geglaubt hatte, er wür=
de ledig heim kommen, und ihn nun so beladen
eintreten sah; die, als er jetzt auspackte, und stumm,
wie ein Geist, aber mit dem Blick der Verzweiflung,
die beyden Kinder auf den Tisch vor ihr hinlegte, nicht
wußte, was ihr geschah! nicht begriff, was dar=
aus werden sollte! die wohl zwanzig Mahl ihn fragte
was vorgegangen sey? und endlich aus einzelnen Wor=
ten ihr Schicksal mehr errieth, als erfuhr — wer kann
die Betrübniß und den Jammer dieser unglücklichen
Wöchnerinn sich lebhaft genug denken! — Beynahe ei=
ne ganze Stunde brachten sie beyde, als sie wieder
der Thränen und der Worte fähig waren, mit frucht=
losen Klagen und eben so fruchtlosen Berathschlagun=
gen zu. Der Morgen graute schon; sie wußten noch
nicht, was sie machen sollten. Endlich erwog der Mann
bey sich selbst, daß dieses Sorgen und Weinen nichts
helfen, wohl aber seiner Frau in jetzigen Umständen
höchst schädlich, vielleicht gar tödtlich werden könne.
Er nahm daher, um nur sie zu schonen, so zerrissen
sein Herz war, auch allmählich eine gelassene Miene
an, und versuchte es nach Trostgründen zu haschen,
als plötzlich ein neubemerkter Umstand ihren Gesprächen,

ihrer Empfindung, ihren ganzen Aussichten eine andere Richtung gab.

Das arme fremde Kind, welches schon eine geraume Zeit ganz ohne Nahrung sich befunden haben
mochte, fing an bitterlich zu schreyen. Die Schuste-
rinn, der dieß jammerte, wollte es herausnehmen,
und wenigstens ins Trockene legen. Indem sie es deßfalls aufband, und aus dem Bettchen, das nett und
sauber war, empor hob, that sie vor Verwunderung
einen kleinen Schrey; denn sie sah, daß hinten, am
Nacken des Kindes, zwey Zettel leicht angebunden waren und herabfielen. Den einen fing die Wöchnerinn
selbst auf und erkannte die Aufschrift: H u n d e r t
G u l d e n ! Auf ihr freudiges: O Gott, was sehe
ich! eilte auch der Mann herbey, und hob das zweyte
auf der Erde liegende Papier auf; es war zwar keine
Banknote, aber noch mehr werth; denn es stand
auf ihm:

„Der Banquier Z. (einer der sichersten in der
„ganzen Stadt), habe Ordre, dem Erzieher dieses
„Kindes, bis zum siebenten Jahre funfzig Thaler, bis
„zum zwölften siebenzig, bis zum zwanzigsten hun-
„dert alljährlich auszuzahlen. Familienumstände nö-
„thigten die Ältern, dieses Söhnlein zwar auszusetzen,
„doch verlassen würden sie es nie. Dem Erzieher, auf
„dessen Ehrlichkeit man ein Vertrauen setze, sey frey
„gestellt: wozu er den Knaben anhalten wolle; nur
„müsse es ein anständiges Gewerbe seyn. Beyliegende
„Banknote von hundert Gulden solle für keine ab-
„schlägliche Zahlung, wohl aber für eine Ermunte-
„rung auf die Zukunft gelten.“

Wie mancher Prinz mag schon ein Königreich ge-
erbt, und dabey mindere Freude empfunden haben,
als unser Paar bey Lesung dieser Schrift, und beym
Empfang dieser Banknote. Wohl hundert Mahl küß-
ten sie jetzt beyde den kleinen Findling, den sie ihren
Schutzengel, ihren Wohlthäter nannten; den sie über
alle ihre eigene Kinder zu lieben und zu pflegen gelob-
ten. Nunmehr waren sie aller ihrer Angst, aller Noth
quitt und ledig. Mit funfzig Gulden konnten sie alles
anschaffen, was ihrer Wirthschaft noch abging; für
die übrigen funfzig Leder einkaufen; vom jährlichen
Ziehgeld ein Dienstmädchen ernähren; mit eigenen
Händen dafür desto freudiger arbeiten. Der lichte Tag
kam schon, und sie machten immer noch Pläne, Pläne
von ganz anderer Art, als jene vorigen waren! Pläne, wobey sie sich freuten, wie das bekannte Bauer-
mädchen bey ihrem Topfe voll Milch.

Fast aber wäre es auch hier, wie dort, auf ein
luftiges Ende hinausgelaufen! Verschwiegen konnte
dieser Handel seiner Natur nach nicht bleiben. Schon
dadurch, daß sie des nächsten Tages drey Kinder zugleich zur Taufe senden mußten, ward ein ansehnli-
cher Theil von der Wahrheit aufgedeckt. Die Ver-
wechselung der Banknote machte neue Verwunderung;
und der guten Leute eigene geschwätzige Fröhlichkeit
klärte das Räthsel endlich ganz auf. Diese Geschichte
kam bald zu mehreren Ohren, und unter andern auch
zu den Ohren des Krämers. Er stutzte, als er hörte,
daß er einen so wohl bedachten Zögling von sich ge-
stoßen und einem andern aufgedrungen habe. Dieser
Schritt reute ihn. Er begehrte das Kind zurück; der
Schuster verweigerte es ihm; die Sache kam vor Ge-

richt; und beyde Parteyen bothen nun ihre Beredsamkeit auf.

„Dieses Kind," sagte der Krämer, „sey nicht
„dem Schuster, sondern ihm vor die Thür gelegt
„worden; die Ältern desselben müßten daher auch zu
„ihm, und nicht zu jenem ihr Zutrauen gehabt haben.
„Daß er dieses Kind gleichsam wieder verstoßen habe,
„sey zwar ein Versehen, aber ein sehr verzeihliches
„Versehen, weil dabey ein Irrthum obgewaltet
„habe. Er hätte es für ein preisgegebenes Ge-
„schöpf, nicht für einen Knaben, der auf die Er-
„ziehung gegeben werde, gehalten. Auch habe er
„dasselbe nicht eigentlich verstoßen, sondern nur
„seinem rechtmäßigen Vater zurückgeben, und ihn
„an seine Schuldigkeit erinnern wollen. Durch Maß-
„regeln dieser Art habe er daher keinen Verlust, und
„noch minder der Schuster durch die überdachte Ausse-
„tzung seines eigenen S..des eine Belohnung ver-
„dient. Was für Sorgfalt könne ein fremder Knabe in
„Zeiten der Noth von einem Manne erwarten, der
„seinen leiblichen Sohn habe wegsetzen wollen? — Das
„Kind, wie man aus dem Kostgeld schließen könne,
„müsse begüterten Ältern zugehören; diese aber wür-
„den gewiß lieber einen Handelsmann, als einen
„niedrigen Handwerker zum Pflegevater ihres Kna-
„ben erwählen. Sie sprächen überdieß von einem an-
„ständigen Gewerbe, wozu man dereinst ihn an-
„halten solle. Diese Benennung päße sehr gut auf
„die Kaufmannschaft, doch nie, auch mit dem
„äußersten Zwang, auf den Schusterleisten."

Gegen alles dieses erwiederte der Schuster, oder
vielmehr sein Anwald: „Noch sey es zwar äußerst un-

„gewiß, ob jene unbekannte Ältern ihr Kind mit eini-
„ger besondern Absicht, oder geradezu vor die erste be-
„ste Thür, ausgesetzt hätten. Doch selbst, wenn sie
„ein vorzügliches Zutrauen gegen den Kaufmann ge-
„äußert haben sollten; so habe er sich dessen durch sein
„nachheriges Betragen gänzlich unwerth gemacht. —
„Man glaube gern, daß er dasselbe für eine Furcht
„der Armuth und des Elendes gehalten; aber auch
„dann hätte es, wenigstens, als Mensch, auf Men-
„schenliebe Anspruch machen können; und wodurch ha-
„be der begüterte Krämer diese bewiesen? Nicht ge-
„pfleget, nicht versorget, nicht ein Mahl genau be-
„trachtet, habe er dieß unglückliche Kind; denn sonst
„würde er auch an ihm gefunden haben, was nachher
„der Schuster fand. — Ja, als er diesen Letztern zwang,
„beyde Kinder mitzunehmen, sey es mehr ein Vor-
„wand als eine billige Vermuthung gewesen; daß die-
„ser arme Handwerksmann ihm von das erstere Kind ihm
„gebracht haben müsse. Denn wahrscheinlich sey es doch
„gar nicht, daß ein Mann zwey Kinder auszusetzen
„habe; und ganz unwahrscheinlich, daß er sie zu zwey
„verschiedenen Mahlen, kurz auf einander, ge-
„rade vor eine Thür setzen sollte. Weit sicherer
„würde er es dann entweder zugleich, oder vor zwey
„Thüren thun. Aber der Krämer habe das Kind nur
„los seyn wollen; und jeder Vorwand, wahrscheinlich
„oder unwahrscheinlich, sey ihm hierzu willkommen ge-
„wesen. — Weit menschlicher habe dagegen der Schu-
„ster sich betragen. Er hätte jetzt dreist jenes dritte
„Kind wegwerfen können; denn da ihm immer noch
„zwey eigene Kinder übrig geblieben, so würde jeder
„Verdacht bald von ihm abgelehnt worden seyn. —

„Nicht jene erstere Aussetzung daher, wozu Armuth,
„und die Hoffnung, das Schicksal seines Sohnes erträg-
„licher zu machen, ihn verleitet hätten, sondern sein
„nachheriger besserer Entschluß, auch in höchster Noth
„sich über fremde Hülflosigkeit zu erbarmen — nur die-
„ser verdiene, daß ihm jetzt der kleine Gewinn ver-
„bleibe, der bey Erziehung des Findlings sich zeige.
„Der Stand des Krämers möge immerhin besser, als
„der des Schusters seyn. Doch auch dieser sey ein recht-
„licher Bürger, und nirgends im Zettel finde sich eine
„Erwähnung: daß man auf den Stand, wohl aber
„auf die Ehrlichkeit des Erziehers sich verlasse. Zu
„welchem Gewerbe der Knabe, wenn er erwachsen, sich
„wenden wolle, das würde ihm allein überlassen blei-
„ben; aber bis dahin sollte nichts verabsäumt werden,
„was zu jeder Wahl ihn fähig machen könne.”

In den Augen der Gerichte standen die Wagscha-
len beyder Parteyen so sehr im Gleichgewicht, daß sie
nicht wußten, welcher der Ausschlag gebühre. Die meisten glaubten; der buchstäbliche Sinn jenes Zet-
tels sey mehr für den Kaufmann; die Billigkeit
mehr für den Schuster. Man war daher schon gesinnt,
es weiter zu verschicken; und da nur allzu oft in Deutschland Gesetz und Billigkeit nach sehr verschiedenen Grundsätzen sprachen, so hätte leicht der arme Schuster sein
Dankgebeth noch zu früh gebethet haben können, wäre
nicht seine Sache durch einen neuen Umstand sichtbar-
lich und unläugbar verbessert worden. — Derjenige Banquier nähmlich, der bevollmächtiget war, des Kindes
Kostgeld alljährlich auszuzahlen, kam und überlieferte
der Obrigkeit einen Brief, den er von der Post erhalten haben wollte; der ganz unbezweifelt von einerley

Handschrift mit jenem Zettel war, den man unter des Findlings Haupt angetroffen hatte; und der also lautete:

„Der Knabe war allerdings zuerst dem Krämer zugedacht, der kinderlos, nicht unbeurteilt, und wie man glaubte, ein Biedermann war. Aber die Unbarmherzigkeit, mit welcher er ihn wegstieß, hat ganz das Zutrauen der Mutter abgeändert. Sie schenkt dasselbe nun dem ehrlichen Schuster. Ihm verbleibe das Kind! Seine Armuth verdient Unterstützung, seine Redlichkeit Belohnung. Ihm verdankt der Findling vielleicht ganz allein die Erhaltung seines Lebens. Deßwegen wird ihm hier noch eine Banknote von funfzig Gulden bestimmt, und das Kostgeld jährlich um zehn Thaler erhöht. Ist er im Verfolg so brav, wie er scheint, so wird man sicher unter der Hand davon Erkundigung einziehen; so wird es gewiß nicht sein Schaden seyn; und die unglückliche aber nicht ganz dürftige Mutter darbt sich vielleicht noch manchmahl etwas ab, um dem Erzieher ihres Sohnes danken zu können."

Jetzt glaubte der Rath allerdings für den Schuster entscheiden zu müssen. Dem Kläger widerrieth sein eigener Gerichtsfreund, den Handel weiter zu treiben. Der Beklagte blieb im Besitz des Knaben, und erfüllte auch ganz die Hoffnung, die man in ihn gesetzt hatte. Er konnte für seine eigenen Kinder nicht liebevoller, als für dieß fremde sorgen. Sein ganzes Schicksal änderte sich auch von Stund an. Denn nicht nur erleichterte jener Zuschuß seine häuslichen Bedürfnisse beträchtlich; sondern, da auch sein Nahme bey dieser Gelegenheit mehreren Menschen bekannt ward; da viele für ihn ein günstiges Interesse faßten; ja, da

viele wohl gar ein gutes Werk ohne eigenen Schaden
zu thun glaubten, wenn sie von nun an bey ihm ar=
beiten ließen, so wuchs seine Kundschaft binnen Kurzem
drey und vierfach. Als ein geschickter Arbeiter erwarb er
Beyfall, und ward ein Schuster nach der Mode. Dieß
sowohl, als jene zwey Banknoten, sezten ihn in den
Stand, nebenbey einen kleinen Lederhandel anzufan=
gen. Auch hierin hatte er Glück, und ward wohlha=
bend. Von seinen eigenen Kindern erzog er nur drey
Töchter, den Handel vererbte er auf seinen Zögling,
der zugleich sein Eidam ward.

Der Fürst und das Schauspiel.

Ein junger Fürst fing an den Trunk zu lieben. — Seine Unterthanen murrten, seine Räthe schüttelten oft bedenklich den Kopf, und sein Hofprediger eiferte am ersten hohen Festtage auf öffentlicher Kanzel gegen dieß Laster. Jedermann, und selbst der Prinz, verstand den Wink dieses neuen Chrysostomus; aber der heilige Eifer blieb fruchtlos. — „Was erfrecht dieser „Schwarzrock sich mir Regeln vorzuschreiben?" sprach der Fürst zu seinem Günstling, und berauschte sich noch diesen Abend stärker als jemahls.

Der Günstling, der, was so selten ist, in seinem Monarchen nicht nur den Fürsten, sondern auch den Menschen liebte, schwieg. Aber auf seinen heimlichen Befehl führten wenige Tage darauf die Schauspieler dieses Hofes ein Schauspiel auf, in welchem ein trunkener Fürst vorkam. — Die Niedrigkeiten, zu denen er sich in diesem Zustande herabließ; die Verspottung der Höflinge, die Leichtigkeit, mit der er sich jetzt zu Verbrechen verleiten ließ, vor denen er nüchtern zurück bebte, wirkten so stark auf den zuschauenden Prinzen, daß er sich ganz verstohlen in eben der Minute, als Logen und Parterre über einen komischen

Auf=

Auftritt laut auflachten, ein Paar Zähren aus den Augen wischte.

Kaum war er wieder in seinem Zimmer, als er seinen Vertrauten ganz allein zu sich rief. — „Ich mag nicht untersuchen," sprach er, „ob die heutige Vorstel-lung ein Werk des Zufalls oder der Verabredung ge-wesen sey: nur so viel befehle ich dir, mir bey jedem „Glase Wein, das du über Durst mich trinken siehst, „das Wort Schauspiel ins Ohr zu raunen. — Der „erste Rausch, den ich in deinem Beyseyn, ohne deine „Warnung mir trinke, bringt dich des nächsten Tages „um deinen Posten und meine Liebe."

Der Höfling bückte sich und versprach Gehorsam, aber er kam nie in den Fall, seinen Fürsten an Mäßi-gung zu erinnern; denn er war sich selbst Erinnerers genug.

*   *   *

Wehe den Feinden des Schauspiels, die nirgends dessen Nutzen finden können! Und wer wäre denn so staarblind, den Nutzen zu verkennen, den ein gu-tes Schauspiel, durch seinen Einfluß auf den Prinzen, über Unterthanen und Nachkommen haben kann? — Ludwig der XIV. der nach Aufführung des Britanni-cus nie wieder auf der Schaubühne tanzte, könnte mir wohl den ersten Gedanken zu allem diesen geliehen haben *).

*) In dem Privatleben Ludwigs XV. fand ich folgende Anec-dote, die zu meinem großen Erstaunen noch kein Theater-freund ausgezogen hat, und die mir trefflich zu meiner Erzählung zu passen scheint:

Methaers Erzähl. 2.   M

Eines Tages ward vor Leipzig dem XV. (1739) der
Äsop am Hofe gegeben. Der König fand dieß Stück
von Boursault, schlecht und unanständig. Man erinnere sich, daß in diesem sehr moralischen Lustspiel ein
Auftritt vorkommt, wo ein Fürst seinen Höflingen erlaubt, ihm allerhand Wahrheiten und seine Fehler zu
sagen. Alle loben ihn übermäßig; ein einziger wagte
ihm Liebe zum Wein und Rausch vorzuwerfen. Ein für
jeden Menschen, vorzüglich aber einen Regenten, ge-
fährliches Laster! Madame de Mailly (damahlige Maitresse) hatte Ludwig den XV. zum Trunke gewöhnt; er
glaubte daher: die Königinn habe, um ihm einen Stich
zu versehen, den Äsop am Hofe auf die Liste setzen
lassen; worüber er dem Kammerjunker sein großes Miß-
vergnügen zu erkennen gab, und eben dadurch, daß er
bewies, wie sehr er Wahrheit fürchte, sie auf
immer von seinem Thron entfernte."

Kann man einen deutlichern Beweis haben, daß das
Schauspiel ein fürstlicher Tugend- Prediger seyn könne?
Wenn es gleich bey Ludwig dem XV. nicht anschlug, so
beweist dieß nichts gegen die Kraft der Arzenen; es beweist nur die Kleinmüthigkeit des Kranken. — Ein Zeiger,
der das Werkzeug nicht sehen kann, mit welchem ein schad-
haftes Glied abgelöst werden soll, bevor der Brand den
ganzen Körper ergreift, beschimpft nur sich selbst, nicht
die Wundarzeneykunst, die tausend andere Menschen rettet.

Der Deutsche im Boulevard-Theater zu Lyon.

Eine wahre Anecdote *).

Rittmeister von Wörf besaß mancherley Eigenschaften, die an dem stiftsfähigen Cavalier noch verdienstlicher als seine Ahnen sind. Er hatte viel gelesen, viel erfahren, viel in der Welt um sich herum gesehen, und aus dem, was er sah, las, und erfuhr, viel zu eigenem Gebrauche sich heraus gezogen. Er trug die Uniform eines Garderegiments, hatte das Herz am rechten Orte, verstand vollkommen den Degen zu führen; scheute das ernstlichste Ende bey einem Zwiste nie,

*) Das heißt: in Rücksicht der Charaktere und Begebenheiten buchstäblich wahr, und auch wahr im Inhalt und Hauptgange des Gesprächs; damit es niemand für einen bloß erfundenen Compagnon zum deutschen Schauspiel in Venedig (im 7ten Bande dieser Sammlung) halten möge. Ich verdanke diese Geschichte Hrn von Wörfs eigenem Munde, der seiner Freundschaft mich würdigte, und diese schriftliche Aufzeichnung mir vergönnt. Nur daß ich ihr freylich diejenige Naivetät nicht mittheilen konnte, die ihr beym Hören doppelten Werth gab.

M 2

und hüthete sich doch sehr, jemahls einen anzufangen. Er kannte seinen Werth und war doch nicht stolz; er galt für kalt, und konnte doch warm für seine Freunde werden. Er sprach wenig, äußerst selten ungefragt, fast niemahls mit Personen, die ihm nicht vorher schon behagt hatten; aber er sprach gut; selbst an Beredsamkeit gebrach es ihm nicht, wenn er nur wollte. In einer Gesellschaft, wo man ihn nicht kannte, pflegte er oft Stunden lang in einer Ecke zu sitzen, und nur an dem Rauch seiner Tabakspfeife spürte man, daß er lebe und wache; zu einer andern Zeit, wenn er ins Erzählen kam, konnte er selbst Misantrope zum Lachen bringen, und fünf bis sechs gute Freunde in den glücklichsten Humor versetzen.

Eben dieß Phlegma, dieser ruhige Lauf seines Blutes, sein Ernst und seine Neigung zum stillen tieferen Nachdenken hatten ihn von den erstern Jünglingsjahren an zu einem Freund der Britten gemacht. Er sprach ihre Sprache vollkommen, schätzte sie vorzüglich hoch; kannte jeden ihrer classischen Schriftsteller, und war auch, so oft er nicht Uniform trug, in seiner Kleidung und seinem übrigen Benehmen so ganz Engländer, daß vielleicht in London selbst ihm mancher treuherzig mit einem God bless you, Sir! die Hand gedrückt, und ihn für einen Mann gehalten haben würde, welcher nie den Canal passirt sey.

Wirklich war eine Reise nach London auch dasjenige, wornach ihm, nach langen Zeiten schon, das Herz hing. Aber wie gewöhnlich das Schicksal unsere Lieblingswünsche entweder gar nicht, oder doch am späßtesten gewährt, so traf es sich auch, daß Werk zwar Gelegenheit zu einer Reise, doch nicht nach der Themse,

sondern nach der Seine, und vorzüglich nach einem
Theil des südlichen Frankreichs erhielt.

Noch hatte Frankreich damahls nicht das Panier
der Freyheit und — der Zerrüttung ausgesteckt. Geduldig gab damahls noch der Landmann dem Generalpach-
ter den Lohn seines Schweißes, und der Regierung
seinen letzten, oft allerletzten Pfennig. Aber sehr natürlich, daß es Trotz dieser Ruhe einem Mann von
Wörls Charakter nicht sonderlich in diesem Vaterlande
der Moden und der Thorheiten, der Höflichkeit und
der Schminke, der Encyclopädien und der Floh- Gän-
sekoth- und Gassenschmutz- Farben gefiel; daß ihm die
Weisheit der Abbees, der Putz der Chevaliers, die
Ernsthaftigkeit der salbendüftenden Parlamentsräthe,
und das kriegerische Ansehen der Generale von zwanzig Jahren, wenig behagte; und daß er sich oft statt
der Ragouts ein derbes Stück Rindfleisch, statt des
Mercure de France ein deutsches Museum, und statt einer französischen Umarmung einen deutschen Händedruck
wünschen mochte. Aber da er nun einmahl in Geschäften hier verweilen-mußte, so entschloß er sich eine gute Miene zu einem schlimmen Spiele zu machen, und
alles mit anzusehen, was des Ansehens oder des Be-
lachens würdig sey.

Als er eines Tages seine Beschäftigungen geendet
zu haben glaubte, und gegen Sonnenuntergang in seinen Gasthof zurück zu kehren gedachte, stieß ihm in
einem Seitengäßchen ein Haus auf, wo ein angeschla-
gener, großer, gedruckter Zettel, allen, die lesen
konnten, lesen ließ: Daß hier ein äußerst unterhalten-
des Lustspiel, hoffentlich zur Befriedigung aller respec-
tiven Zuschauer, aufgeführt werden solle.

Was ist das für ein Theater? fragte er seinen Lohn=
bedienten.

„Ein Boulevard= Theater, Herr Graf.“

Ist es wohl schicklich hier hinein zu gehen?

„Ach, mein Gott, warum das nicht: Ich wette
darauf, daß Sie hier eine Menge Standesperfonen,
Marquis, Grafen, Officiers —

Schon gut! Ich wills auch sehen. — Worf ging
hinein, fand eine kleine, aber ganz artige Bühne,
nahm im Parterre seinen Platz, und hatte es kaum gethan, als ein französischer Officier sich mit vieler Höflichkeit neben ihm niederließ, und ihn mit einer Menge Nichts unterhielt, bis der Vorhang aufging.

Das Hauptstück, das gegeben ward, hatte viel
Ähnlichkeit mit dem Kaufmann zu Smyrna, der auch
auf unseren Theatern uns dann und wann Langeweile
gemacht hat, oder wohl gar noch macht; nur daß solches hier noch mehr auf Jedermanns Geschmack herab
gestimmt worden war. Ein Sclavenhändler both Sclaven von allerley Nationen zum Verkaufe aus. Der Ei-
genthümer eines Serails kam und both darauf; kaufte
einige Italiener, um sie singen zu hören, und sich ihrer Eifersucht zu Hütern seines Harems zu bedienen,

wohl verstanden, wenn sie selbst vorher verschnitten
worden wären; kaufte einige Franzosen, um von ihnen Heiterkeit und — was ja nicht zu vergessen! —
guten Ton und gute Sitten zu erlernen; kaufte Spanier, deren Ernsthaftigkeit ihm zu Hofmeistern zu passen schien; stutzte ein wenig, als er auf ein Paar Engländer stieß und nahm sie doch endlich mit, um sie zu
Zuchtmeistern über die Andern zu brauchen, oder sie
selbst mit Zwang zur Arbeit anzuhalten: Kurz, er

Laufte sie sammt und sonders dem Menschenhändler ab, bis auf ein Paar Unglückliche, die jener ihm Anfangs für ein Spottgeld, und endlich ganz zum Geschenke anboth. Nichts! er verschmähte sie. Und diese armen Nichtsnützigen waren, was man wohl schon erräth, — waren — ein Paar Deutsche. „Wozu in aller Welt, fragte der Sclaven-Einkäufer, sollte ich solches elende Viehzeug nützen, das in keiner Art von Arbeit Kopf, wohl aber bey jeder Gelegenheit einen hungerigen Magen und eine durstige Kehle beweist! Werft sie in den ersten besten Fischhälter, um eure Fische zu füttern!" — Natürlich, daß sich nun das ganze sinnreiche Spiel mit einer tüchtigen Tracht Schläge auf den Rücken der verschmähten Deutschen endigte.

Man muß Franzosen vom gemeinen Schlage gesehen haben, wenn sie sich ganz den Eindrücken des Vergnügens überlassen; oder mit andern Worten: Man muß das ungezogenste Gelächter einer ungezogenen Menge schon einmahl mit angehört haben, wenn man sich einen richtigen Begriff von dem Beyfalle machen will, mit dem dieß Stück beehrt wurde. Auch das Parterre war mit der Gallerie im Beyfall einverstanden, und ganz vorzüglich unterschied sich der Nachbar unseres Landmanns durch die lauteste Fröhlichkeit und durch das herzlichste Händeklopfen. — Um desto ruhiger hingegen verhielt sich Wolf bey dem ganzen Auftritt. Er war nicht so ganz abstracter Philosoph, daß er nicht durch diesen Spott, oder vielmehr durch den Beyfall, welchen dieser Spott erhielt, sich etwas geärgert fühlen sollte. Es war freylich nur, wie er auch selbst sich sagte, der Spott von Knaben; aber wenn Elisa, Trotz seiner Prophetenwürde, eines einzigen Beywor-

tes wegen, das ihm noch überdieß zukam, zwey und
vierzig Knaben den Bären auftischen konnte; wer kann
es einem deutschen Cavalier verargen, wenn er sich
über weit größere Ungesittheiten geärgert fühlt? —
Gleichwohl hielt er wenigstens so viel Fassung, daß
ihm niemand seinen Ärger ansah, noch Verdacht wegen seiner Landsmannschaft schöpfte.

Es war jetzt die Pause zwischen Hauptstück und
Nachspiel; der französische Offizier hatte ausgelacht,
und kaum die erste Pflicht der Selbstbelustigung erfüllt,
als er auch an die zweyte, an Unterhaltung seines Nachbars, gewissenhaft wieder gedachte. Er sah wohl, daß
dieser ein Fremder sey, und daß wahrscheinlich auch
das Urtheil über eine von den aufgeführten Nationen
ihn mit betroffen haben möge; aber die rothe Uniform
des Fremden, sein etwas kaltes Betragen, das lako-
nische seiner Antworten, selbst der Accent seiner Aus-
sprache, den dieser mit Fleiß angenommen, machten,
daß der Franzmann gleich vom Anfange her auf einen
Engländer gerathen hatte; und stärkerer Gründe bedarf es wohl bey einem Franzosen nie, um seiner flüch-
tigsten Idee für ihn selbst eine untrügliche Gewißheit
zu geben!

„Wie kommt's, mein Herr, — fragte er daher,
indem er ihm eine Prise Schnupftaback anboth — daß
Sie der ganzen Aufführung so ernsthaft zugesehen haben, als ob es eine Messe und kein Lustspiel wäre?

W. (engl.) Vielleicht, weil ich nur dann lache,
wenn mir etwas lächerlich zu seyn dünkt.

„Aber eben, daß Ihnen dieß hier nicht so dünkte,
nimmt mich Wunder; mir scheint doch, es sey ein ziemlich lustiges Spectakel gewesen.

W. Je nun, wie Sie wollen! Lustig überhaupt
ist ein relativer Begriff. Allenfalls war das Ganze seinem Orte angemessen.

„Ah, sehr richtig, mein Herr. Freylich in Paris, und selbst in der Provinz auf jedem großen Theater würde man so etwas nicht dulden. Aber hier auf
einem Boulevard-Theater ist es doch immer ein sehr
leidliches Stück; voll witziger komischer Einfälle. Nicht
wahr?

W. (wie vorhin.) Voll komischer Einfälle! Sie haben recht.

„Aber nicht Satyre allein, sondern auch immer
viel Treffendes! Meinen Sie nicht?"

W. Ich meine, daß es mit allen den Urtheilen
über ganze Völkerschaften ein sehr mißliches Ding sey.
Die Ausnahmen übersteigen gemeiniglich die regulär
angegebenen Fälle bey weitem.

„Ah, ich verstehe! Freylich, das Urtheil über die
englische Nation klang ein wenig hart. Sie hat Männer von der größten Bravour, von Edelmuth und
Seelenhoheit geliefert, und liefert sie noch täglich. —
Aber sollten Sie nicht auch bemerkt haben, mein Herr,
daß das Urtheil von ihr bloß hart klang, ohne hart
zu seyn. Es warf ihr bloß ein wenig Herrschbegierde
und Unbiegsamkeit vor; Fehler, die, wie mich dünkt,
sehr verzeihlich, und nur allzu oft die Eigenschaften
großer Seelen sind. Nicht, mein Herr, nicht? O fürwahr Frankreichs Unparteylichkeit ist zu gewissenhaft,
als daß sie nicht der brittischen Nation ihr verdientes
Lob ertheilen sollte.

W. Gewiß, mein Herr, jeder Britte würde für
diesen Edelmuth sich Ihnen verpflichtet halten, aber nur,

scheint mir, waren es die Britten nicht allein, welche
der Spott des so genannten Dichters, und, nach dem
Beyfall bey der Aufführung zu schließen, auch der Spott
dieser ganzen billigen Versammlung traf; über eine
andere Nation ergoß er sich ja noch weit stärker.

„Sie haben Recht, mein Herr. Aber es war ei=
ne Nation, die ganz gewiß noch bitterer Laune wür=
dig ist; ganz gewiß an Ihnen keinen Vertheidiger fin=
den wird.

S. (spöttisch lächelnd.) Gewiß nicht!

„Vorausgesetzt, daß jetzt Ihre Rede von den Deut=
schen war.

W. (ernst.) Von den Deutschen.

„Nun, so gestehen Sie selbst, mein Herr, daß
man nicht besser, kürzer, richtiger von diesem Bären=
geschlechte urtheilen kann, als hier der Sclaven= Ein=
käufer urtheilte. Groß von Körper, klein am Geiste;
mit leerem Kopf und vollem Magen; die anstarren,
was sie sehen; nachäffen, was sie nicht können; nach=
schwatzen, was sie nicht verstehen; und bey aller ihrer
Ungesittetheit und Dummheit sich frey, gelehrt und
glücklich glauben.

W. Woher kennen Sie Deutschland so genau,
wenn ich fragen darf!

„Oh, Merdieu! warum sollte ichs nicht kennen!

W. Doch nicht von Roßbach her?

Die Miene des Gefragten ging hier von der lieb=
lichen französischen Etourderie — für französische Erb=
barheiten gehören auch französische Benennungen —
zur etwas ulbern scheinenden Verlegenheit über. Man
glaubt, daß es Worte gäbe, mit welchen man selbst
Geister bannen könne; ich verstehe mich nicht darauf;

aber daß es gewisse Worte gibt, für welche ganze Na=
tionen eine größere Antipathie, als die meisten Da=
men für eine Spinne haben, das glaube ich fast;
und eines dieser Art dürfte wohl im Ohr eines Fran=
zosen, zumahl eines Soldaten, der Nahme jenes
Orts seyn, wo sieben Krieger fünfzig jagten *). —
Jetzt erst stieg ein kleiner Zweifel: Wie! wenn dieß
kein Britte wäre? ins Gehirn und also natürlich für
einen Franzmann, auch auf die Zunge des Officiers.

„Sie sind doch ohne Zweifel ein Engländer,
mein Herr?"

W. Nein.

„Nicht?"

W. Gewiß nicht.

„O, Sie scherzen. Monsieur, sind ein Englän=
der; ich wette darauf.

W. Und ich, um Sie desto deutscher zu über=
führen, daß ich keiner bin, wette nicht mit.

„Aber dürfte ich bitten ——

W. Um was? (mit etwas starrem Blick, der ihn noch
mehr außer Fassung bringen sollte, und auch wirklich brachte).

„Was für —— verzeihen Sie meiner Neugier=
de — was Sie dann für — für ein Landsmann sind!

W. Ein Deutscher.

„Ein Deutscher!" — O es war eine Miene zum=
mahlen, mit welcher der Franzose zurückfuhr; ein
halbes: Morbleu! zwischen den Zähnen laute; die
Prise Schnupftabak, die ihm aus der Verlegenheit

*) Wahrsagung des Glaucus in Ramlers lyrischen Ge=
dichten.

helfen sollte, auf halbem Wege verstreute, und —
gütiger Himmel, welch unglaubliches Wunder! —
völlige dreyßig Secunden lang nichts sprach. Endlich
nachdem er noch einmahl den ganzen Wurf mit seinem Blick von oben bis unten überfahren hatte, faßte er wieder ein Herz.

„Aber, mein Herr, vergeben Sie meinem Zweifel; diese Uniform — —

W. Ist die Uniform der Chur-Sächsischen Garde.

„(Immer verlegener). Sonderbar! auf meine Ehre
sehr sonderbar! — Ein Sachse also? — Wenn das
ist, so bescheide ich mich gern, daß dieß Stück — diese Farce — daß selbst mein Gespräch — — (vor sich)
Alle Wetter, so wollte ich doch, daß er und sein kal-
ter Blick tief in der tiefsten Hölle sich wärmen müßten!
Ich weiß fürwahr kaum, was hier vorzuschützen seyn
dürfte. — — (Laut und mit gezwungenem Lächeln). Sonderbar! — Auf meine Ehre, sehr sonderbar! Aber
freylich, mein Herr, mit einem Theater, wie dieses
da, nimmt man es nicht so genau. Es dient bloß zur
Belustigung des Volks, und dieß — —.

W. Mich dünkt, ich habe doch nicht bloß das
Volk lachen gesehen.

„O Parbleu, freylich wohl! Lachen steckt an,
wie der Schnupfen; wie der Schnupfen, mein Herr!
Und zudem — — Aber glauben Sie mir, Trotz
dieses lauten, vielleicht unbescheidenen Lachens verstehen wir uns hier sehr gut auf Ihre Landsleute.

W. Daß ich noch nicht gemerkt hätte!

„Doch! — o! es ist ein braves Volk, das deutsche Volk. Tapfer, gesetzt, bescheiden, das sich gern
nach gutem Ton bildet, Verdienste schätzt, und selbst

Verdienste besitzt. Zumahl die Sachsen! Zumahl die Sachsen! Sie sind unter den Deutschen, was die Pariser unter den Franzosen sind; in Sitten, Literatur und gesellschaftlichen Verdiensten die ersten in ihrem Vaterlande, gewandter, gefeilter noch als die übrigen, und doch an Güte des Herzens eben so untadelhaft. Mit Zuverläßigkeit getrau ich mir jeden von ihnen unter seinen übrigen Landesleuten zu unterscheiden.

W. (lächelnd). Auch wenn er in rother Uniform ginge?

„Ich verstehe; aber auch da. — Glauben Sie mir, Herr Baron, hätte die verzweifelte Dunkelheit tieser Kajüte, und meine Aufmerksamkeit auf diese Farce mich nicht gehindert — — denn freylich mehr als Farce kann man hier nicht erwarten. Es sind bloß Scherze einiger herumziehenden Principale, und unsere besten Schriftsteller würden sich schämen auch nur eine Zeile — —

W. Nein, mein Herr, ich bitte Sie, ersparen Sie sich diese Einlenkung, diese Entschuldigung! Ich nehme sie für so gut, als schon geschehen an. Trotz alles Witzes, der Ihrer Nation, und Trotz aller der Bärenhaftigkeit, die der meinigen eigen seyn soll, habe ich wenigstens ein zu treues Gedächtniß, als mich nicht Ihrer vorigen Freude bey der Aufführung, Ihres vorigen Gesprächs gleich darauf zu erinnern. Ja, was noch mehr ist, ich bin — was man uns ja ohnedem immer Schuld gibt — ich bin phlegmatisch genug, keines von bryden beleidigend, aber wohl höchst natürlich zu finden.

„(Verlegen). Natürlich! Mein Herr —

W. Im vollsten Ernste! Und es steht nur bey Ihnen, den Grund davon zu erfahren.

„(Noch mehr verlegen). Wenn Sie nicht — — ich besorge nur — — wenn Sie indeß für gut fin= den. — —

W. Ich finde nichts, als daß sie hierin die Ge= setze der Nachbarschaft erfüllen. Geschwister sind selten gute Freunde; Nachbarn noch weniger. Daher die öfteren Kriege nachbarlicher Fürsten, daher die ewigen Spöttereyen nachbarlicher Völker, die sie wech= selweise — —

„Sehr wahr, mein Herr, nur — —

W. Erlauben Sie mir auszureden — die sie wech= selweise, wollte ich sagen, gegen einander verschwen= den. Nirgends aber, dünkt mich, finden Spott und Satyre ein so freyes, so vortheilhaft gelegenes Feld, als auf der Schaubühne. Wenn daher der Franzose ge= nug über seine Doctoren, Abbees und Chevaliers ge= spottet hat; oder wohl gar allzu sehr Franzose ist, als über solche einheimische Thoren spotten zu wollen, so schildert er einen plumpen, steifen, nachäffenden, ge= fräßigen, betrunkenen Menschen, und nennt das, was er einen Klotz nennen sollte, einen — Deutschen, ohne vielleicht in seinem ganzen Leben einen einzigen Deutschen genau gekannt zu haben. So kommt dieß Mondkalb auf die Bühne; der Pöbel lacht und klatscht sich außer Athem, und selbst Klügere vergessen aus langer Weile, wohl gar aus Nationalhaß, ihre Klug= heit und lachen mit. Nicht ?

„Mit einiger Einschränkung genommen, dünkt mich, daß Sie allerdings hier vieles sehr richtig ge= sagt haben.

W. Aber glauben Sie nicht, mein Herr, daß der Deutsche immer nur empfängt und nie wieder auszahlt? Ehrlichkeit war von jeher ein eingestandener Hauptzug in unserm Charakter, und wir sind auch ehrliche Schuldner. Wenn es daher unsern Dichtern — zumahl denen vom alltäglichen Schlage — einfällt, dem größern Haufen einen Gegenstand zum Lachen Preis zu geben, so halten sie kein Mittel für unfehlbar, als ein flatterhaftes, leichtsinniges, auf einem Beine in einem Odem sich zehn Mahl herumdrehendes Geschöpfchen aufzuführen, das alle Augenblicke bald seine Schnupftabaksdose, bald seine Lorgnette herauszieht; immer spricht und nimmer denkt; ollen Frauenzimmern Hand und Handschuhe küßt; jeder eine Süßigkeit sagt, und von jeder sich ausgelacht sieht; immer den Ton angeben will und immer geprellt wird, und diese Composition von Kind, Weib, Schmetterling und Harlekin, wie dächten Sie wohl, daß wir sie nennten?

„Nun!

W. Einen Franzosen.

„Einen Franzosen? Morbleu! Das finde ich etwas stark.

W. (lachend). O so finden wir es auch! Das ganze Parterre lacht dann überlaut auf; Autor und Acteurs empfangen Beyfall und Beyfallszeichen, und das Stück selbst wird nächster Tage auf inständiges Verlangen wiederhohlt.

„Aber, mein Herr, ich hoffe doch nicht, daß unsere Nation ——

W. Ah, mein Herr, was Ihre Nation betrifft, so ist sie ein braves Volk, munter, höflich, dienstfer-

tig, tapfer, unterhaltend, geschickt, arbeitsam; verdient ganz eben die Achtung, die Sie kurz vorher so
billig auch der unsrigen zugestanden haben. Originalität begleitet sie von der Wiege bis ins Grab. Unter
tausend Fremden erkenne ich einen Franzosen auf den
ersten Blick, wäre es auch nur an der Art sich zu tragen. Unsere Frauen sind oft in ihre Frisur und ihren
liebenswürdigen Leichtsinn vergafft. Unsere Fürsten ziehen sie gern an ihre Höfe, und brauchen sie — zuweilen in Staats - noch öfter in Herzensangelegenhei-
ten. Oft erhält dann der französische Kammerdiener
ungebethen, was man den Bitten des verdienstvollsten
Deutschen abschlägt. Unsere Gelehrten, die einst nach
den ihrigen sich bildeten, thun dieß jetzt zwar minder,
aber schätzen doch noch ihre alten Lehrer hoch. Kurz,
jeder Billige unter uns bestrebt sich auch billig in Betracht unserer französischen Nachbarn zu seyn: aber
Theater - Sitte bleibt Theater - Sitte: wir spiel n auf
ihren Schauplätzen die steife, sie auf den unsrigen
die lächerliche Person; und — — Doch, sehen
Sie! das Nachspiel geht an, und meine Materie neigt
sich zu Ende. Sollte dieß Ihnen vielleicht anders dünken, oder ich mich in einem und dem andern Puncte
zu dunkel ausgedrückt haben, so steht nachher meine
Erklärung Ihnen gern zu Diensten.

Die letzten leicht zu deutenden Worte hatten ihren Grund in einigen Mienen, mit welchen der Franzmann während der letzten Rede auf sein Porte d'Epée
zu blicken beliebte: und die Kälte, mit welcher der
Deutsche sie sprach, that Wunder - Wirkung. Freylich
entwischten Jenem, während der ersten Scenen des

Nach-

Nachspiels, noch ein Paar: die Pest! und Verwünscht!
Aber ehe das Stück zur Hälfte war, hatte der Franzose plötzlich sehr nothwendig mit einem seiner Bekannten, auf der andern Seite des Parterre, zu sprechen; und ging nachher fort, ohne unserm Landsmann für seine Belehrung zu danken.

Sultan Maßoud.

Die Herrschaft der Kalifen, die, in ihrem größten Glanze, am Umfang ihrer Staaten Roms ehemahlige Monarchie und die jetzige Ottomannische Pforte weit übertraf, sank durch innerliche Unruhen gar bald von dieser erhabenen Stufe. Unmöglich konnte ein einziger Mann vom Aufgang bis zum Niedergange, von Indien an bis Spanien, alles selbst mit ansehen, anhören und regieren; die Kalifen halfen sich daher durch Statthalter, Emirs und Wessire; diese aber erhoben sich in Kurzem selbst zu Sultanen, und ließen ihrem Wohlthäter bloß einen prächtigen Titel und einige eben so prächtige Kinderspiele *) übrig. Sehr oft zog ein solcher Emir ehrerbiethig in Bagdad ein; ging mit tiefer Unterwürfigkeit neben dem Pferde seines Gebiethers her, und führte ihn so mit glänzendem Gefolge aufs Schloß, um dort ihn — abzusetzen. Gewöhnlich rief der Kalife, wenn ein Vasall ihm zu mächtig wurde, einen andern gegen ihn zu Hülfe. Sie rieben sich dann gegenseitig auf; ein Abenteurer zertrümmerte den

---

*) Z. B. das Steigebügelhalten, die Ehre im Kirchengebethe zuerst genannt zu werden, u. s. w.

andern. Doch am Ende blieb der Kalife so abhängig, wie er gewesen war, nur daß er seinen Herrn geändert hatte.

Eben dieser öftern Abwechselungen wegen wimmelt die arabische *) Geschichte von einer Menge schnell berühmt gewordener, oft aber auch schnell wieder erloschener Häuser. Gaznevieden, Bouiden, Aioubiten und andere ähnliche Nahmen sind dem Geschichtsforscher bekannt genug; doch alle übrigen Stämme übertrifft der Stamm der Selgiuken an Ruhm, Stärke und Dauer. Söhne eines Flüchtlings, der mühsam aus Khoroar sein Leben davon trug, und dann durch seinen bloßen Muth sich Anhang und Nahmen erwarb: tapfer und unternehmend, aber glücklicher noch als ihr Vater, breiteten sie sich mit so gewaltigen Schritten aus, daß binnen dreyßig Jahren das ganze ungeheure Land zwischen den Flüssen Tigris und Orus ihrer Bothmäßigkeit unterworfen war. — Gemeiniglich nannte man sie von nun an die Sultane zu Bagdad; und noch jetzt herrschen ihre Abkömmlinge auf dem Throne zu Constantinopel.

Einer von diesen Selgiuken war Sultan Masioub. Ihm waren die Staaten von Persien und Irack zugefallen, und seinen Königssitz schlug er — wie die meisten Prinzen dieses Hauses — zu Ispahan auf. Er besaß allen den Muth, der ein Erbtheil seines Stammes und überhaupt damahls die Tugend der meisten Mahometaner zu seyn schien: aber die Erziehung, die

---

*) Im weiten Begriff des Worts: nähmlich Geschichte derjenigen Reiche, die durch Araber gestiftet wurden.

ihm fein Vater von den berühmteſten Gelehrten da-
mahliger Zeit geben laſſen, hatte den Trieb nach Kunſt
und Wiſſenſchaft ihm ſo tief eingeflößt, daß er noch
lieber bey Büchern ſaß, als im Bogenſchießen ſich übte: daß er den Krieg zwar nie ſcheute, nie vermied,
aber doch noch weniger ſuchte, und daß er rund um
ſich her mehr Dichter und Weltweiſe, als Krieger und
Heerführer verſammelte.

Dieß war nicht der Geiſt ſeines Jahrhunderts und
ſeines Landes. Seiner Vorfahren kriegeriſche Gemüths-
art hatte dem Volke die Meinung beygebracht, daß
nur der Streitbarſte unter ihnen des Throns würdig
ſey; und kaum hatte daher Sultan Maßoud die An-
forderung eines ſeiner Nachbarn, des Atabecks *) Ha-
bir, nicht durch ein Kriegsheer, ſondern durch
Geſandte abgethan; kaum war das erſte Jahr
ſeiner Regierung ohne Kampf und Streit verfloßen,
als auch ſchon die Hälfte ſeiner Unterthanen ſchwierig
war, und die Unruhigen im Volke glaubten, es werde
nun jede Meuterey und jeder Frevel ihnen ungeſtraft
hingehen.

Sie kannten den Maßoud nicht! Er loderte nicht
leicht auf; aber wenn er einmahl entbrannte, war es
die Flamme eines Vulkans, der rings umher die Flu-
ren verwüſtet, und deſſen Feuerſtrom, was er trifft,
verzehrt. So wie Maßoud ſein Heer geſammelt und
ſein Schwert gezückt hatte, ſchwur er jedem Empörer,

---

*) So nannten ſich gewiſſe Fürſten, die den Anfang ihrer
Macht den Seldſchuken zu danken hatten, deren Hofmeiſter
ſie geweſen waren. Atabeck ſelbſt heißt Vater oder Lehrer.

der ihm die Stirne zu biethen wage, den Tod, und
hielt seinen Schwur. In jedem Treffen siegte er; viele fraß das Schwert, und viele Gefangene das Beil
des Henkers. Ihre abgeschlagenen Häupter, vom obersten bis zum geringsten Frevler, wurden über den Thoren Ispahans aufgesteckt, um ähnliche Entwürfe in
ähnlichen Seelen zu ersticken.

Aber bey allem dem hatte Maßoud noch öfter
die Güte als die Strenge obwalten lassen. Aufrichtige
Reue hatte manchem Schuldigen das Leben gerettet;
und kaum war der Sieger in seine Königsstadt zurück
gekehrt, als ihm das blutige Schwert auch sofort aus
den Händen entsank, und er mit ganzer Seele sich
wieder seinen Wissenschaften ergab. Genug glaubte er
nun gezeigt zu haben, wie schwer sein aufgeforderter
Arm zu seyn vermöge; glaubte Sieger genug zu seyn,
um nun in Ruhe der Früchte seines Sieges genießen
zu können. Doch er irrte: auch jetzt währte dieser Friede nur wenige Monathe hindurch; denn Aufruhr ist ein
Same, der nicht nur schnell aufschoßt, sondern dessen
kleinste übrig gebliebene Wurzel sich oft weiter aus-
breitet, als' der ganze vorher abgerissene Stamm.

Immer noch glaubten die Mißvergnügten: nicht
Maßouds Weisheit oder Muth, nur sein Glück
habe ihnen obgesiegt; und wenn in den entferntesten
Theilen des Reichs ein Räuberschwarm einige Reisende geplündert, oder irgend ein trunkener Soldat seinen Wirth blutig geschlagen hatte; so war gleich wieder die ganze Provinz bereit, dieß kleine Unglück zum
mächtig großen zu erhöhen, es ganz allein der Un-
thätigkeit des Monarchen beyzumessen, und ihn laut
anzuklagen: daß er zwar über ein Gedicht zu urthei-

sen, aber nicht die Sicherheit seiner Länder zu erhalten wisse.

Auch jetzt gebrach es den Mißvergnügten nicht lange an Männern, die sich zu Anführern der öffentlichen Unruhen anbothen; und ehe noch Maßoud den geringsten Argwohn von Gefahr sich träumen ließ, erblickte er sie bereits über seinem Haupte schwebend; erhielt von wenigstens zwölf Seiten her die Bothen des Kriegs und der Empörung; und sah sich abermahls in der traurigen Nothwendigkeit um Reich und Leben zu kämpfen: zu kämpfen mit seinen Unterthanen!

Ein Umstand vermehrte jetzt das Mißliche seiner Lage. Einer der mächtigsten Nachbarn, Atabeck Khaleb, sah die Unruhen in Irack — welches von jeher die unruhigste Provinz im ganzen Kalifate war — für eine bequeme Gelegenheit an, seine eigene Herrschaft zu vergrößern, und verband sich mit den Empörern. Nun waren es daher nicht mehr jene bloß zusammen gelaufenen Rotten, ausgerüstet mit der ersten besten Art von Gewehr; es waren ordentlich angeführte Heere: auf beyden Seiten focht Kriegskunst und Verzweiflung, und der Krieg dauerte zwey reichliche Jahre hindurch. Aber auch jetzt begleitete den Maßoud ein unbeschränktes Glück, angemessen der Gerechtigkeit seiner Sache. Das Blut der Aufrührer floß in ganzen Strömen; ihre Zufluchtsörter wurden zerstört; ihre Bundsgenossen geschlagen; Maßoud kehrte im Triumph, seine Krieger mit Beute beladen, seine Feldherren mit Ehre geschmückt, nach Ispahan zurück.

Aber ach! Maßoud kehrte nicht mehr der vorige zurück. Seine Hände, geröthet von Blut, hatten Blutvergießen lieb gewonnen. Er, anfangs genöthigt,

Aufrührer zu bestrafen, war nun gewohnt
worden, Menschen morden zu sehen. So oft
von Männern betrogen, denen er getraut hatte, traute
er nun keinem einzigen mehr. Zwey Jahre hindurch
war er mit jedem Tage immer stärker überzeugt worden, daß er entweder seiner Milde oder seiner Krone entsagen müsse. Er fand wenig Trieb zu dieser letzten Aufopferung in sich; er beschloß daher: sich Monden lang den Zwang anzuthun, Tyrann zu seyn; und
dieser Zwang verkehrte sich nur allzu bald in Wohlgefallen und Natur.

Jetzt war der Krieg geendigt, und alles ruhig
umher: nur sein Herz war es nicht. Zwey Mahl
hatte Meuterey ihn überrascht; er nahm sich vor, das
dritte Mahl ihr diese Überraschung schwer zu machen:
und hielt nun eben so leicht Unschuldige für Bösewichter,
als er sonst Bösewichter für Unschuldige gehalten hatte.
Ihm war jetzt jeder furchtbar, den das Volk liebte:
jeder, den er selbst erhoben hatte; jeder, dessen Blick
und Worte ihm Muth zu verrathen schienen; und um
den Kopf zu verlieren, brauchte man nur Verdienste
ums Vaterland erworben zu haben, oder oft gar sich
solche erst erwerben zu wollen.

Wie sehnlich wünschten Persien und Irack sich jetzt
den ehemahls verschmähten gütigen Maßoud zurück.
Selbst die Hoffnung baldiger Erlösung zernichtete, von
einer Seite, Maßouds Jugend und Stärke; von der
andern die Liebe des Heers, dem er nach Art der meisten Tyrannen schmeichelte. Warum hätte ihn dasselbe
auch nicht lieben sollen? Jede Nachricht des kleinsten
Aufstandes war ja jetzt ein Jubellied. Ihm gab sie Gelegenheit zu metzeln, seinen Kriegern sich zu bereichern.

Mit jedem neuen Blutbade sah er sich stärker gefürchtet; mehr verlangte er nicht.

Übergang von der Tugend zum Laster ist ein Weg
bergab; es kostet wenig Mühe, ihn mit einem einzigen
Sprung zu vollenden. Übergang vom Laster zur Tugend
ist steile Felsenbahn. Tausende stürzen zurück, und
hundert Tausend wagen nicht einmahl den Gedanken
des Versuches. Natürlich also, daß niemand nur einen
Augenblick auf Masouds Besserung hoffte; natürlich,
daß sein Tod das einstimmige Gebeth aller Redlichen,
aller derjenigen ward, die ihr Vaterland oder auch nur
sich selbst liebten; und noch natürlicher, daß niemand
wußte, ob er seinen Augen trauen dürfte, als schnell
eine zweyte Umschaffung mit Masoud vorging.

Zwey Wochen waren von ihm, man wußte nicht
warum! in dumpfer Traurigkeit hingebracht worden;
für wenige war er indessen sprechbar, und selbst gegen
diese wenigen zwar weder mürrisch noch hart, aber kalt
bey jedem ihrer Gespräche gewesen. Plötzlich erschien
er wieder im Kreis seiner Höflinge, oder an der Spitze
seiner Kriegsvölker, vor den Augen aller seiner Unterthanen mit verändertem Anstand. An die Stelle seines
grausamen Blicks war sanfter Ernst getreten. Der Ton
seiner Befehle war Hoheit ohne Stolz. Er blieb ein
strenger Bestrafer des Lasters, ein furchtbarer Richter
jedes Widerspenstigen; aber der Unschuldige blutete
nicht mehr mit dem Bösewicht. Reichthum galt nicht
mehr für ein Verbrechen; Tugend und Verdienst wurden wieder zur Empfehlung, und wahre Reue fand oft
Gnade. Hoch über seinen Richterstuhl ließ er den Vers
eines persischen Dichters;

„Fluch dem Fürstensohn, der sein rechtes Ohr der
Sultaninn und das linke seinem Weſſir leiht!"
mit goldenen Buchſtaben ſchreiben, und — was noch
mehr war — er befolgte denſelben auch. Drey Theile
des Tages waren den Regierungsgeſchäften, der vierte
halb den Wiſſenſchaften, halb ſeinen Vergnügungen
geweiht. Kunſt und Gelehrſamkeit blühten wieder um
ſeinen Thron. Der Soldat blieb furchtbar, ohne zü-
gellos ſeyn zu dürfen. Denn kein Stand im Volk war
nun in Maßouds Augen der e i n z i g e ; aber auch keiner der m i n d e r w e r t h e .

Eine ſolche Verwandlung war freylich zu ſonder-
bar, als nicht der Gegenſtand allgemeiner Verwunderung zu werden. Man fand in der Geſchichte leider
Beyſpiele genug, daß Väter des Volks Tyrannen geworden waren; oder vom Gegentheil ſchwiegen die
Jahrbücher. Eine Menge abentenerlicher Vermuthungen wurden ausgebrütet, und eben ſo ſchnell widerlegt.
Man unterſuchte, man ſtritt und kam um keinen Fuß
breit der Gewißheit näher, bis ganz ein Ungefähr ſie
ans Licht brachte.

Zu den Weiſeſten ſeiner Nation ward Abdollah
Seſi gerechnet; und verdiente dieß auch! Seine Redlichkeit glich ſeiner Wiſſenſchaft. Im ganzen Reiche
waren höchſtens vier bis fünf Faquire und ein Paar
Prieſter nicht ganz ſeine Freunde; jene, weil er ihrem Müßiggange nicht genug Almoſen gab; dieſe,
weil er nicht jeden Buchſtaben im Alkoran bloß nach
dem Buchſtaben zu nehmen ſchien. Einſt befand er ſich
in Geſellſchaft des Imans und verſchiedener Unterprie-
ſter, als das Geſpräch auf Maßouds Änderung kam.
Einer von den Prieſtern verſicherte durch unabläſſiges

Gebeth und vierzehntägiges Fasten den Propheten zu diesem Wunder bewogen zu haben. Der Iman wider- sprach und rühmte sich: daß vielmehr eine ernstliche Vorstellung von ihm — die freylich auch außer ihm noch keinem Menschen bekannt geworden war — das Herz des Monarchen umgeschmolzen hätte. Ein Drit- ter, etwas klügerer, schrieb irgend einer Schönheit seines Harems diese milde Änderung zu. Kurz, ein jeder glaubte weiter zu sehen, als sein Nachbar, und ein jeder — sah nichts.

Abdallah hatte gelassen diesem ganzen Streite zu- gehört; selbst dann, als man ihn um seine Meinung befragte, weigerte er sich lange, sie heraus zu sagen. — „Wie kann ich (gab er endlich zur Antwort) von der Ursache einer Besserung urtheilen, deren ganzes Da- seyn auch vielleicht zu den streitigen Sätzen gehört. Ermüdet von der Jagd, sagt Pilpai*), ruht jezuwei- len der Löwe aus; aber wehe dem Wanderer, der die- sem Schlummer traut, in welchem er nur neue Kraft zum Tödten sammelt!"

Leicht möglich, daß Pilpai sich dieser Sentenz sehr am rechten Ort bedient hatte; aber beym Abdallah war dieß der Fall gewiß nicht: seine Weltweisheit schlummerte dieß Mahl, um seine Belesenheit glänzen zu lassen. Denn so vertraut auch immer die Freunde schienen, gegen welche er sein Herz aufschloß; so waren doch P r i e s t e r darunter; P r i e s t e r, denen er

---

*) Ein berühmter indianischer Fabeldichter, dessen Werke der berühmte Nushirvan ins Persische übersetzen ließ, und die im Orient in außerordentlicher Achtung stehen.

widerſprochen hatte! Der Unbeſonnene! —
Nicht einmahl vier und zwanzig Stunden waren ganz
verfloſſen, als ſchon Sultan Maßoud jede Sylbe dieſes
Einfalls wußte, und den Abdallah herzurufen befahl.

Er kam, und die Bläße ſeiner Wange, ſein unſte-
ter Schritt und Blick verriethen, was er beſorgte;
verriethen, daß er nicht zur Claſſe jener Thoren ge-
höre, die alle Furcht vor Schmerz und Tod abläugnen
wollen. Selbſt das Lächeln Maßouds tröſtete ihn wenig: denn man fürchtet doppelt das Donnerwetter,
bey welchem die Sonne ſcheint. — Mit Vorbedacht
ſchwieg der Monarch noch. Zwey Minuten lang herrſch-
te eine feyerliche Stille, wie die Stille des Grabes.
Starr war das Auge jedes Höflings auf den Sultan
gerichtet; ängſtlich dachte jedes Herz: wie weit ängſt-
licher noch würdeſt du jetzt ſchlagen, gehörteſt du dem
Abdallah an. — Maßoud ſah, daß dieſe Rache ihm gelang; langſam genoß er derſelben; denn es ſollte
ſeine einzige ſeyn; langſam nahm er endlich das Wort:

„Du haſt von mir geſprochen, und ich danke dir,
„Abdallah, daß, da du einmahl mich zu einer Ver-
„gleichung dir auserſehen hatteſt, du wenigſtens das
„edelſte unter den Thieren, den Löwen, an meine
„Seite ſetzteſt. — Aber ſage mir, mit derjenigen Frey-
„müthigkeit, die einem Weiſen geziemt: ſahſt du in
„dieſem Augenblick den Löwen bloß als den König des
„Waldes, oder als das erſte der fleiſchfreſſenden
„Thiere an?"

Tief bog Abdallah ſein Haupt in den Staub herab.
— „Beherrſcher der Gläubigen, wenn es einer von den
„Vorzügen des einzigen Gottes iſt, dem Unvorſichtigen

„zu verzeihen; wenn Ali*) seinen Mördern selbst ver-
„zieh; o so hoffe ich — —"

S. Maß. (lächelnd.) Daß auch ich so glorreichen
Beyspielen nachfolgen werde. — Nicht wahr?

Abd. (mit gefaßtem männlichen Tone.) Monarch, du
gebiethest mir freymüthig zu reden, und ich will es
thun, selbst wenn dieser Tag für mich keinen Abend
mehr haben sollte. — Jenes unvorsichtige Gleichniß
sollte allerdings kein Lob seyn; als ich dessen mich bediente,
zweifelte ich noch sehr an der wahren Güte deines Herzens, und an der Aufrichtigkeit deiner Besserung; nahm
den Löwen zum Vergleich mit dir, nicht seiner Großmuth, seiner Grausamkeit halber; und verdiente dadurch reichlich den Tod, wenn du ihn nicht um deiner selbst willen mir erlassen willst.

S. M. Um meiner selbst willen!

Abd. Deiner selbst willen, ich wiederhohle es dir.
Kräftiger als jemahls steht es jetzt in keiner Gewalt,
mich und alle, die noch so denken, wie ich dachte, zu
widerlegen. — Verzeih! und sie sind beschämt. Laß
strenge Gerechtigkeit walten! und man wird
sagen: ich habe Wahrheit gesprochen; wird meinen ge-
lindesten Tod für den Tod eines Märtyrers achten.

S. M. Gut hast du dich vertheidigt, Abdallah! Wer
einer Schwäche sich bewußt ist, sucht immer auch bey

---

*) Aus dieser Stelle schließen einige Ausleger des arabischen
Manuscripts — denn das versteht sich doch von selbst, daß
ein arabisches Manuscript hier zum Grunde liegen muß —
Mahoud sey ein Anhänger der Fatimiten gewesen. Denn
bey den Ommiaden war Ali's Nahmen eben so im Fluche,
als er bey jenen im Segen war.

Andern die schwache Seite zu finden, und ich bekenne, du hast die meinige glücklich errathen. — Ich verzeihe dir. Damit aber auch deine Begnadigung nicht bloß die Wirkung meiner Eitelkeit zu seyn scheine; damit ich auf immer, wo möglich, den Gedanken, als sey meine Änderung nur das Werk eines Augenblickes oder einer Hinterlist, unterdrücken möge; so will ich dir und dem ganzen Hofe ihre Geschichte erzählen; erzählen, was mehr als alle Vorstellung des Imans — deren ich ohnedieß mich nicht entsinne, — mehr, als alle Gebethe des frommen Derwisches, deren Kraft ich übrigens nicht bezweifle, und selbst mehr als das Murren meines Volkes auf mich wirkte. Hast du Lust sie zu hören?

Abb. O Monarch, diese göttliche Herablassung —

S. M. Begehrte keine Lobeserhebung statt der Antwort. Doch da ich allerdings mich eines Ja versah; da ich um desto eher euch allen heute Rechenschaft abzulegen vermag, weil der einzige Mann, der beym Anfange meiner Erzählung stutzen würde, abwesend ist; so will ich ohne weiteren Eingang meinen Spruch anfangen. — Ihr alle wißt, in welchem Ansehen Abdul Mehemet vom Anfang meiner Regierung her bey mir steht; wie lange er schon, als der Erste im Staatsrath und im Felde, mein Zutrauen und die Liebe meines Volkes in sich vereint; wie sehr er jenes durch Treue und Erfahrenheit, wie sehr er dieses durch weislichen Gebrauch seiner Reichthümer und seines Ansehens verdient."

Zehn Höflings-Gesichter wurden bey diesem Lob kreideweiß vor Neid. Massoud merkte es; blickte starr

fie an; machte durch diefen einzigen Blick fie wieder
feuerroth; und fuhr dann lächelnd fort:

„Ein einziges Mahl beging Abdul unwillkürlich
einen Fehler; damahls, als er zuerft den Rath mir
gab: Wiederhohltem Aufruhr mit Strenge zu begeg-
nen. Ihr wißt, daß nur allzu bald diefe Strenge fich
in Graufamkeit verkehrte; wißt — laßt einen Vorhang über diefe Scene fallen! Es ift Strafe genug,
wenn ich, ich euer Fürft, fo laut mich anzuklagen genöthigt bin. — Der Poften eines Wefirs bey mir
war nun äußerft gefährlich. Aber noch erhielt Abdul
Mehemet fich lang und feft in meiner Gunft; feine
Verdienfte um mich waren zu groß, und entfchieden,
als daß ihr Andenken fo bald hätte erlöfchen können.
Erft dann, als er von einem kleinen Feldzuge fiegreich
zurück kehrte und ich das ganze Volk ihm entgegen ftrö-
men fah, und Glück zurufen hörte, ward Eiferfucht
in mir rege: erft damahls fürchtete ich in ihm einen
Nebenbuhler und einen künftig öffentlichen Feind zu erblicken. Von diefem Augenblicke an befchloß ich feinen
Tod; aber eben diefe Liebe des Volks, feine Reichthümer und feine Klugheit machten, daß ich mich gleich
ftark fürchtete, ihn leben oder ihn tödten zu laffen;
und daß ich jetzt zum erften Mahle in meinem Leben
ftatt offener Gewaltthätigkeit zur Hinterlift meine Zuflucht nahm.

In meinen Gärten, an den Ufern des Tigris,
ift ein Ort, wo der Ungeftüm des Stroms tief hinein
das Erdreich ausgewafchen hat. Ein Fels, deffen Gi-
pfel weit über den Wogen herab hängt, wehrt ihnen
mühfam und unficher genug; denn auch von ihm rol-
len oft Stücke herab, und jedem Auge fchwindelt beym

Herabblicken, so fürchterlich ist diese Höhe. — Dorthin wollte ich den Abdul Mehemet gleichsam im Lust-
wandeln oder im vertraulichen Gespräche locken; ihn
mit eigener Hand, wenn er dessen sich am wenigsten
versähe, hinab stürzen, und dann mit verstellter Traurigkeit die Schuld seines Todes auf einen unglücklichen
Fehltritt wälzen. Um auch desto sicherer dem Verdacht
der absichtlichen Ermordung zu entgehen, überhäufte
ich eben damahls den Mehemet noch mehr als jemahls
mit Gunstbezeigungen und Geschenken; rief ihn bey
jeder Gelegenheit als Rathgeber auf, und bestimmte
ihn zum einzigen Begleiter auf meinen morgendlichen
Spaziergängen.

Alles glaubte ich nun vorbereitet zu haben: der
Morgen, der Mehemets letzter seyn sollte, war bereits
da; Mehemet selbst an meiner Seite, begriffen auf
dem gefährlichen Spaziergange; der bestimmte Ort
höchstens noch drey Schritte von uns entfernt; als ich,
der ich jetzt selbst zunächst dem Rande ging, durch ein
Ungefähr — das, wenn es bloß ein Ungefähr und nicht
göttliche Schickung gewesen wäre, mir ewig unbegreiflich bleiben würde — als ich, sage ich, selbst ausglitsch-
te, auf einen lockern Stein trat, dieser wich, das Erdreich unter meinen Füßen zusammen rollte, und es
ganz gewiß um mein Leben geschehen war, wenn nicht
der Arm meines Begleiters mit unglaublicher Schnelle
und Riesenkraft mich gefaßt und weggerissen hätte.

Magst du doch immer, Abdallah, einer der Wei-
sesten meines Volks seyn. Selbst, wenn du der Weiseste aller Kinder Adams wärest; selbst wenn du die Feder jenes Engels hättest, den der Prophet Gottes un-

fere Thaten im Paradiese aufschreiben sah; *) doch würdest du nicht das Gefühl beschreiben können, mit dem
ich mich jetzt gerettet erblickte; gerettet durch Mehemets Hand! — Ihr alle wüßt, daß ich in so mancher
Schlacht den Tod nicht gescheut habe; der Gefahr desselben nicht um ein Haar breit ausgewichen bin. Bloße Freude über meine Lebensrettung könnte es also jetzt
nicht seyn, was so wundersam mein Innerstes durch-
bebte. Aber erhalten durch denjenigen, dessen Tod ich
beschlossen hatte; erhalten drey Schritte weit von der
Stelle, die eines andern Grab seyn sollte; in seiner
Hand mein Leben, da ich das seinige in meiner Will-
kür zu haben glaubte; — diese Empfindung, dieß Ge-
mische von Scham, Freude, Gewissensbissen und Dankbarkeit übermannte mich. Drey stumme Augenblicke
starrte ich nach dem gefährlichen Ufer hin; dann warf
ich mich an Mehemets Hals, küßte ihn; riß mich ohne
Kraft zur Sprache los; eilte in mein innerstes Gemach,
und warf mich auf mein Angesicht vor dem Ewigen nieder. Wenige Worte und desto mehr Gedanken flogen
auf zu ihm.

    So brachte ich einsam den ganzen Tag dahin. Mit
jedem Augenblick ward der Gedanke: wie ohnmächtig
ich mit meiner Macht sey; wie oft ich, erhaben über
alle Andere, doch anderer Hülfe und Liebe bedürfe:

                                   stark

_____

*) In jener bey den Mahomedanern so bekannten Him-
melsreise. Dieser Engel war so groß, daß die Entfernung
seiner Augen siebenzig tausend Tagreisen betrug. (Ein lä-
cherlicher Fehler, da eben diesem Himmel, in welchem der
Engel sich befand, sein künstlicher Erbauer nur fünf hundert Tagreisen Höhe gegeben hatte.

stark und immer stärker in mir; und endlich, als der
Abend anbrach, gerieth ich, um den Schwall meiner
Gedanken zu zerstreuen, auf den Einfall, verkleidet
auszuwandern und mich in Jspahan umzusehen. Oft
schon hatte ich dieß im ersten Jahre meiner Regierung
gethan; hatte mich allenthalben sicher, gleich einem
Vater im Schoose seiner Familie geachtet. Aber Furcht
war seitdem an die Stelle meines Zutrauens getreten; und auch jetzt stiegen Besorgnisse genug in mir
auf. Bloß der Gedanke: Würde wohl das Geschick dich
h e u t e f r ü h so sonderbar gerettet haben, wenn du
noch an e b e n d e m s e l b e n A b e n d einer weit geringeren Gefahr unterliegen solltest? Bloß dieser Gedanke
stärkte mich; und ich ging endlich aus, so unkenntlich
gemacht, daß ich selbst beym Blick in den Spiegel mich
nicht kannte. Nach einigem Herumstreifen ruhte ich in
einem unserer öffentlichen Häuser aus; forderte Sorbet,
und sah immer noch, in mich versenkt, ohne eigentli-
ches Bewußtseyn, dem Getümmel der Kommenden und
Gehenden, der Trinkenden und Essenden, der Schwa-
tzenden und Schweigenden zu. Erst die Nennung meines Nahmens in einem der äußersten Winkel dieses großen Saales weckte mich aus meiner Dumpfheit. Ich
sah hin, und sah einen ehrwürdigen Greis, umringt
von einigen jüngeren Männern, und begriffen in einem eifrigen Gespräche. Unvermerkt nahte ich mich ihnen dergestalt, daß ich ganz ihr Gespräch verstehen konnte; und die Schärfe meines Gehörs machte dieß schon
in einer Entfernung möglich, bey welcher sie noch keinen Verdacht auf mich haben konnten.

Bald verwandelte sich meine N e u g i e r in Er-
s t a u n e n, als ich hörte, daß das Ereigniß dieses Mor-

Meißners Erzähl. 2.   O

gens ihr Gespräch ausmachte. Und auch das, daß es
nicht bloß beym Erstaunen blieb, wird euch sehr be-
greiflich seyn, wenn ich die Hauptreden selbst, unvergeßlich mir für immer, wiederhehle. — „Getreulich
hat bisher der Segen des ganzen Landes, sprach der
Greis, die Thaten des Weßir Abdul Mehemets begleitet; aber ich zweifle sehr, daß er auch bey dieser jeti-
gen viel Segen und Dank erhalten wird."

„Wohl möglich, mein Vater! erwiederte einer
der jüngeren Männer: aber nur beschwöre ich dich, hin-
fort etwas zurückhaltender in deinen Urtheilen zu seyn.
Der Ausruf, mit dem du vorhin der Erzählung des
Höflings zuhörtest, verrieth nur zu sehr deine Gesinnung; und doch hört, wie du weißt, kein Ohr leiser,
als das Ohr eines Tirannen; und kein Mund ist schwatz-
hafter, als der Mund eines Höflings."

Höre meinetwegen jenes und schwatze dieser, so
viel ihnen beliebt! war seine Antwort: — Was küm-
mert sich mein graues Haupt darum, ob seine Augen
ein Tirann, oder wenig Tage darauf das Alter schließt?
Willig, willig wollte ich es selbst sogar dem tödtenden Schwerte darbiethen, erleichterte dieß Persiens
Joch, oder erweichte es Maßouds Herz. — Achtzig
Jahr bin ich nun alt geworden, und fünfzig Jahr sind
es, daß mein Vater starb. Ich fand damahls in seinem Keller neun Flaschen des ältesten köstlichsten Weines. Sie sind die einzigen, die ich Zeit meines Lebens,
dem Gesetze entgegen, zu trinken wagte, und auch
diese nur bey den festlichsten Gelegenheiten! und auch
diese noch nicht ganz! — Zwey hohlte ich herbey, als
mir mein erster Sohn geboren ward; zwey als Maßouds Vater durch einen herrlichen Sieg Persien und

Jovahan rettete; und zwey als Maßoud selbst ben Thron bestieg. Aber gern wollte ich heute noch drey, die letzten drey euch auftragen, wüßte ich ihn nur entweder todt oder gebeßert.

Man lachte über diesen treuherzigen Ton des Alten; aber meine Seele war weit vom Lachen entfernt. In mein Auge stieg eine Thräne. Entscheidet selbst, ob sie Thräne der **Scham** oder der **Reue** gewesen sey! Nur so viel versichere ich euch: Thräne des **Unwillens** war sie nicht. Des Tags zuvor hätte diese freye Rede vielleicht dem Alten das Leben gekostet; aber heute drang sie tief in mein vorbereitetes Herz; füllte es mit ganz andern Bewegungen; und nöthigte mich fortzugehen, aus Furcht, daß eben diese Bewegung mich endlich verrathen möge.

„Deinem Tode also — sprach ich zu mir selbst — will er mehr weihen, als er selbst den fröhlichsten Begebenheiten seines Lebens weihte. Seinen erstgebornen Sohn ehrt er mit zwey Flaschen; deinen Mörder will er mit dreyen, mit den letzten dreyen sogar ehren. O Maßoud! Maßoud! Wenn dieß nicht Stimme eines Einzigen, wenn es Stimme des ganzen Volks wäre? Und o leider! leider das ist sie! — Wenn einst Schmerzen des Todes in deinem brechenden Herzen wüthen, wird dann nicht der Gedanke: daß über deine Qual Millionen jauchzen, noch qualvoller als des Scheidens langsamste Folter seyn! — Drey Flaschen deinem Tode!

So klagte ich halblaut, und gedachte erst spät daran, daß er gesagt hatte: Meinem Tode oder meiner Besserung! — Aber als ich daran gedachte, da erstand auch schon mächtig in meiner Seele der Vorsatz,

O 2

von nun an ein anderer Maßoud zu werden. Lange
kämpfte ich in mir selbst über dessen Möglichkeit und
Ausübung, Vielem mußte ich entsagen; und — that's.
Daher jene düstern zwey Wochen, wo ich mehr einem
Marmorbild als einem Manne glich! daher jene Veränderung, die euch alle so befremdete! Entscheidet nun,
ob ihre Veranlassung wichtig genug war? ob ihr bey
einem solchen Anfang auf Dauer rechnen dürft? und
ob auch ich hoffen könne, bald die drey Flaschen des
guten Alten zu verdienen?" — —

„O du hast sie schon empfangen, glorwürdigster
Beherrscher der Gläubigen!" rief hier laut ein junger
Mann aus, der ganz unter dem letzten, dichtesten
Schwarm der Hofbedienten gestanden hatte, und den
jetzt alle verwunderungsvoll anblickten. Er drang sich
hindurch und warf sich nieder zu den Füßen des Throns.

„Und wer bist du denn, junger Mann — fragte
Maßoud selbst etwas erstaunt, — daß du eine solche
Versicherung mir ertheilen kannst?"

„Zwar einer deiner geringsten, aber gewiß einer
deiner getreuesten Knechte; einer von den Söhnen eben
desjenigen Greises, dessen du jetzt erwähntest; einer,
der selbst bey eben dem Gespräche gegenwärtig war,
das so stark auf dich wirkte!"

„Wie? und er hätte seit dem — Jüngling, ich
gebiethe dir, schmeichle mir nicht!"

„Nein, Monarch! jedes meiner Worte ist Wahrheit; wie würde ich es sonst wagen dürfen, vor deinem
Antlitz zu erscheinen? Als gestern Abend mein Vater
uns seine vier Söhne wieder um sich versammelt sah,
sprach er ungefähr also: Meine Kinder, meine Augen
werden dunkel; ich spüre die Begleiterinn des Alters,

die Hinfälligkeit aller Kräfte täglich mehr und mehr; erwache matter, als ich einschlief, und schlafe wieder matter ein, als ich erwachte. Meine Laufbahn scheint mir daher ihrem Ende nahe zu seyn. Laßt mich, ehe sie ganz sich schließt, noch ein Mahl herzlich der Freude genießen, sollte es auch nur die Freude eines Traum= bildes seyn! Ihr wißt, was ich mir vornahm, wenn ich Maßoud, unsern Sultan, entweder todt oder ge= bessert erblickte. Er scheint dieß letztere durch ein Wun= der; denn seit einigen Monden höre ich von jeder Sei= te her ihn wieder Vater nennen. Wie, wenn wir Fort= dauer dieses Wunders hofften, und die Flaschen leer= ten, die ich der Änderung von Persiens Zustande ge= lobte? — So sprach er, und wir stimmten freudig ein. Daß ich dir die Wonne dieses Abends schildern könnte, seine Wünsche für dich — Monard, wenn jetzt schon Thränen mich zu sprechen hindern, so — urtheile — urtheile! wie sie gestern erst — geflossen seyn mögen."

Maßoud blickte umher, und sah aller Augen über= fließen. — Einer der seltenen Fälle, wo ein fürstliches Gemach sich eines wahren empfindsamen Schauspiels rühmen konnte! — „Steh auf, sprach er, Jüngling, und eile deinen Vater herzuführen, daß meine Umar= mung und ein Ehrenkleid öffentlich seine Freymüthig= keit belohne! Auch du, sey versichert, auch du sollst von nun an nicht mehr einer meiner geringsten Knechte seyn. Bitte selbst um dein Loos, jede billige Bitte soll Er= hörung finden. Dir aber, Abdallah, befehle ich zur Strafe deiner Unvorsichtigkeit die Geschichte des heuti= gen Tages aufzuzeichnen; und dem Ewigen —

Er sah gegen Himmel; seinem Gefühle fehlten Ausdrücke; er entfernte sich in sein geheimstes Gemach,

um dort allein die Seligkeit zu fühlen, die das Herz
der wenigen guten Fürsten fühlt.

II.

„Sultan Maßouds fürchterlichster Feind war, wie
wir schon vorhin gesagt haben, Atabeck Khaled. Er
hatte nicht nur die Unruhen in Irack aus möglichsten
Kräften unterstützt; er empfing auch mit offenen Armen die flüchtigen Aufrührer in seinen Staaten und
an seinem Hofe, ja! erhob sogar einen ihrer Rädelsführer zu seinem Wessir. Eine solche Beleidigung konnte freylich Maßoud — der damahls noch tyrannische
Maßoud, nicht gelassen ertragen; er schickte eine dro-
hende Gesandtschaft an den Atabeck; warf ihm die Verbindlichkeit, die ihm gegen den Stamm der Selgiuken obliege, und die er so ganz vergäße, in bitteren
Ausdrücken vor; und verlangte, daß Babuck — so
hieß der neue Wessir — ihm ausgeliefert werden möge, weil er sonst mit Heeres-Macht zu kommen und
ihn selbst zu fordern gedenke.

Atabeck Khaleds ganze Antwort war: Sagt eu-
rem Herrn, daß ich ihn erwarte, und für die Höflichkeit seiner Anmeldung mich bedanke. Auch auf mein
Entgegenkommen darfer rechnen, im Falle, daß
er mit dem Herkommen zaudert.

Maßoud kannte sich selber kaum vor Zorn bey Anhörung dieser spöttischen unwürdigen Antwort. Ein
mächtiges Kriegsheer brach sogleich auf, und in Ispahans Mitte ward eine Stange mit der Überschrift auf-

gerichtet: „den Köpfen der Aufrührer, Khaled und Babuck, bestimmt."

Aber indeß, daß die Heere näher an einander rück-
ten, und die Zwietracht zweyer Fürst'n schon viele tausende ihrer Unterthanen, die nicht einmahl wußten,
worüber man sich streite! um Glück, Gut und Leben
brachte; indeß ging jene kurz vorher erwähnte Änderung in Maßouds Seele vor. Eine ihrer mannigfachen
Wirkungen war auch, daß einst in einer regnerischen
Nacht die Stange gleichsam als vom Winde umgewor-
fen ward, ohne je wieder aufgerichtet zu werden; und
daß der Feldherr, der gegen Khaled ausgeschickt war,
Befehl erhielt, zwar seines Feindes Macht so bald als
möglich zu schlagen; aber keineswegs mit den wehrlo-
sen Einwohnern des feindlichen Landes Krieg zu führen.

Bald darauf kamen Nachrichten von einem Treffen; aber nicht Nachrichten, wie Maßoud sie wünschte. Seine Truppen waren geschlagen worden, und
Khaled drang mit einer furchtbaren und immer noch
furchtbarer werdenden Macht, unter den grausamsten
Verwüstungen, tief ins Mark von Persien ein. —
Jetzt sah Maßoud, wie nützlich es sey, ein aner-
kannter, nicht bloß ein sogenannter Vater
seines Landes zu seyn. Ein Jahr vorher, und die Provinzen wären jauchzend dem Sieger zugefallen; hätten selbst ihm die Waffen dargebothen, um Maßoud
ganz zu stürzen. Jetzt wehrte jeder noch so wehrlose Flecken sich muthig, widerstand Wochen, Tage, wenigstens
Stunden lang. Jeder Schritt, weiter fortgesetzt, kostete dem Atabeck Blut und schwächte sein Heer; bis
endlich Maßoud Zeit und Raum genug gewann, neue
Völker zu sammeln, mit ihnen muthig seinem Feinde

entgegen zu eilen, auf ihn zu stoßen, mit ihm zu schlagen und — zu siegen.

Wenige Schlachten haben so ganz auf einmahl die Macht eines mächtigen Feindes aufgerieben, wie diejenige, die jetzt Maßoud erfocht. Von dem Heere Abaieds entkam kaum der zehnte Theil; die, welche der Kampf nicht gefressen hatte, fraß die Flucht. Bald ergriff nun der Krieg das feindliche Land; die Städte desselben beeiferten sich um die Wette in Abfall und Übergabe die ersten zu seyn. Den Atabeck selbst verrieth einer seiner Günstlinge, brachte ihn gefangen zum Maßoud, und erhielt dafür einen Vorzug, den er zwar nicht gehofft, aber doch gewiß verdient hatte; den Vorzug, daß er der einzige in diesem Kriege war, den Maßoud — hinzurichten befahl.

Maßoud führte noch einige Zeit sein Heer selbst an; dann, als er sah, daß das Vorzüglichste gethan sey, theilte er die Mannschaft; übertrug die Anführung der einen Hälfte einem geprüften Feldherren, um auch das Rückständige vom Feindes-Lande sich noch zu unterwerfen, und wandte sich mit der andern Hälfte auf den Rückweg nach Ispahan. Den gefangenen Atabeck führte eine starke Wache; Maßoud hatte bisher ihn weder gesehen, noch sehen wollen. Alle hielten einen schmählichen Tod dieses undankbaren Fürsten für gewiß; alle achteten ihn dessen werth.

Maßoud hatte befohlen, es ihm sogleich anzuzeigen, wenn man die Zinnen Ispahans wieder blinken sehen würde. Jetzt sah man sie, und meldete es ihm; er befahl sogleich seinem Heere, im Zug einzuhalten, seinen Kriegsobersten, sich um ihn zu versammeln,

und den Wächtern Khaleds, ihren Gefangenen herzuführen. Alles geschah.

Atabeck Khaled! hob er an: in wessen Händen
jetzt dein Schicksal stehe, brauche ich nicht erst dir zu
sagen ——

Kh. (mit Trotz). Nein, fürwahr nicht! denn ich
fühle dieß schon genug.

Maß. (ganz gelassen). Und doch gibt es gewiß
noch manche Sieger, unter welchen du dein Schicksal
noch mehr gefühlt haben würdest. Aber bey Seite damit in einem Augenblicke, wo ich eine ganz andere
Frage, voll Beziehung auf dein künftiges Schicksal,
dir vorzulegen gedenke! Sieh dorthin! jene goldenen
Purcte, die so hell im Sonnenscheine flimmern, sind
die Zinnen Ispahans. Wenn du sie als Sieger erblickt hättest, und ich dein Gefangener wäre; was
würdest du dann thun, oder schon gethan haben?

Kh. (trotzig). Du selbst hättest sie dann nie wieder gesehen; höchstens dein Kopf von einem Spieße
herab.

Ein lautes Geschrey des Unwillens entfuhr allen
Anwesenden, als Khaled diese verwegenen Worte
sprach. Maßoud allein blieb in Ton und Miene sich
gleich. — „Geantwortet, wie ich's erwartete!" war alles, was er erwiederte; dann wandte er sich an seine
Feld-Obersten und fragte sie: „Wie rathet ihr mir
nun in Ispahan einzuziehen? Und welches sey das
Schicksal Atabeck Khaleds?"

„Wie anders eingezogen, als im Triumph! Wie
anders das Schicksal Khaleds, als seinem eigenen Ausspruch gemäß!" So schallte, gleichsam wie verabredet,
die Antwort jedes Einzelnen im Chor ihrer aller.

„Ihr sprecht sehr einstimmig, und doch dünkt mich, irrt ihr euch. Triumph gebührt sich nur nach vollständigem Siege; dem Meinigen fehlt von dieser Eigenschaft noch viel! — Auch du, Atabeck, irrst dich, wenn du glauben solltest, dein mir so frey heraus gestandener Vorsatz werde zur Richtschnur meines Betragens dienen. Jeder hat seine eigene Denkungsart, und hält die seinige für die bessere. Du wolltest meinen Kopf nur in Ispahan einziehen lassen. Ich will, daß du selbst darin einziehest. — Weg mit diesen Fesseln! Du bist von nun an frey. Doch wünsche ich, daß du der Nächste nach mir beym Einzuge seyst, und bestimme dir dazu ein Roß, dem meinigen fast gleich an Zierde und Schönheit."

Der Blick des gefangenen Fürsten glich jetzt dem Blick eines Mannes, den man überredet hat, daß man ihm eine grausende Hölle zeigen wolle, und den man dann schnell mit der lachendsten Aussicht überrascht. Erstaunen, Mißtrauen, ob er wache, Besorgniß künftiger Übel wegen allzu günstiger Gegenwart, Stolz, Scham, Unwillen, widerspenstige Bewunderung — alles dieß mischte sich jetzt bey ihm. Alles dieß — empfunden in einem Augenblicke — es war natürlich, daß er selbst nicht wußte was er empfände!

Maßoud! rief er endlich, du bist entweder ein Engel des Lichts; oder wenn deine Worte Verstellung waren; Verstellung, die einen nahen Schlag mir durch den Abstand nur desto schmerzhafter machen sollten — der schwärzeste aller abgefallenen Geister.

„Vielleicht keines von beyden! Erwarte dieß von der Zukunft!"

Maßoud winkte; die Versammlung trennte sich. Der Einzug geschah, zwar nicht mit Pracht, aber mit Anstand. Der Monarch ritt an der Spitze seines Heeres, empfangen mit Jauchzen; Atabeck Khaled, unweit seiner, angestaunt mit Verwunderung, weil man ihn so erblickte. Er bekam seine Zimmer auf dem Schlosse: Unterhalt und Bedienung, alles, wie es für einen Fürsten sich ziemte. Er schien ein besuchender Gastfreund, kein Gefangener mehr zu seyn. Und doch bethete er bey jedem Schlafengehen: Allah, gib, daß mein Kopf auch morgen sich wieder so niederlege! Bis zum Maßoud selbst kam der Ruf von diesem Gebethe, und er lächelte bey der Erzählung.

Indeß trafen bald in Ispahan die günstigsten Nachrichten von jenem zurückgelassenen Heere ein. Es war ein bloßer Durchzug, kein Krieg weiter gewesen. Die Hauptstadt des Atabeck, so wie sein ganzes Land, hatte sich ohne Schwertstreich dem Sieger unterworfen. Es kamen Abgeordnete, die sich glücklich priesen, in die Hände eines so milden Regenten gefallen zu seyn, und ihm ewige Treue (versteht sich, daß diese Ewigkeit nur so weit ging, bis ein Mächtigerer sie bekriegen würde) anzugeloben bereit waren.

Maßoud ließ sie ihre Reden in offner Versammlung halten. Khaled selbst mußte sie mit anhören. Er that es mit anständiger Kälte. — „Drey von diesen fünf Rednern verdanken mir die Gründung ihres ganzen Glücks. Maßoud schließe daraus, wie viel ihnen zu trauen sey!" — Dieß war alles, was er dagegen sagte.

Die sämmtliche Versammlung rieth ihrem Monarchen nun abermahls zu einem Tanzfeste und zu ei

ner feyerlichen Huldigung von den neueroberten Län-
dern. Zwey der jüngsten Räthe, noch nicht ganz in
den Staatsränken eingeweiht, sprachen auch einige
Worte von vier oder fünf Dorfschaften, die man aus
übertöniglicher Großmuth dem Khaled zum Unterhalt
aussetzen könne. Die andern schwiegen weislich von einem Puncte, den ihre Klugheit nicht durchzuspähen
vermochte.

Mahoud hörte jeder Sylbe mit Aufmerksamkeit
zu. — „Die Länder, sprach er dann, die jetzt meinem Zepter zufallen, sind entlegen, weitläuftig, und
schwer zu beherrschen; denn ein unruhiger Geist lebt
und webt in ihren Einwohnern, und noch kennt die
Geschichte von Irack kein Jahrzehend ohne Empörung.
Es wäre daher thöricht, ein solches Land ohne einen
Statthalter beherrschen zu wollen, der mit eigenen
Augen sehe; schnell herbey eile, wenn es etwas zu
schlichten gibt; und dem abzuhelfen suche, was kleiner
Schade im Anfang, und unersetzlicher Verlust im Fort-
gange seyn dürfte. — Meint ihr nicht so?

Alle meinten: Es sey gesprochen, daß der Engel
Gabriel selbst nicht weislicher sprechen könne.

„Aber nöthig ist es dann auch, fuhr Mahoud
fort, soll anders ein solcher Statthalter sich behaupten, daß er des Landes und seiner Bewohner, ihrer
Sitten, Charaktere und Gesetze kundig, entsprossen
aus einem ehrwürdigen Stamme, tapfer im Kriege
und im Frieden weise sey. — Nicht wahr?" .

Allerdings! Allerdings!

Mit dem Tone des freundlichsten Ernstes wandte
sich jetzt der Monarch gegen den gefangenen Fürsten,
der in Schwermuth tief versenkt da saß, seine Gegen-

wart bey einer solchen Scene äußerst schmerzhaft fand, und wenig auf die Fragen seines Siegers gehört zu haben schien.

„Atabeck Khaled! sprach Maßoud, du kennst dieß Land, denn du warst sonst sein Beherrscher. Du hast Tapferkeit; das sahen wir im Gefechte, und hörten es in jener Antwort, die dir sonst den Tod zu bringen schien; hast Edelmuth, denn du verschmähtest Verstel-lung. — Warum muß Zwist seyn zwischen mir und dir? Oder warum sollte wenigstens er sich nicht enden können? Zwar warst du mein Feind; doch ein offner Feind. Wie! wenn dich vielleicht bloß irrige Vorstel-lung von meinem Charakter dazu gemacht hätte? Wie! wenn du deine Gesinnung änderteft, da du jetzt hoffent-lich jene Meinung von mir ändern wirst?. — Nicht? — Nicht? — So sprich doch! Nicht?

„Monarch! meine Ohren hören deine Stimme, wie ein Mann im Morgenschlaf zu hören pflegt. Er merkt, daß man mit ihm redet; aber er versteht den Sinn der Worte nicht.“

„So will ich noch etwas lauter sprechen, um dich ganz zu wecken. — Khaled, wenn ich dir heut Leben, Freyheit, Hoheit wieder schenkte; wenn ich dich in dem Lande, das sonst ganz dein war, wieder wenig-stens n a c h mir zum Ersten machte: würde ich alles dieß an einem dankbaren Versöhnten, oder an einem unversöhnlichen Feinde thun?“

„Fürwahr keinem Undankbaren! Und doch besorge ich, einem Unwürdigen.“

„Und warum unwürdig?“

„Monarch! so überschwenglich auch deine Güte gegen mich ist, so stehe ich doch an, mich deren zu be=

dienen. Der Schritt vom ehemahligen unbeschränkten
Fürsten zum Statthalter herab — obschon Kerker,
wahrscheinlicher Tod, wenigstens verdiente Erniedri-
gung, zwischen beyden lag — ist gleichwohl ein so
mißlicher Schritt, daß selbst dem Redlichsten oft der
Wunsch anwandeln dürfte: wieder zu werden, was
er war. Unterläge ich nun dieser Versuchung, dann
— — — dann verdiente ich, daß neben meinem Andenken ein Fluch, neben meinem Nahmen ein Schmäh-
wort in der Geschichte; daß — — Maßoud! ich fühle mich, und will lieber unglücklich, als nichts-
würdig in meinen eigenen Augen seyn. Ich
bin dein Gefangener: laß mich dieser bleiben! Mit der
Edelmuth behandelt, die ich bis jetzt erfuhr, die ich
auch in der Zukunft von dir hoffe — (mit ganz geändertem Tone). Maßoud, bey dem Namen des Einigen, wende deine Augen von dieser Thräne, daß ich
dir nicht verächtlich werde! Auf meine Gefangenschaft
floß noch keine! Keine floß auf den Sohn, der im
Kampf vor meinen Augen fiel! Aber über die heutige
Rührung bin ich nicht Herr."

· „Das ist gesprochen, wie ein Mann spricht, auf
den man sich ganz verlassen kann. — Atabeck Khaled, als ich dich bekriegte und überwand, war es mir
nicht um Vergrößerung, sondern um Sicherheit meiner bisherigen Staaten zu thun. Sein recht-
mäßiges Erbtheil verringern, ist allezeit Schande,
es vergrößern nicht allezeit Ruhm. Schon hab ich
des Landes, das ich beherrschen und glücklich machen
soll, genug. Nimm von diesem Augenblick an zurück,
was du verlorest! Sey wieder Herr und Fürst deines
Reichs; nur mit der Bedingung, daß du auch ein

Bundesgenosse des meinigen werdest, und einen mäßigen Zoll entrichtest, mehr ein Merkzeichen meiner jetzigen Obergewalt, als eine Beschwerniß deiner Krone! Genügt dir das? Oder will dein Ehrgeiz noch mehr?"

Atabeck Khaled wollte hier zu Maßouds Füssen sich werfen: doch dieser hinderte es. „Du bist Monarch! Und so ehren Monarchen sich nicht unter einander. Von nun an betrachte dich Jeder an meinem Hofe als einen unbeschränkten Fürsten, selbst in der Zeit deines längern Hierbleibens sey unbeschränkt!"

Hogarths Griffel, so mächtig er auch ist, würde vergebens das Erstaunen nachzubilden suchen, das während dieser ganzen Scene den Schwarm der Höflinge ergriffen hatte. Einige glaubten zu träumen; Andere hielten es für eine Verstellung Maßouds, die schön anfangen und schlimm enden würde; noch Andere mußten, so sehr sie auch an Zwang gewohnt waren, mit größter Anstrengung ihren Mund schließen, um nur den Ausruf der äußersten Bestürzung zurück zu halten. Jetzt, als sie endlich sahen, daß alles dieß völliger Ernst sey, jetzt drangen von allen Seiten ihre Glückswünsche und Lobeserhebungen heran; und der Iman fragte tiefgebückt seinen Sultan: ob es ihm nun gut dünke, ein öffentliches Dankfest anzuordnen?

„Jeder rechtschaffene Muselmann, war Maßouds Antwort, wird hoffentlich ohnedem heute, so wie ich, dem Allah danken; aber zur öffentlichen Feyer werde ich den Befehl erst dann ertheilen, wenn es mir die rechte Zeit zu seyn scheinen wird.

Mit diesen Worten faßte er die Hand Khaleds, und sie entfernten sich; unbekümmert um alle die Höf-

lingsköpfe, die jetzt von Neugier, wie leere Schwäm=
me vom Wasser, aufschwollen, und sich wechselweise
befragten: wann es denn eigentlich einmahl ihrem Mo=
narchen die rechte Zeit zum Dankfeste scheinen werde?
— Alles, was endlich festgesetzt ward, war: daß sie
nichts wüßten, nichts begriffen. Aber so mannigfal=
tig auch ihre Vermuthungen in diesem Puncte waren,
so sehr stimmten sie in einem andern überein; in der
Vermuthung nähmlich, daß es mit der Freundschaft
der beyden Fürsten nicht allzu lange Bestand haben
würde. — Trotz Maßouds beyspielloser Großmuth,
schloßen sie, müßte doch immer noch in Khaleds Bu=
sen eine verborgene Rachgier glimmen; der Gedanke
des Wohlthäters werde den Gedanken des Sie=
gers nie ganz verdrängen; und Maßoud dürfe viel=
leicht bald empfinden, daß diese seine edle Handlung
ein Apfel Jerichos sey, der schönen Glanz von außen
und Asche und Graus von innen habe.

Ehrenvoll für die menschliche Natur war freylich
eine solche Vermuthung nicht; aber, die Wahrheit zu
gestehen, ganz grundlos pflegen Zweifel dieser Art
selten zu seyn. Schon ihre Allgemeinheit schien
dieß zu beweisen; denn nicht nur die Hefe des Hofs,
sondern auch fast alle die wenigen zerstreuten Redli=
chen befürchteten gleichen Ausgang; und der Wessir,
Abdul Mehemet, sprach hierüber mit seinem Monar=
chen, sobald er ihn allein zu sprechen Gelegenheit fand,
ganz ohne Zurückhaltung.

„Ich danke dir, war Maßouds Antwort, für
dieß Besorgtseyn um meine Sicherheit; aber du wirst
bald sehen, daß auch ich darauf dachte; wirst bald Be=
stätigung

ſtätigung oder Widerlegung deines Verdachts, und das
zwar öffentlich haben."

„Öffentlich! daran zweifle ich nicht. Aber auch
noch wann es Zeit iſt?"

„Noch wann es Zeit iſt, mein Getreuer; verlaß
dich darauf." —

Den fünften Tag darauf gab Maßoud dem Atabeck zu Ehren ein feyerliches Mahl. Alle ſeine Großen
waren dazu eingeladen; alles glänzte von königlicher
Pracht; alles athmete Vergnügen. Diejenigen nur,
die auf Maßouds Mienen ſich ganz verſtanden, oder
wenigſtens verſtehen wollten, glaubten mitten durch
die Heiterkeit, mit welcher er ſprach und handelte,
jezuweilen eine Secunde des ernſten Nachdenkens, und
einen ſcharfen, den Khaled gleichſam durchſchauenden
Blick zu bemerken. Sie ſchloßen hieraus auf eine Bewegung, die tief in der Seele ihres Monarchen vor-
gehe; auch ſchloßen ſie richtig genug; doch irrten ſich
die Argdenklichen darin, daß ſie Reue oder Unwillen muthmaßten.

Das Mahl neigte ſich zum Schluß; man trug den
Nachtiſch auf; Khaled genoß von ihm nur einige wenige Biſſen, und dann wandte er ſich mit geſeztem
Ton und Anſtand laut gegen Maßoud: „Mein König,
ſprach er, wollteſt du mir wohl erlauben, dieſes Mahl
noch mit einer Handlung zu beſchließen, wobey ich der
Zeugen nicht zu viel haben kann?"

„Welche Frage! du biſt an Freundes Tafel; warum bitteſt du daher um irgend eine Erlaubniß, da dir
ungebeten ſchon alles frey ſteht?"

„Maßoud, daß ich ehemahls dich haßte, das
bewies meine Antwort, mein Krieg, und ach, daß

Meißners Erzähl. 2.   P

Scham dieß gut machen könute! — die Grausamkeit, mir der ich ihn führte. Aber daß es Menschen geben könne, welche glauben: ich hasse dich noch jetzt; jetzt, da du liebreich wie ein Vater, edel wie ein Held, und gütig wie ein Gott an mir gehandelt hast, das besorgte ich bis jetzt nicht.

Maß. Und woraus schließest du denn jetzt, daß es Menschen von so argdenklicher Art geben sollte?

Khal. Es muß ihrer geben! das beweiset mir dieser Brief, den gestern ein Mann mir gab, als ich zu Pferde steigen wollte, und verschwand, ehe ich ihn fragen konnte: Wer? und von wannen er sey? — Hier ist er! Lies ihn!

Maß. Wenn er so beschaffen ist, daß alle diese Zeugen an der Tafel und im Saal ihn mit anhören können — und das vermuthe ich, weil du so öffentlich davon sprichst — so lies uns lieber selbst ihn vor!

Khal. O nein! Nie wieder soll des buchstäblichen Lesens ein so schändlicher Antrag gewürdigt werden, durch welchen man Maßouds Meuchelmord, Aufruhr in Ispahan und Verschaffung zweyer Kronen mir anträgt. — Hier ist er! Bestrebe dich die Hand dieses Elenden auszuforschen, und zertritt dann eine Schlange, die, wahrscheinlich unter dem Schein des treuesten Dieners, dich zu tödten sucht!" —

Ein langes tiefes Stillschweigen rund um die Tafel herum! Furcht und Verwunderung auf Aller Antlitz, bis Maßoud aufstand, anbethend seine Arme kreuzweis schlug und mit gebeugtem Haupte ausrief: „Gelobt sey Allah! und gelobt werde er öffentlich; denn mein Gebeth ist erhört! — Iman berufe sofort das

Volk in die Moscheen, und feyre mit ihnen im hohen
Triumph den schönsten Sieg, den ich je erfocht!"

Khal. (etwas erstaunt.) Einen Sieg?

Maß. O mehr als Sieg, mehr als Triumph
ist mir die süße Gewißheit, daß mein ehemahliger Tod-
feind nun mein treuester Freund und Bundesgenosse
geworden sey! — Ja, Khaled! ich gestehe es dir hier
öffentlich vor allen; ich selber wußte um diesen Brief;
bediente mich seiner als der einzigen Probe, ob meine
Milde anerkannt und mein Wohlwollen erwiedert werde. Vielleicht sollte ichs verschweigen, aber das, was
dieser Brief mir bewährt hat, ist zu schön, als daß
ich meine List nicht laut bekennen sollte. Du hast gethan, was ich hoffte; und von Stund an sey auf ewig
alles Mißtrauen verbannt! Sey ewig so mein Freund,
wie du in dieser Minute es warst! (Indem er ihn um-
armt.)

Khal. Beym Allah, das werde ich!

Maß. So bin ich unsterblich in der Geschichte.
Tausend Fürsten können größere Heere besieget haben. Aber einen vollständigeren Sieg über ein Herz
gibt es vielleicht in Jahrtausenden nicht. — In die
Moscheen, meine Freunde, daß man für diesen herrlichen Triumph, Gott und dem großen Propheten, der sein Freund ist, danke! — Seht ihr, die ihr
sonst mir so rasch zu Siegesgeprängen riethet, dieß
war der Augenblick, auf den ich wartete!

III.

Die dießmahlige Gefahr einer Verschwörung war
freylich Sultan Maßouds eigene Erfindung gewesen.

P 2

Aber das Jahr darauf bekam er Gelegenheit seinen Scharfsinn an einer andern zu üben, die nichts weniger als sein Werk war.

„Ein Jüngling, meldete einst der Weſſir seinem Gebiether bey der erſten Morgen-Aufwartung, sey draußen im Vorgemach und verlange inſtändigſt seinen Monarchen und zwar ihn ganz allein zu sprechen. Man habe ihm vergebens das Unschickliche seines Verlangens vorgeſtellt: vergebens habe Er, Mehemet selbſt, ihn um sein Anliegen befragt; der Bursch blieb dabey; was er wüßte, dürfe außer ihm nur noch Schach Maſoud wiſſen.“

„Und wie ist sein Ansehen?“ fragte Maſoud.

„Das Ansehen eines dürftigen, aber wohlgebildeten jungen Mannes.“

„So wollen wir hoffen, daß die Natur mit dieser Wohlgeſtalt nicht habe täuschen wollen. Laß ihn herein kommen, und laß mich allein mit ihm!“

„Aber, Beherrscher der Gläubigen“———

„Aber Abdul Mehemet! wie kann ich Dolche bey Unterthanen befürchten, welche nun sicher wiſſen, daß ich sie l i e b e? sicher wiſſen, daß ich für das Glück jedes Einzelnen sorgen zu können wünsche? Laß ihn herein kommen und mich allein mit ihm!“

Es geschah.

„Beherrscher der Gläubigen, Licht der Welt! hob der Jüngling an, ich bin der Sohn eines armen Mannes, der täglich von den Überbleibseln deiner Tafel einige Brosamen empfängt, und damit nothdürftig ein sieches Leben friſtet. Ich pflege sie abzuhohlen, wenn meine Lohnarbeit geendiget iſt; und da

diese gestern erst spät sich endigte, konnte ich auch spät
erst herkommen. Der Weg von deinem Schlosse bis zur
Wohnung meines Vaters ist weit, und die Thür der
letztern wird zeitig verriegelt. Ich entschloß mich daher
in irgend einem Winkel deines Palastes die Nacht hin-
zubringen, und erwählte dazu jenen langen Gang,
der zu den Zimmern deiner Leibwache führt. Das Lager war hart, mein Schlaf leise; und es mochte ungefähr Mitternacht seyn, als ein nahes Gespräch mich
weckte. Beym Schimmer einer äußerst entfernten Lam-
pe erkannte ich, daß es zwey Männer von deiner Leibwache waren; ihr Gesicht aber konnte ich nicht hinlänglich unterscheiden. Der Eine schalt den Andern, daß er
die Gelegenheit versäumt, die sich bey der gestrigen
Jagd zu deiner Ermordung angebothen habe. Der Andere entschuldigte sich mit einer unbegreiflichen Furcht,
die ihn zurück gehalten hätte, vermaß sich aber hoch
und theuer, daß sie bey der nächsten Gelegenheit
nicht wieder ihn anwandeln sollte. Sie sprachen dann
weiter, nahmen Verabredung, daß sie nach vollbrach-
ter That gegen Syrien fliehen, und dort dem Scheick
Ismael dein Haupt überbringen wollten; und so trennten sie sich wieder, ohne mich zu sehen, und ohne zu
argwohnen, daß sie, zur Zeit eines so allgemeinen
Schlafes, einen Zeugen ihres Gespräches gehabt haben könnten.

Eine geraume Weile dachte Mahoud dem Gehör-
ten nach. — Und konntest du denn keinen von den Gesichtszügen dieser Bösewichter erkennen?

Wenigstens viel zu dunkel, als deren gewiß zu
seyn.

„Also doch etwas! also doch wohl so viel, um
dich dessen wieder zu entsinnen, wenn ich meine ganze
Leibwache bey dir vorüber gehen liese?"

O nein, mein Gebiether! Wie sollte ich einer
dunkeln Erinnerung trauen, wenn es auf Leben und
Tod eines meiner Mitmenschen ankömmt, und wenn
ich durch einen sehr leicht möglichen Irrthum das Blut
eines Unschuldigen vergießen könnte?

„Jüngling, du sprichst, wie ein Biedermann!
Deine ganze Angabe hätte ich als Mährchen verwor-
fen, vielleicht gar als Verläumbung bestraft, wärst du
rascher in Erbiethungen und bereitwilliger zum Anschul-
digen gewesen. Aber da ich nun deiner Erzählung als
Wahrheit traue, so ist es auch nöthig, daß ich so fort
meine Maßregeln ergreife; nöthig, daß jetzt noch mir
Niemand dich spreche. Meine Wache soll dich daher in
ein Gemach meines Schlosses bringen; ein treuer aber
stummer Bediente dich mit allem nöthigen versorgen,
und du selbst mußt da bleiben, bis ich dich — was bald
geschehen soll — wieder rufen lasse."

Der Jüngling erblaßte bey diesen Worten, und
umfaßte Maßouds Knie. „Gebiether der Gläubigen!
sprach er, mein Leben steht zu deinen Diensten; nur
mit Verhaft, wenn er auch besser als meine beste bis-
herige Freyheit wäre, verschone mich!"

„Und warum das?"

„Weil mehr als mein Leben, weil das Leben meines kranken Vaters davon abhängt. Ich bin seine einzige Stütze; ach, schon vielleicht seit vielen Stunden
sieht er begierig durchs Fenster nach mir sich um, und
— fastet. Aus Pflicht gegen dich vergaß ich heute meine Pflicht gegen ihn zum ersten Mahl in meinem Le-

ben und ließ ihn warten. Du bist zu menschlich, Monarch, als zu fordern, daß ich ihn auch sterben lassen sollte!"

„Nein, bey dem einigen Gott, das verlange ich nicht! rief Maßoud gerührt, und hob mit eigener Hand den jungen Perser von der Erde empor. Ein so guter Sohn ist auch gewiß ein guter Unterthan. Geh, und eile deinem Vater zu Hülfe! Nimm Speise, so viel du willst, und diesen Beutel voll Gold mit dir; dann komm wieder her, und harre so lange in jenem Gemach, bis ich deiner begehre!"

Der Jüngling dankte für das Geschenk, flog hinweg, ließ Maßoub in tiefen Gedanken versunken zurück, und kam in wenigen Stunden wieder. Längst, ehe er wieder kam, war des Sultans Plan entworfen, und er selbst bereits mit dessen Ausführung beschäftiget."

Er hatte den Obersten seiner Leibwache rufen lassen. — „Es ist billig, sprach er zu ihm, daß man je zuweilen im Frieden auch an Krieg gedenke. Übe heute Nachmittags meine Leibwache in den vornehmsten Geschäften des Krieges, und ich will ihr Zuschauer seyn!" — Es geschah; der Tag ging beynahe ganz darüber vorbey, und Maßoud schien äußerst zufrieden.

„Fürwahr, gab er ihnen beym Schlusse laut das Zeugniß, ihr habt euch alle brav gehalten und es ist billig, daß ich euch auch dafür belohne. Wer wäre überhaupt einer Aufmunterung würdiger, als ihr, deren Treue ich mein Leben anvertraue!" — Er winkte seinem Schatzmeister; es wurden eine Menge von Geldsäcken herbey gebracht, und jeder Soldat empfing aus des Monarchen eigener Hand ein ansehnliches Geschenk.

Jetzt waren sie alle bey ihm vorüber gegangen; stimmten freudig ihr: „Lebe, Beherrscher der Gläu-„bigen! großer Maßoud, lebe tausend Jahr!" an, und waren im Begriff sich zu entfernen, als auf Ein Mahl Maßouds Vater-Lächeln sich in den drohenden Blick eines Richters verwandelte. Es war ein Unge-witter, das schnell an einem blauen Himmel und an einem Frühlingsmorgen sich empor rollt.

„Verzieht noch!" sprach er zu den Kriegern auf der einen Seite. — „Man bringe den Jüngling her, der in jenem Gemach wartet!" befahl er seinen Höf-lingen auf der andern Hand. —Jene blieben; und der Jüngling kam.

„Du sprachst mir heute Morgen nur von zwey Männern? Nicht?"

„Ja, Unüberwindlichster!"

„Das Verdienst der ersten Entdeckung ist aller-dings dein. Aber bey Fortsetzung desselben spiele auch ich meine Rolle; denn ich habe der Verräther drey entdeckt. — Tretet hervor! Du!— du!— und du!" Sein Finger bezeichnete hier drey Männer aus dem dichtesten Haufen. Sie traten hervor; weiß ihr Antlitz, wie ein weißes Gewand; zitternd ihr ganzer Körper, wie das Laub der Espe.

„Elende! fuhr Maßoud mit dem Tone eines Don-ners fort: Was that ich euch, daß ihr euch gegen mein Leben verschwort? daß ihr selbst da, als ihr zit-ternd, mit innerem Gefühl eurer Unwürdigkeit, mei-ne Geschenke hinnahmt, verstockt genug bliebt, mir euern Anschlag zu verschweigen?"

Sie läugneten mit Worten — ihre Mienen gestanden.

„Werdet ihr auch dann noch läugnen, wenn ich
euch Zeugen anführe, die das Gespräch zweyer von
euch in der letzten Mitternachtstunde belauschten! Zeugen, die jene Vorwürfe wiederhohlen können, welche
dem Furchtsamsten unter euch, wegen versäumter Gelegenheit bey nächstvergangener Jagd, gemacht wurden! Bedenkt euch und erschwert eure Strafe nicht!
Die Strafe des Bekennenden währt einen Augenblick;
den läugnenden und doch überwiesenen Verräther laß
ich Wochen lang foltern."

Erschreckt durch diese Drohung fielen zwey auf
ihre Knie und bekannten das Gespräch der letzten Nacht.

„Und du dritter bist vielleicht seit heute erst in
diesem schändlichen Bunde?".

Auch dieß traf ein; und Maßoud sprach ihr Todesurtheil.

„O Weisester, unter allen Erdenfürsten! rief jetzt
der Jüngling, dessen Zeugniß nicht mit einer Sylbe
gefordert worden war, voll Erstaunen aus. Vergönne
mir die einzige Frage: Welche übermenschliche Kraft
ließ dich diese Bösewichter erkennen?"

Keine übermenschliche Kraft, sondern ihr eigenes
Gewissen. Du würdest auch ungefragt mein Kunststück
errathen haben, hättest du mit Aufmerksamkeit meine
Worte gehört und überdacht. Sagte ich ihnen nicht
selbst, daß sie das Zittern und die Verlegenheit verrieth, mit der sie von eben dem Mann Guttaten
annehmen mußten, wider den sie Übels in ihrem
Herzen beschlossen hatten? Bösewicht wird der Mensch
sehr oft; aber solchen Augenblicken der Überraschung
widerstehen; nicht zu schaudern, wenn uns der wohl-
thut, den wir zum Tode weihen; dazu, das weiß ich

aus eigenem Beyspiel, gehört ein äußerst verstockter
Bösewicht; und deren, dem Allah sey Lob! gibt es
wenige; gibt es desto weniger, je unvermutheter diese
List ihnen kommt.

IV.

Unter den Tausenden seiner Höflinge hielt Sultan Maßoud vorzüglich einen jungen Mann, den Ibrahim Moslem, hoch; und wirklich verdiente der junge
Mann vor Tausenden diesen Unterschied; ob er gleich
gerade einer von denjenigen Menschen war, die nirgends weniger, als bey Hofe, an ihrer rechten
Stelle stehen. Ohne Falsch und List: Freund von
seinem Freunde; offener Feind von seinem Feinde; em-
pfindlich bey jedem ihm wiederfahrenden Unrecht; eben
so bereit jedes eingestandene Unrecht zu verzeihen; ein
Sclave seiner Worte; ein treuer Diener seines Herrn;
klug, wo es keinen Betrug galt; leicht zu berücken,
so bald ein redlich scheinender Mund mit einem falschen
Herzen sich verband; vorsichtiger, kühner, ausdauern-
der in fremden Angelegenheiten als in seinen eigenen. — So war Ibrahim und wäre fehlerfrey gewesen, wenn es in der Welt, in der er lebte, nur Männer gegeben hätte; da es aber — Gott sey Dank —
auch Weiber und Mädchen darin gibt; so ward
ihrentwegen der thätige, mäßige Jüngling oft träge,
läßig, schwelgend; konnte seiner selbst und seiner Pflichten uneingedenk seyn, sobald er liebte; und liebte,
zum Unglück — oft.

Maßoud kannte diesen Fehler Ibrahims gar wohl;
denn die neidischen Höflinge hatten zeitig dafür gesorgt,
daß er ihm nicht unentdeckt bliebe: dennoch entzog er
dem Jüngling deßhalb seine Achtung nicht; er bedauerte ihn nur. — „Frauenliebe im Übermaß, sagte er
oft, ist freylich eine üble Leidenschaft; ich wollte drey
Städte hingeben, wenn Ibrahim von ihr nicht gefes-
selt würde. Was mich aber noch seinetwegen freut, ist,
daß dieser einzige Fehler mit den Jahren abnimmt und
abnehmen muß, da Geiz, Ruhmsucht und Grausamkeit
mit jedem Tage wachsen." — Man fand diese Bemerkung in Maßouds Gegenwart sehr fein, schön und neu;
und hätte vor Bosheit platzen mögen, so bald er den
Rücken gewandt hatte.

Einst übertrug der Monarch seinem Liebling ein
wichtiges Geschäft, an den äußersten Grenzen seines
Reichs, und bestimmte ihm Tag und Stunde, wann
er aufs späteste ihn zurück erwarte. Ibrahim Moslem
reiste ab; stand seinem Auftrage mit der tadelfreyesten
Genauigkeit vor; kam noch um einen Tag eher zurück; legte dem Monarchen Rechenschaft von seinem
Verhalten ab, und erhielt von ihm Lob, Belohnung
und die Versicherung: daß jede dieser vier und zwanzig
Stunden ein beträchtlicher Gewinn fürs ganze Land,
und für ihn, Ibrahim, eine Stufe mehr in der fürstlichen Gnade sey. — Diese Versicherung empfing er im
Beyseyn von wenigstens zwanzig Höflingen; alle zwanzig wünschten ihm Glück — und haßten ihn desto herz-
licher.

Des andern Tages nahte sich einer von diesen
zwanzigen in tiefster Ehrfurcht Maßouds Thron. —
„Beherrscher und Licht der Gläubigen! sprach er halb-

laut, zwar ist der Auftrag, mit dem du den Ibrahim
beehrtest, mir ganz fremd; aber wenigstens bilde ich
mir ein, daß er wichtig gewesen seyn müsse: weil
du laut gestandest: jede einzelne dabey ersparte Stunde sey Gewinn für dich. Verzeih daher meinem Eifer
dir zu dienen, wenn ich dir, so sehr ich den Ibrahim
sonst schätze, sagen muß: daß er frevelhaft von diesen
kostbaren Stunden wenigstens hundert und zwanzig
mit Wissen und Willen verpraßt habe.

Maßoud (halb lächelnd.) Hundert und zwanzig!
Hast du so genau nachgerechnet? Und wie steht es mit
der Probe dieser Rechnung?

„Mehr als zu gut; denn ich weiß von sicherer
Hand; weiß es aus dem Munde seines liebsten Sclaven, daß Ibrahim auf dieser Reise fünf ganzer Tage
zu Ganri, einem kleinen Städtchen, ungefähr dreyßig
Meilen von hier, ruhig liegen blieb, um seinen Wollüsten zu fröhnen."

Maßoud. Seinen Wollüsten zu fröhnen!

„Die Tochter eines Gastwirths allda, ohne Zweifel eine gemeine Buhldirne, war mächtig genug, deinen
Gesandten hundert und zwanzig Stunden lang fest in
ihrem Netze zu halten; und ich biethe mein Haupt
dem schmählichsten Tode dar, wenn du dieß als eine
Verleumdung erfindest."

Maßoud. Ich danke deinem Eifer, wenn es
anders wahrer Eifer ist, und werde deiner Angabe
nachzuforschen wissen. — (Mit zweydeutigem Tone.) Auch
das werde ich nicht vergessen, daß du ein so pünctli-
cher Rechner bist.

Der Höfling entfernte sich, im Herzen von dieser
letzten Zusicherung, die er gar wohl verstand, nicht.

sonderlich erbaut, und ein Paar Stunden darauf ließ Maßoud den Ibrahim rufen. Ehe er noch erschien, zischelte sich schon der halbe Hof die Ursache seiner Berufung ins Ohr; und wer nahe bey dem Monarchen zu seyn Gelegenheit fand, versäumte gewiß jetzt diese Gelegenheit nicht.

Ibrahim, hub Maßoud an, ich will dich nicht mit künstlichen Eingängen verwickeln; denn ich bin zwar dein Richter, aber nicht dein Feind. Am wenigsten will ich da dir günstige Hoffnungen machen, wo ich vielleicht mit Strafe enden muß. Also frey heraus! Du bist hart, sehr hart bey mir verklagt worden. Daß bey deinem neulichen Auftrage, die Zeit, in welchem er vollendet werde, viel, sehr viel bedeute, das sahst du doch aus der Pünctlichkeit ein, mit der ich dir den äußersten Zeitpunct anberaumte? Nicht wahr?

Allerdings, Edelster aller Monarchen!

„Gleichwohl, sagt man mir, habest du von dieser kostbaren Zeit fünf ganze Tage verpraßt. — Fünf ganze Tage! Und du kunntest mein Lob wegen des einen, den du meiner Meinung nach erspart hattest, so ruhig hinnehmen? — Rede, Wollüstling, ist diese Anklage wahr? Aber wisse, ehe du sprichst, daß jedes unwahre Wort deine Strafe verdoppelt."

Ibrahim warf sich hin zur Erde. — Jedes unwahre Wort meines Mundes bringe Qual über mich, wie der Prophet sie an jenem Tage den Verächtern seines Alkorans verkündigt hat! Aber ach leider! auch die lauterste Wahrheit macht mich deiner Ungnade und deiner härtesten Ahndung schuldig. — Ja, Beherrscher der Gläubigen, ich habe fünf Tage müßig in Gauri verweilt."

Und warum das?

„Weil ich berauscht war."

Berauscht?

„Berauscht von einer Leidenschaft, die jede Seelenkraft in mir erstickte; von einer Leidenschaft, die noch jetzt nichts weniger als ganz verraucht ist; und die wahrscheinlich erst dann sich enden wird, wenn du meinem Leben sich zu enden geblethest."

Sprich ohne dieß Pathos! Ich will die Erzählung eines Reuigen, nicht den Ausruf eines Schwärmers hören!

„Mit einer Eile, als flöhe ich vor dem unentfliehbaren Tode, hatte ich meine Reise hin und her, bis zu dem unglücklichen Gauri, vollendet. Mangel an Pferden und eigene äußerste Ermattung machten, daß ich hier ein Nachtlager, das erste seit drey Mahl vier und zwanzig Stunden, zu halten gedachte. Ich genoß einiger wenigen Bissen und wollte zur Ruhestätte eilen. Der Weg nach meinem Schlafgemach führte über einen offenen Gang; und als ich über denselben mich begeben wollte, hörte ich in einem andern Theil des Hintergebäudes einen Gesang, so süß, so unendlich reizend, daß in Einem Augenblick aus meinen schon halb zugefallenen Augen der Schlummer, aus meinem ganzen Körper Müdigkeit verschwand; so süß, daß keine Sprache in der Welt Worte dafür hat! Es war ein Lied unglücklicher Liebe geweiht; einer Liebe, welche klagte: daß nirgends ein Herz so heiß glühen könne, wie das ihrige. Lange hörte ich ihm zu; unwillig, als es sich endlich schloß, ließ ich sogleich meinen Wirth rufen, um ihn zu fragen: Wer und wo diese Sängerinn sey?

„Es ist meine Tochter! war seine Antwort. —
Deine Tochter? rief ich mit wachsendem Erstaunen: du
der Vater einer Tochter von so himmlischer Stimme?
— O mein Herr, erwiederte er, dem Himmel sey
Dank, ihre Stimme ist nicht ihr einziger Vorzug! Wenn dir anders das Liedchen gefiel, das sie sang,
so wisse, daß sie es auch selbst gedichtet hat, und daß
sie, was sie dichtet, auch sicher zu empfinden versteht.
— Zudem ist sie, was ich zwar als Vater kaum
sagen sollte, gewiß eines der schönsten Mädchen im
ganzen Lande, obgleich leider noch zehn Mahl eigen-
sinniger als schön. An die hundert Männer haben um
sie angehalten; bey allen hunderten hat sie so instän-
dig, so oft auf ihren Knieen mich um die Erlaubniß ledig zu bleiben gebethen, bis ich sie allen jenen Freyern
verweigerte; denn keiner von allen erfüllte die Vorstellung, die diese Hochmüthige sich selbst von dem
Manne gemacht hat, welcher werth seyn soll, ihr
Mann zu werden.

„Diese Rede steigerte meine Neugier bis auf den
höchsten Grad. Ich drang in den Alten, mich zu seiner
Tochter zu führen. Er machte verschiedene Einwendun-
gen, wegen Unschicklichkeit der Zeit und der Sache
selbst. Aber ich bestand so eifrig darauf; und die Ehrfurcht, die er gegen mich, als einen Bothschafter seines
Königs, hegte; gegen mich, den meine Sclaven vielleicht als deinen Günstling geschildert hatten! war so
groß, daß er endlich nachgab. — Als ich mit ihm ins
Gemach seiner Tochter trat, fanden wir sie in einem
leichten Nachtgewande, das tausend Reize unverstekt
ließ; und ihr Erstaunen über einen so ungewöhnlichen
Besuch machte, daß sie nicht sogleich an derselben Ver-

hehlung gedachte. Aber ach, mein Staunen und mein
Starren beym Anblick dieses göttlichen Mädchens überwog ihre Verwunderung noch weit.

„Zaide! Zaide! der kann die Schönheit einer
Houri mahlen, der Zaidens Schönheit mahlt! der —
— o Monarch, und könnte auch eine Schilderung, ihrer werth, mich vom wahrscheinlichen Tode retten;
ach, ich vermöchte sie nicht! Vermöchte sie selbst dann
noch nicht, gäbst du mir Jahre Frist, meine Gedanken
zu sammeln, meine Worte zu ordnen! — Und als sie
vollends sprach; als sie meiner stammelnden Entschuldigung mit bescheidener Würde antwortete; als sie, dem
dreymahligen Befehl ihres Vaters endlich zu Folge,
wieder die Laute ergriff, spielte, sang; — ja, Unüberwindlicher, da vergaß ich alles! — Auftrag — Reise
— Pflicht des Unterthans — deine Gnade — meine
Strafbarkeit — mein ganzes Selbst! — Ich warb um
ihre Gunst, um ihre Liebe; both ihr, both ihrem Vater alles dar, was ich je besaß, besitze und einst besitzen
konnte; both ihnen vielleicht — zum ersten Mahle in
meinem ganzen Leben Prahler — noch mehr als dieses
an; kniete, schmeichelte, flehte; that alles, was Liebe
und Unsinn je zu thun vermögen. Zwey Tage dieß alles umsonst! Am dritten gestand sie mir: wofern sie
einen Mann jemahls lieben könnte, so wäre ich es
vielleicht; am vierten litt sie meinen Kuß; am fünften erwiederte sie ihn.

„Gott! wie selig dünkte ich mich bereits! — Wie
sah ich in der ganzen Welt mich allein — mich und
Zaiden! aber am Abend dieses seligen Tages nannte
sie im Gespräch, von ungefähr, deinen Nahmen. Da
stand auf einmahl in ihrer ganzen Größe meine Schuld

vor

vor mir. Sie sah mein Erblassen; fragte; erfuhr; er
erschrack; und befahl mir sogleich mich zu entfernen.
— Sogleich! und ich hatte von dieser Nacht der Liebe
höchstes Glück erwartet! hatte Grund es zu erwarten!
— Sogleich! Ach, es schallte wie ein Donner mir
ins Ohr. Aber ich thats, und eilte hierher. — — Dieß
mein Bekenntniß! Und nun fälle mein Urtheil, belei-
digter Gebiether! Urtheil eines schnellen Todes! Ach,
ich bin so strafbar, als je ein Landesverräther seyn konnte; aber ich sündigte in der Trunkenheit. Thaten,
in ihr begangen, gelten nur für Fehltritte, nicht für
Laster; verdienen zwar Strafe, aber wenigstens keine
langsame Folter."

„Und doch soll deine Folter, sprach Massoud's ernste Stimme, die langsamste seyn, die ich kenne. Ewiges Gefängniß! Geschieden von allem, was dir lieb ist,
empfange den Kerker zu deiner künftigen Wohnung;
und zwar einen Kerker, so hart als möglich! — Soldaten führt ihn hinweg!"

Man führte ihn stumm von dannen. Die Blicke
der Höflinge begleiteten ihn, mit Bedauern, wie
es schien; aber ihre Herzen fühlten Freude, als wäre jedem von ihnen ein neues Ehrenamt zu Theil geworden. — Schon war Ibrahim, der verstummte Ibrahim, an der Thüre des Saales, als Massoud den
Wächtern zurief: Verzieht noch einen Augenblick! Hart,
sagte ich, sollte sein Gefängniß seyn? Ich irrte mich;
nur mäßig hart, damit er desto länger leide."—

Der Monarch stand mit diesen Worten von seinem Polster auf, und begab sich, von niemanden begleitet, in sein innerstes Gemach. Nach einer Stunde
ließ er einen seiner schnellsten Bothen rufen, gab ihm

Meißners Erzähl. 2.   Q

einen eigenhändig geschriebenen Brief und mündlichen Befehl seiner Bestimmung; niemand wußte wohin; niemand durfte fragen: wozu?

So vergingen fünf Tage; schon war der unglückliche Ibrahim aus aller Gedächtniß vertilgt, oder schien es vielmehr zu seyn. Kaum zwey oder drey der besseren Freunde erinnerten sich seiner noch heimlich, und nahmen sich sorgfältig in Acht, daß ja niemand ihre Gedanken argwöhne. Um desto mehr war es für den ganzen Hofstaat ein Wunder, als Maßoud am sechsten Morgen von freyen Stücken noch einmahl ihn herzuführen befahl. Vergebens berichtete der Oberjägermeister, in tiefster Unterthänigkeit: daß es heute vortreffliches Jagdwetter sey. Die Jagd unterblieb, und Ibrahim mußte aus seinem Gefängnisse gehohlt werden.

Er kam, gebleicht vom Gram; aber in seinen Mienen war keine Spur der Furcht. Denn was fürchtet der Mensch noch, der den Tod sich wünscht! — „Nun, wie gefällt dir deine jetzige Lebensart? (fragte ihn Maßoud mit einem Lächeln, das bitterer Spott zu seyn schien:) Ist sie so reizend, wie dein Taumel zu Gauri war?"

„Wer sollte nicht, antwortete Ibrahim mit unterwürfigem Tone, die Last der Einsamkeit und des Kerkers fühlen; zumahl, wenn er mit einer solchen Neigung für Geselligkeit und Freude geboren ward, als leider! ich in mir fühle. Schwerer jedoch, als diese Last selbst, ist mir noch die Empfindung, deinen Zorn, sonst so huldreicher Monarch, gereizt und — ach! verdient zu haben. Stärker als dein eigener Ausspruch straft mich mein Gewissen.

„Und bist du denn wirklich so gesellschaftlich, mein treuer Ibrahim? Willst du mir danken, wenn ich dir künftig Gesellschaft gebe? Obschon nicht für Auge und Umarmung, doch wenigstens fürs Gehör. Du liebst Musik! Nicht wahr!"

Tiefer, als zehn Dolchstiche, schmerzte allerdings den Ibrahim dieser Ton im Beyseyn so vieler Höflinge; aber er zwang sich.

„Monarch! gab er zur Antwort, was du mich fragst, weißt du gewiß schon."

„Wahr! sehr wahr! Eine Laute und ein Liedchen, wie ich mich entsinne, konnten dich ja zur Untreue gegen einen König verleiten, der so oft als Vater an dir gehandelt hatte. Wohlan, du sollst der Lauten und der Lieder von nun an zur Genüge hören, und jede derselben erinnere dich an dein Vergehen! — Oberster der Verschnittenen, befiehl der Egypterinn im Nebengemach, daß sie ihren Probegesang anstimme!"

Eine Stimme erscholl wenig Augenblicke darauf; so süß, daß jeder Athemzug stockte; daß in den Gesichtszügen der ganzen versammelten Menge einmüthiges Entzücken und Erstaunen sprachen. Aber kaum noch hatte dieser Gesang zwanzig Worte vollendet, als Ibrahim, ganz vergessend, vor wem er stehe, in einen lauten Schrey des Entsetzens ausbrach; sich hin auf sein Angesicht warf, und verzweiflungsvoll ausrief:

„O ehe den Tod! Ehe den Tod am Pfahl, Monarch! als längere Anhörung dieser Sängerinn, oder wohl gar ihre künftige Nachbarschaft!"

Auf Mahiouds abermahligen Wink schwiegen Lied und Laute. Alle Höflinge starrten vor Betretung und vor Neugier. Der Monarch selbst schien nur mühsam

Q 2

sich in seiner gewöhnlichen Fassung zu erhalten. — „Was widerfährt denn dem Unsinnigen?" fragte er nach der Pause von einer Minute.

„O sie ist es! sie ist es selber; Zaide! Zaide!"

Maß. (mit geändertem Tone.) Nun ja! weil du sie denn erkennst, sie ist es. Aber nun stehe auch auf und höre dein Urtheil! — Deine Vergessung aller Pflichten, deine Unbesonnenheit in jenen Augenblicken, wo du ganz der Diener deines Fürsten seyn solltest, verdienten allerdings Strafe. Ibrahim, du bleibst ein wenig allzu lange brausender Jüngling; es ist nun Zeit auch ein Mann zu werden. Deßhalb beschämte ich dich im Angesicht des ganzen Hofes; deßhalb schreckte ich dich mit Bedrohung eines immerwährenden Gefängnisses, das sich schon anzufangen schien; deßhalb kündigte ich auch heute noch dir neue Prüfung an. So weit der strenge Richter! Derjenige, der nun mit dir sprechen soll, vielleicht gefällt er dir besser. —

Ein leises Gemurmel der Höflinge! Maßoud kehrte sich nicht daran, und fuhr fort:

„Da ich schon nachsichtig genug bin, den e r s t e n Schritt deiner Übereilung, den Schritt ins Zimmer dieses gefährlichen Mädchens, nicht für todeswerth zu halten, so bin ich noch nachsichtiger gegen deine f o l g e n d e n. Zwar sind sie strafbar, und tausend Fürsten würden sie bestrafen. Aber bey mir rettet dich nicht nur der Rausch der Liebe, mit welchem du selbst dich zu entschuldigen suchtest; sondern mehr als dieser noch die Ermannung, mit der du dich zwar spät, doch endlich, in einem Augenblick der rückkehrenden Überlegung, los zu reißen vermochtest. — (Zu seinen Höflingen.) Greift selbst, ihr alle, die ihr jetzt meinen Thron umgebt, und so

oft eigener Nachsicht bedürftig, meine jetzige Gelindig-
keit wahrscheinlicher Weise tadeln werdet, greift selbst
in euern Busen, und sagt mir: Wer von euch hätte,
dem Augenblicke der völligen Erhörung so nahe, nach
fünf verschwelgten Tagen, nicht auch den sechsten
noch verschwelgt? Wem wäre, nach allem vorhergegan-
genen, die Pflicht gegen seinen Monarchen werther,
als die Besteigung von Zaidens Lager gewesen?"

Eine zu kitzliche Frage! Alle schwiegen. Maßoud
lächelte und fuhr fort:

„Keine Antwort! — Ibrahim, da selbst deine
Neider schweigen, so hast du bey deinem Könige so gut
als gewonnen.‘ — Jede jener vier und zwanzig Stunden, die du eher kamst, als noch höchste Nothdurft es
erforderte — das Verdienst, das sie Anfangs hatten,
haben sie zwar nicht mehr; aber eine Fürsprecherinn
bleibt doch jede derselben — und die stärkste von allen
ist deine Aufrichtigkeit. Sey frey! Aber sündige
fernerhin nicht wieder!"

Der Entzückte vermochte es nicht länger vor Entzücken sich aufrecht zu halten. — Hingeworfen auf sein
Antlitz, wollte er seinen Dank ausströmen lassen, und
fand statt Worte und Rede kaum einzelne Sylben.

„Mehr als menschliche Huld! — Übermaß der
Güte, die tödten könnte, wo sie Leben gibt! — Herr
der Erde, aber sicher ein überirdisches Wesen! — Ich
Unwürdiger des tausendsten Theiles deiner Gnade!" —
Dieß war alles, was er stammeln konnte, und was
dem Maßoud mehr gefiel, als der Fluß der künstlichsten Lobrede.

„So geh, sprach er, Weichling! Geh und fühle
in Zaidens Armen die paradiesische Wonne, die deine

lebhafte Einbildungskraft sich dort t r ä u m t und vielleicht auch dort sich s c h a f f e n wird. Geh! sie wartet
deiner im Nebengemach; führe sie heim, und mein
Nahme soll heute nicht wieder das höchste Glück deiner
Liebe stören. — Auch soll dein Fehler dich nicht in meiner Gnade herab setzen; ob er mich gleich belehrt: wie
weit man sich auf dich verlassen, und welchen Feinden
man dich nicht entgegen stellen darf, — Geh! sie ist
dein! aber nur eines merke dir noch! ⟨ ⟩ Auch
m i r rühmte man Zaidens Schönheit als einzig; und
derjenige, der sie mir rühmte, war nicht, gleich dir,
ein Wirbelkopf von brausendem Jünglingsalter; war
ein bejahrter Kenner der Schönheit, mein Kislar Aga.
— Durch welches Mittel meinst du wohl, daß ich meine aufsteigende Begierde stillte?"

Ein Schauer überlief den Ibrahim; noch verbarg
er diesen zwar, aber das Stocken der Stimme konnte
er nicht ganz verbergen. — "Beherrscher der Gläubigen! wie könnte ich — sollte vielleicht dein Sclave —
Glücklich bin ich, glücklich ist Zaide —" Er vermochte
die U n w a h r h e i t nicht zu enden. Mahoud errieth seine Gedanken leicht und lächelte.

"Ich stillte sie, sprach er, nicht durch G e n u ß;
ich zwang sie, indem ich selbst dem A n b l i c k dieser ge-
priesenen Schönheit entsagte. — Vergeben kann der
F ü r s t dem Schuldigen ziemlich leicht; aber wenn der
F ü r s t und N e b e n b u h l e r sich vereinigen, dann
wird Großmuth um ein gutes Theil schwerer; und eine
Tugend sich selbst erschweren, ist nicht T u g e n d, sondern T h o r h e i t. Hättest du's gemacht wie ich, du
hättest nie als Schuldiger vor diesem Throne gestanden; und fühlst du dich ins künftige wieder schwach,

bedroht dich ähnliche Gefahr; nur vor dem ersten Sehen, guter schwacher Ibrahim, hüthe dich! das andere gibt sich von selbst." *)

V.

Mahoud fällte, während seiner langen und größten Theils friedlichen Regierung, manchen Rechtsaus-
spruch, welcher von der gewöhnlichen Form Rechtens
weit abwich, den Köpfen seiner Unterthanen Anfangs
schwer einging, und dann gemeiniglich bey weiterem
Nachdenken himmelhoch erhoben ward.

Aber keinem unter allen diesen Aussprüchen ward
es so äußerst mühsam, den Beyfall der Rechtskundi-
gen und Unkundigen zu erhalten; über keinen blieben
auch nach Jahresfrist die Stimmen so getheilt, als über

---

*) Wenn man in den Geschichten der Kalifen zu Bagdad ein
wenig nachforscht, so findet man in dem Leben des Kalifen Montasser Bellah, der in der zwey hundert acht und
vierzigsten Hegire herrschte, eine Geschichte, die mit ge-
genwärtiger viel Ähnlichkeit hat. Doch weicht sie in den
Hauptpuncten ab: denn Montasser Bellah hat dort nichts
zu verzeihen, sondern nur einen seiner Günstlinge zu belohnen. Auch erzählen sie seine Biographen selbst mit einigen Zweifeln; denn dieser Kalife ist in der Geschichte übrigens seines Vatermordes wegen sehr schwarz geschildert;
und ich überlasse es daher meinen Lesern und Leserinnen,
(welchen letztern ich ohnedieß das Studium der arabischen
Geschichte nicht anpreisen möchte) ob sie meinem Manu-
scripte mehr, als dem Biographen eines Vatermörders
glauben wollen.

denjenigen, den so fort meine Leser erfahren sollen, wenn ich zuvor noch angemerkt haben werde: daß Mahomud nichts so eingestanden haßte, als jenen Sykophanten *)= Schwarm, der wie alle Throne, auch seinen Thron umfloß: daß Er, ganz gegen die gewöhnliche Art der Fürsten, immer zu denjenigen Höflingen das meiste Vertrauen hegte, gegen welche die meisten Anschuldigungen ihm zugeflüstert wurden; und daß er endlich, als ein Hasser der Schwazhaftigkeit und Verkleinerungssucht, noch ein größerer Feind von jeder boßhaften Lüge, von jeder tückischen Verleumdung seyn mußte.

Einst, als er eben auf die Jagd ausreiten wollte, sah er, bey seinem Schloß vorbey, ein Mädchen ins Gefängniß führen, dessen Kleider über und über mit Blute besprizt waren. Dieß reizte seine Neugier; er ließ sein Pferd stehen, und befahl dieß Mädchen herzubringen. „Ein gutes Werk, sprach er, ist besser als eine gute Jagd. Vielleicht erspare ich einer Unglücklichen ein Gefängniß, oder einem meiner Unterrichter einen bedenklichen Handel.‟

*) Ich gestehe mein Unvermögen, dieß Wort in seiner ganzen Kraft ohne Umschreibung (und jede Umschreibung mindert Kraft) ins Deutsche überzutragen. Zwenächsler, Verleumder, Zwietrachtsträger, und mehrere andere Benennungen drücken nur Theile jenes Wortes, nicht sein Ganzes aus. Vielleicht hat aber auch die Beybehaltung desselben sein Gutes. Denn fiel mein Buch etwa gar einer gewissen Classe von Menschen in die Hände, die zwar an und für sich selbst sehr verächtlich sind, aber in Staatskalendern sehr hoch oben stehen, so ließ mancher vielleicht Sykophant, ohne zu wissen daß er selbst — Basta!

Man brachte sie herbey; ein Mädchen, schön wie
der Tag; mit einem Auge, das ihre blutigen Hände
Lügen gestraft haben würde, hätte nicht sogleich ihr eigener Mund die That gestanden. Sie hatte eine ihrer
ehemahligen Gespielinn gemordet, die auch ein sehr
schönes, aber ungleich reicheres Mädchen war, und
die eine Stunde später an den liebenswürdigsten jungen Perser verehelicht werden sollte.

„Und was für Ursachen hattest du denn zu dieser
unseligen raschen That, Elende!" fragte Maßoud.

„Meine sehr gegründeten. Sieh mich an, Monarch, und du wirst finden, daß ich keinem jener Thiere ähnlich sehe, die andere Thiere bloß deßhalb zer-
reißen, weil ihnen nach Fleisch gelüstet."

Eine so herzhafte Antwort spannte Maßouds Verwunderung noch höher. „So sage sie her, deine Ursachen, oder vielmehr deine Entschuldigungen."

„Sehr gern; aber dürfte ich dich bitten, daß du,
bevor ich meine Geschichte anfange, auch den Bräutigam der Ermordeten und ihre ganze Familie vor deinen Thron berufen ließest? du kannst dann desto sicherer seyn, daß ich Wahrheit und kein Entschuldigungs-
Mährchen erzähle?"

Maßoud fand diese Bitte sehr billig; der Ausruf
erging: sie erschienen.

„Mein Vater, (fing die Verbrecherinn mit einer
Gelassenheit an, als ob sie Klägerinn und nicht Beklagte sey,) galt für einen der begütertsten Kaufleute
in Ispahan; ich für ein Mädchen, deren Person und
Glücksgüter wohl Werbung verdienten. Frage, Monarch, diesen liebenswürdigen jungen Mann, den ich
heute so böslich um seine Braut brachte, frage ihn nur

felber; ob ich nicht wenigstens unter zwanzig Wer=
bern ihn mir auserwählt habe? Ob er nicht oft knieend
um meine Huld geworben? und ob er nicht vor Freu=
den schon geraden Weges auf dem Thiere Alborack *)
dem siebenten Himmel zuzueilen glaubte, als ich ihn
endlich meiner Gegenneigung versicherte. — O wie oft
hat mir damahls schon dieser Heuchler ein reizendes
Bild von der Seligkeit unsers künftigen Ehelebens ent=
worfen! es mir mit einer Wärme entworfen, die auch
mich Leichtgläubige dahin riß; die ich mit der Zärtlich=
keit heißester Gluth vergalt, und die — doch bey Got=
tes großem Propheten, der Schändliche ist des Entzü=
ckens nicht werth, mit dem ich von seinen Täusche=
reyen rede!"

Ha, vergiß nicht, Roxane — fiel ihr hier schnell
der junge Mann in die Rede, und durfte eben so schnell
nicht weiter.

„Vergiß vor allen Dingen nur du nicht, sprach
der Monarch, daß die Reihe zu reden jetzt noch an ihr
allein ist: Auch an dich soll sie kommen, und dann eben
so ununterbrochen.

„Unsere Hochzeit hinderten oder verzögerten viel=
mehr, fuhr Roxane fort, bloß einige nichtsbedeutende
Bedenklichkeiten meines Vaters. Der Stolz desselben
fand gewisse Anstalten nicht prächtig genug; meine Lie=
be hätte gern über alles dieß sich hinweg gesetzt; aber
ich mußte gehorchen. Eben war ich einst des Abends mit

---

*) So heißt bey den Mahomedanern das Thier, auf welchem
Muhamed seine Himmelsreise machte; auf dem überhaupt
die Propheten in Gottes Angelegenheiten zu reiten pflegen,
und dessen Nahme schon, so viel als Blitz bedeutend, sei=
ne Schnelle bezeichnen soll.

ihm in einem Gespräche von meiner künftigen häuslichen Einrichtung begriffen, als er plötzlich mitten in
der Rede zu meinem größten Erschrecken zu Boden sank.
Ich sprang herbey, und sah, daß ihn ein Schlagfluß
getroffen habe. „Ach, meine arme Tochter!" war alles; was er noch sterbend röcheln konnte, und er verschied, ehe auf mein ängstliches Geschrey auch nur ein
Sclave oder eine Sclavinn zu Hülfe eilen konnten.

„Bald nach seinem Tode verstand ich erst ganz den
Sinn dieser letzten Worte. Mein Vater war nur für
reich gehalten worden, ohne reich zu seyn. Was
er hinterließ, waren Schulden. Als ich dieß erfuhr,
ging mein erster Gedanke nicht auf mich, sondern auf
meinen Geliebten: ihn besorgte ich zu verlieren; aber
noch irrte sich damahls meine Besorgniß. Die Änderung
meiner Glücksumstände schien keine Änderung auf ihn
zu machen. Er schwur mir tausend Eide, daß er mich
nicht nur mit dem ersten, sondern sogar mit ver-
stärktem Feuer liebe. Bloß die Unschicklichkeit, von
meines Vaters Leichenbegängniß zum Hochzeitmahle zu
eilen, nahm er zum Vorwand, dieß letztere noch etwas aufzuschieben; kam aber vom frühen Morgen bis
tief in die Nacht fast nie von meiner Seite.

„War es Wunder, wenn ein unerfahrnes Mädchen in einer dieser vielen Stunden strauchelte? War
es Laster, wenn sie dem Geliebten ihres Busens, dem
Mann, den sie bereits als ihren Gatten betrachtete,
dessen Zärtlichkeit die ihrige anfachte, dessen anscheinende Großmuth sie entzückte — wenn sie dem auf sein
innigstes Bitten erlaubte, was sie allerdings eigentlich
nur dem Gemahl hätte erlauben sollen? — Blicke auf
mich verächtlich, wer da wolle! ich gesteh's, dieser

gleißende Bösewicht traf mich eines Morgens als Jung-
frau, und verließ mich des Abends — nicht mehr
dieselbe.

„Einiger Gott, mit welcher unsäglichen Liebe ich
nun an ihm hing! mit welcher so ganz redlich scheinenden Gluth seine Bosheit sich verbergen konnte! —
Zwey Tage waren noch bis zur anberaumten Hochzeit
übrig; da verschwand er, da verließ er mich auf einmahl — verließ mich, wie ihr leicht errathen könnt.
Man sagte mir sogleich, es geschähe dieß auf Anlockung
einer meiner jugendlichen Gespielinnen, der reizenden
Akme; aber ich konnte diese Falschheit ihr nicht zutrauen.
Ich hatte sie sonst immer geliebt, wie meine eigene
Seele; war ihr zwar nachmahls durch Familienzwist etwas fremder geworden; konnte aber gleichwohl nicht
in ihr meine Feindinn suchen.

„Doch heute, als meine einzige noch treugeblie-
bene Sclavin mir zum Morgengruß die treffliche Nachricht brachte, daß heute Osman, mein ehemahliger
Bräutigam, der Gemahl von Akmen werden sollte, da
— da — da! — Ha! was versuche ich erst die Folter
der Verzweiflung zu beschreiben, die ich dann empfand!
Wen würde sie rühren! wer eine Mörderinn bedauern,
die man freylich Mörderinn zu werden zwang! Genug,
ich legte sogleich dieß Gewand an, das noch jetzt mit
meiner Rache herrlichen Kennzeichen prangt, und eilte
selbst zu Akmen hin. Mühsam kam ich vor. Ich fand
sie im Begriff sich zu schmücken. Ich sagte ihr, weß-
halb ich komme; was ich gehört habe, und was sie mir
entreiß! Mit spöttisch kaltem Lächeln beklagte man mich
und schmückte sich weiter. Ich beschwur sie bey unserer
ehemahligen Freundschaft; und man wunderte sich, daß

ich einer so lange vergeffenen Sache noch erwähnen
könnte. Ich bath sie zu bedenken, daß der Mann, dem
sie ihre Hand zu geben bereit sey, ein Treuloser wäre.
Sie antwortete mir, daß sie es doch darauf zu wagen
gedenke. Ich gestand ihr zulezt sogar, in welchem Zustand, in welcher unseligsten aller Hoffnungen ich mich
befände. — Sie erwiederte lächelnd: Wirklich! Nun so
hatte ich ja wenigstens auch die Hoffnung, daß unsere
Ehe gesegnet seyn werde.

„Diese schändlichen Worte, begleitet vom Gelächter einer boßhaften Mutter, und einer noch boßhaftern
Muhme, der Kuplerinn bey diesem bundbrüchigen
Bunde, brachten mich zu einer Wuth, die gleich gren-
zenlos als gerecht war. — „Deine Ehe gesegnet? rief
ich aus: Nein, bey meinem Leben, das soll sie nicht
seyn! Aber verflucht sey sie, zerrissen, ehe sie noch geknüpft wird!"

„Ein Dolch, den ich unter meinem Gewande verborgen, und bisher mir selbst bestimmet hatte, fuhr
bey diesen Worten der Schändlichen in den Busen, und
traf, was er treffen sollte, ihr Herz! traf es fast
allzugut; denn Stoß und Fall und Tod waren Ein Augenblick. Noch hätte ich ihn weiter nützen können, diesen glücklichen Dolch! so sehr hatte ein starkes Schrecken alle Anwesende ergriffen; aber ich warf ihn hin zu
der Mutter Füßen. — Sey du verflucht zum Leben,
wie deine Tochter zum Tode! so sprach ich, und ließ
mich binden und führen, wohin man wollte. — Du
aber, Monarch, kannst nun ein Todesurtheil fällen,
wie es dir billig däucht; ich trage es ohne Murren,
denn ich sterbe gerächt. Selbst wenn dein Mund die
strengste Strafe über mich ausspricht, wird mir dein

Herz das Zeugniß geben: die Entehrte, Betrogene, Verspottete, jeder Dürftigkeit und jeder Schande preisgegebene Roxane hat nur gethan, was sie sollte und mußte!"

So Roxane! Maßoud und seine Großen blickten noch lange, als sie schon schwieg, aufmerksam ihr ins Auge. Einen wundersamern Kampf der stärksten Leidenschaft sah man nie auf einem Angesicht. Verzweiflung, Zorn, verschmähte Liebe, gestillte Rachsucht, und bey allen dem Bewußtseyn ihrer selbst. Wuth war es zwar, die im Strom ihrer Rede sich so heftig ergoß: denn noch geschah es ohne jenen gewöhnlichen Wahnsinn einer Wüthenden; doch sah man aus unbezweifelten Kennzeichen, daß diese blutfrohe Rächerinn sonst ein liebevolles sanftes Mädchen gewesen seyn müsse; ein Mädchen — hätte sie, wie sie so da stand, ein Götzendiener erblickt, er würde ausgerufen haben, daß die Göttinn der Grazie und Liebe in Proserpinen verwandelt worden sey.

Maßoud, als er sah, daß sie nichts mehr vorzubringen habe, schritt nun zum Verhör der Übrigen, und zu den Fragen: Ob sie in Roxanens Erzählung eine Unwahrheit bemerkt hätten? Wie ihr Betragen, und warum es so gewesen sey? — Alles das hier eben so wörtlich aufzuschreiben, als es mit Roxanens Rede geschah, dürfte Überfluß seyn und Langeweile erregen: also nur ein Auszug davon!

Der verwitwete Bräutigam erkannte jeden Punct in der Erzählung seiner ehemahligen Geliebten für wahr; den einzigen ausgenommen: daß er sie ohne Ursache verlassen, vielleicht nur deßhalb verlassen habe, weil ihm nichts neues mehr zu wünschen übrig geblie-

ben wäre. — Fern sey es von mir, sprach er, an Ro-
ganen etwas zu tadeln, was allerdings nur meine
glühendste Bitte sich errang! Auch wuchs meine Liebe,
durch eben den Genuß, durch den sie sonst bey tausenden gemindert oder gelöscht wird. Der angesetzte
Tag unserer Verbindung war nichts weniger als Blend-
werk; aber ein Gerücht, mir von Roranens Untreu' hin-
terbracht; die Versicherung von mehr als einer Seite
her, daß ich nicht der Einzige Begünstigte an ihrem
Busen gewesen sey — — —

„Ha, Nichtswürdiger!"

Ein Blick von Maßoud that hier bey Roranen,
was bey voriger Unterbrechung sein Verweis gethan
hatte; und Osman fuhr fort.

„Dieß erschütterte mein Zutrauen und machte Eifersucht in mir rege. — Doch widerstand ich dem Glauben einer solchen Treulosigkeit noch lange. Aber als
man endlich eine Person zu mir brachte, die Roranens innigstes Vertrauen genoß und jeder ihrer Ge-
heimnisse kundig war; als ich auch von dieser erfuhr:
daß sie, für die ich Blut und Leben willig hingegeben
hätte, meiner Liebe nur vergönne, was Andere
übrig gelassen, und was ein wohlgebauter freygelasse-
ner Sclave ihres Vaters noch jezuweilen heimlich ge-
nieße; da ward mein Schmerz ohne Maß. Gern hätte
ich dieß Roranen selbst vorgehalten; aber Schwüre,
durch die ich mich vorher zum Schweigen verpflichtet
hatte, und die persönliche Lage der Angebe-
rinn machten mir dieß unmöglich. Zudem, was konnte es jetzt noch nützen?

„Ich entfernte mich daher; aber selbst noch meiner Entfernung habe ich sie nie ganz vergessen; habe

fie in ihrer Dürftigkeit oft durch Geschenke von unbe-
kannter Hand unterstützt. — Mitleiden hegte ich noch;
aber mein Haus und mein Schicksal mit ihr zu beses-
ken, das wäre Thorheit gewesen. Ich warb daher um
die Hand eines andern Mädchens, und war schon nahe
an deren Besitz, als Roxane auch diese mir so gran-
sam entriß."

Mit dem Blick des Abscheues und Erstaunens, nicht
aber des sich schuldig fühlenden Gewissens, hätte Roxane seiner letzten Rede zugehört. Sie betheuerte jetzt,
als ihr Maßoud Erlaubniß zur Vertheidigung gab,
mit tausend Schwüren: daß Osmans Beschuldigung,
wenn nicht vorsetzliche Verleumdung, wenigstens unwissentlicher Irrthum sey, und drang
darauf, daß er die schändliche Zeuginn nenne, deren
Lügen sie der Untreue angeschuldiget habe. Osman berief sich auf sein eidliches Versprechen; aber Maßoud
gebloth; der Iman des Monarchen sprach von Verbindlichkeit des Eides los, und Osman nannte — die Sclavinn Roxanens; die einzige, die bey ihr noch ausge-
halten, und deren Treue ihre Gebietherinn kurz vorher
selbst gerühmt hatte.

Als die Angeklagte den Nahmen dieser Sclavinn
hörte, wandte sie ihre Augen starr gen Himmel, und
rief mit einem Ton, der selbst Todfeinde erschüttert
haben würde: „Einiger Gott, so gabs denn nie weder
einen Mann noch ein Weib, die es treulich mit mir
meinten! Womit hat dieß ein Herz verdient, sonst,
wie du selber weißt, so schuldlos und so liebevoll!" —
Hastig trocknete sie dann ihr Auge, ehe noch die Thräne darin ganz hervortrat, wandte sich gegen Maßoud und beschwor ihn, die Sclavinn herführen zu

laße

laſſen. „Man morde jede meiner Adern einzeln, (fügte
ſie hinzu), wenn die Laſterhafte beweiſen kann, daß
ſie Wahrheit geſprochen habe."— Das Bekenntniß der
Herbeygeſchleppten rechtfertigte Roxanen wirklich; und
als der Sultan auch hier auf den Grund drang, fand
er: daß Liſt und Verleumdung von der Getöd-
teten Mutter und Muhme, vorzüglich aber von
dieſer Letztern erſonnen, die Schuld an dem ganzen
Gewebe von Unfall und Laſtern geweſen ſey.

Dieſe zwey Verleumderinnen geſtanden: daß die
Liebe der jungen Akme zu Osman, und ein eigener
Unwille gegen Roxanen, den ſie gerecht zu nennen
beliebten, ſie zum Verſuch bewogen habe, das Herz
des Jünglings ſeiner Braut abſpenſtig zu machen; Gerüchte von ihrer Untreue, ihm mit guter Art zugefli-
ſtert, hätten die Eiferſucht dieſes Leichtgläubigen gereizt; und da er einſt in der Hitze geſchworen habe,
Roxanen mit keinem Auge wieder zu ſehen, wenn man
ihm Beweiſe von ihrer Treuloſigkeit ſchaffen könne; ſo
hätte man, um den einmahl gewagten Schritt nicht
zurück zu nehmen, ſich einer Sclavinn Roxanens zu
dieſem Endzweck bedient. Ganz recht ſey freylich
dieß Verfahren nicht, aber hoffentlich doch zu entſchuldigen. Denn wer habe den Osman gezwungen, ſo leichtgläubig zu ſeyn? Auch ſey, was geſchehen, ja bloß zu ſeinem Beſten geſchehen, da Roxane
ohnedieß für ihn keine ſchickliche Braut mehr geweſen;
da die Strafe ihrer Wolluſt billigerweiſe auf ihr gehaf-
tet, und Akme hingegen ihren Geliebten gewiß beglückt haben würde, hätte nur nicht jene boßhafte Mörderinn ihren wüthenden Entwurf auszuführen vermocht.

Meißners Erzähl. 2.   R

Maßoud, so oft er auf dem Richterstuhl saß, hütete sich sorgfältig vor jeder Äußerung des Zornes; doch verrieth jezuweilen ein gewisses gezwungenes Lächeln seinen innern Unwillen. Mit diesem Lächeln, das diejenigen gar wohl verstanden, die ihn öfter beobachtet hatten, war auch jene ganze Vertheidigung, die man freylich noch weit künstlicher vorzutragen wußte, von ihm angehört worden.

„Ihr gesteht doch also, fragte er nochmahls, daß das Gerücht von Roxanens Untreue ein Kunstgriff eurer Verleumdung gewesen sey?"

Sie konnten es nicht läugnen.

„Eine bloße Verleumdung!"

Sie bejahten es.

„Und der erste Gedanke, so wie der größte Theil von der Ausführung dieses Anschlages gehört dir zu, Hassa!" (So hieß Akmens Muhme.)

Sie hätte gern Nein gesagt; konnte es aber eben so wenig.

„So sey denn dieß mein Urtheil! Über Akmens eigenes Haupt komme ihr Blut! Die Räuberinn eines verlobten Mannes, die Verspötterinn der Beraubten, büßt mit einem schnellen Tode hart genug, doch nicht allzuhart; Roxane gegentheils büßt nicht zu wenig, wenn sie für eine That, zu welcher Verzweiflung und Hohn sie reizten, bey welcher Liebe und Eifersucht sie entschuldigen, zwey Monden lang in einem ziemlich leidlichen Gefängnisse schmachtet. Nach dessen Verlauf gebe ihr Osman entweder seine Hand, oder ein doppeltes Heirathsgut. Denn Leichtgläubigkeit ziemt nicht dem Mann, noch so schneller Bruch dem Bräutigam, zumahl dem erhörten!—Al-

mens Mutter straft schon ein Richter, strenger als
ich, ihr eigenes Gewissen. Es wird ihr oft genug das
Traumbild ihrer blutigen Tochter zeigen; oft genug ins
Ohr ihr donnern: Daran bist du Schuld!"

Beynahe eine ganze Minute hielt der Monarch hier
inne, gleichsam als ob er Nachdenken und Kraft zur
fernern Rede sammelte, und dann fuhr er fort:

„Ihr aber, ihr zwey Schändlichen, unwerth vor meinen Augen, oder je vor den Augen eines Redlichen zu stehen! du treulose Sclavinn
und du tückische Verleumderinn, durch deren
Erfindung ein Band der Liebe zerrissen und Menschen-
blut vergossen worden; hinweg mit euch! Schergen,
ergreift sie! führt sie auf den nächsten Markt, und
geißelt sie dort, an den Schandpfahl gebunden, aufs
schärfste! die erste, bis der Athem ihr entfliehet; die
zweyte etwas minder, damit ihr noch ein kümmerli-
ches Leben von einigen Jahren in einem meiner öffentlichen Arbeitshäuser übrig bleibe."

Ein dumpfes Gemurmel erhob sich bey diesem Ausspruch unter der Menge, die den Thron Maßouds und
den Kreis des Gerichts umgab. — Zu scharf! zu ungleich! zischelte man von jeder Seite sich zu; und Abulin, einer der größten Rechtsgelehrten in ganz Persien, wagte es hervorzutreten, und den Monarchen
um die Erlaubniß einiger wenigen Worte zu bitten.

„Diese Erlaubniß, erwiederte Maßoud, hat der
erfahrne Abulin stets bey jedem meiner öffentlichen
Gerichte."

„So verzeihe mir daher, mein huldreicher Gebiether, wenn ich bey diesem eben jetzt gefällten Ausspruch deine Weisheit daran zu erinnern wage, daß

Menschenmord nach unsern Gesetzen, und nach
den Gesetzen von beynahe jedem polizirten Volke, das
schwerste aller Verbrechen sey; Verleumbung aber
für ein weit geringeres Vergehen gelte; auf welchem
nur eine willkürliche Strafe steht; weßwegen es
auch bey freygebornen Personen nie noch mit irgend einer Leibesbuße, geschweige mit einer so har-
ten, belegt worden."

„Zwar wußte ich dieses allerdings vorlängst schon ;
doch nimm meinen Dank, getreuer Abukin, daß du
auf einen so wesentlichen Fehler in unseren Gesetzen
mich aufmerksam gemacht hast. Denn ihn wahrscheinlich, und nicht mein Urtheil wolltest du rügen. Wohlan, Verleumbung sey von nun an ein Vebrechen, här-
ter zu bestrafen, als Räuberey oder unvorsetzlicher Tod-
schlag! — Wie? der Elende, der, gedrängt vielleicht
von der äußersten Armuth, seinem Nebenmenschen einen Geldbeutel, etwa den hundertsten Theil seines
Vermögens und oft noch minder raubt, verliert den
Arm, der diese That beging! *) Verliert wohl gar
sein Leben? Und der drey Mahl größere Bösewicht,
der das heiligste unserer Güter, unsern guten Nahmen, unsere nie wieder ganz zu ersetzende Ehre uns
raubt; raubt, was ihm selbst nichts nützt; raubt, womit Glück und Seelenruhe, oft unser Leben selbst, verbunden sind; der sollte nicht schärfer, als ein Straßenräuber bestrafet werden? Du hast Recht, Abukin,
an einem solchen Gesetze gebricht es noch. Morgen soll

---

*) Versteht sich nach morgenländischen Gesetzen.

auch unter uns Verleumdung für ein solches Verbrechen, und Witz, der bloß unsers Nächsten guten Nahmen zertrümmert, für ein so strasbares Vergehen gelten sollte *).

———————

VI.

Maßouds jugendliche Jahre waren so mancherley
Mühseligkeit, wohl auch so manchem leidenschaftlichen
Sturme unterthan gewesen, daß freylich sein Alter nicht
ganz ohne Krankheit und körperliche Schwächen seyn
konnte. — Die Kräfte seines Geistes, der Edelmuth
seines Willens erhielten sich zwar immer noch gleich
stark; aber das Gewicht der Zeit wirkte auf seine Ma-
schine. Er vermochte nicht mehr jede Obliegenheit des
Regenten in Person zu erfüllen; sondern mußte manches wichtige Geschäft seinem Sohn, seinem Neffen
oder dem Geprüftesten unter seinen Dienern anver-
trauen.

So wenig eigentlich seine Unterthanen hierbey
verloren; so gewiß auch der kränkliche Maßoud
aus seinem Cabinett heraus noch weislicher
als alle seine Nachbarn von ihrem Thron herunter, Recht handhabte, Tugend ermunterte, und
Laster bestrafte, so merklich ward gleichwohl bald der
Abstand gegen ehemahls. Viele, die seine Gegen-

———————

*) Nur muß ich das noch erinnern, daß Maßoud nicht der
erste Gesetzgeber gewesen ist, der die Verleumdung so hart
bestraft wissen wollte. Bey den alten Egyptern büßte
sie auch schon mit dem Tode; wie unter andern Diodor
von Sicilien uns lehrt.

wart zitternd gemacht haben würde, hatten jetzt Muth seiner Abwesenheit zu trotzen. Frevler widersprachen Gesetzen, die ihnen mißfielen, unter den angenommenen Zweifeln: ob auch Maßoud wirklich dieß Gesetz gegeben habe? und von seinen Unterrichtern wagten manche, wenn auch nicht offenbare, doch heimliche Bedrückungen, in der Hoffnung: das Ohr des Königs wird wohl nicht alles hören, was sein Auge sonst gesehen haben dürfte.

Eine solche Veränderung erregte manche leise Klage, die, nach Sitte der lebhaftern morgenländischen Völker, bald immer lauter ward. Diesen Beschwerden folgte Unmuth und Versuch sich selbst zu helfen nach, und Maßoud sah sich bedräut, seine Herrschaft zu schließen, wie er sie angefangen hatte — mit Empörung und bürgerlichem Krieg. Vorzüglich war Irack abermahls der Sitz des Mißvergnügens und der Unruhe. Die Rotten der Räuber, die bisher zitternd in ihre Höhlen sich verkrochen hatten, verließen ihre Schlupfwinkel; nachbarliche Araber-Schwärme vereinten sich mit ihnen, und die Straßen des Landes wurden wieder unsicher. Diesem Unheil zu wehren, errichtete Maßoud sofort eine ansehnliche stehende Mannschaft, und um sie für die Zukunft unterhalten zu können, forderte er eine mäßige Steuer ein. Aber den Landeseinwohnern dünkte eben diese Steuer keineswegs mäßig, dünkte selbst die Ursache ihrer Einforderung nicht gültig genug. Sie hatten sonst dringend um Ausrottung der Räuber gebethen; aber jetzt verbanden sich viele von ihnen selbst mit diesem Gesindel; und Schmähungen gegen Maßoud und seine angebliche Bedrükung verbreiteten sich von Munde zu Munde. Gern wäre sogleich der Monarch selbst hingeeilt; doch seine Ärzte verbothen ihm eine so heftige Bewegung; er trug es daher seinem einzigen Sohn und Nachfolger im Reich, Schach Backtiar, auf, schleunigst diesen Aufruhr zu stillen; versah ihn mit Truppen und Geld; bevollmächtigte ihn auch zu jeder ersprießlichen Maßregel.

Schach Backtiar gehorchte willig. Er hatte sich selbst schon diesen Feldzug wichtig genug vorgestellt; er fand doch, daß er seine Erwartung noch überträfe. Der Hang zum Aufruhr, der Wunsch nach Neuerung hatte sich sogar unter Maßouds eigenen Kriegsvölkern schon ausgebreitet; sie waren nahe daran, sich für eben diejenige Partey zu erklären, gegen welche sie ausgesandt worden waren, und es kostete dem Schach Backtiar nicht wenig Mühe, nur einige Zufriedenheit und einige Mannszucht unter ihnen wieder herzustellen. Eben glaubte er, daß es ihm hiermit gelungen sey, als ein unvermutheter Zufall — desto unvermutheter, je friedlicher seine erste Veranlassung schien — die ganze Gestalt der dortigen Angelegenheiten umformte.

Die Aufrührer hatten in verschiedenen kleinen Gefechten viel Volk verloren, und zogen sich in den gebirgigen Theil des Landes zurück, wohin sie zu verfolgen und auszurotten der Sieger Anstalt machte. Den Rebellen schien bey dieser Zurüstung der Muth zu entfallen. Sie verließen ihre Schlupfwinkel, kamen scharenweise zum Schach Backtiar; bathen um Verzeihung und Gnade; und erhielten sie, bis auf ein Paar Rädelsführer, die zum Tode verurtheilt wurden.

Unter den Begnadigten befanden sich auch zwey Brüder, Maßouds persönliche Feinde von langen Zeiten her; sonst Greise, ehrwürdig durch ihr Alter, voll

Erfahrung, Redekunst und Gewandtheit, begabt mit
der Redlichkeit Blick und Ton; im Herzen desto schlimmer. Jetzt, da sie mit Backtiars Kriegs = Obersten oft
in Gesellschaft und nähere Vertraulichkeit kamen, mußten sie schlau genug ihr ehemahliges Unterfangen zu
beschönigen; suchten ein zweydeutiges Licht auf Maßouds Regierung zu werfen; priesen dagegen Backtiars
Tugend himmelhoch, und versicherten endlich dreist:
die Erhebung desselben auf den väterlichen Thron würde
jede innere Unruhe stillen; denn nicht von der Herrschaft der Selgiuken, sondern bloß von dem wankenden Zepter eines abgelebten Fürsten hätte sich
Jrack losreissen wollen. Bald fand ihre Rede Beyfall;
täglich gewannen sie einige Herzen mehr; täglich ver-
breitete sich die Meinung immer weiter; und bald hielten fast alle Obersten des Heeres dafür: daß es wohlgethan seyn würde, dem Sohn an seines Vaters Statt
zu huldigen.

Von allem diesen muthmaßte Backtiar keine
Sylbe; staunte nicht wenig, als er eines Morgens seine Kriegsobersten mit Ungestüm und mit befremdlichen
Mienen in sein Zelt hereindringen sah. Schon glaubte
er, es sey ein Anschlag auf sein eigenes Leben, als sie
sämmtlich, mit einer Mischung von Ehrerbiethung und
Ernst, einen Kreis um ihn schloßen, und der Älteste
von ihnen die Erklärung that: „Sie wären einig ge-
„worden, nicht länger Maßouds unsicherer Herrschaft
„unterthan zu seyn. Sie verlangten einen sichtbaren
„Rea-nten; einen Fürsten, der ihr Anführer in Kriegs-
nges-.en seyn könnte; einen Prinzen, den Jrack und
„Persien ehre. Backtiar sey alles dieß! Auf ihn allein
„beruhe es daher, die Krone anzunehmen, die sie jetzt

„ihm darböthen, und mit Gut und Blut auf seinem
„Haupte zu beschützen bereit wären."

Der entschlossene Ton dieser Rede machte die Antwort Baktiars noch um so viel schwieriger. Er bath
vergebens um Bedenkzeit; er vertheidigte vergebens
die Regierung seines Vaters; stellte vergebens ihnen
die Ungerechtigkeit von seiner Thronerhebung vor. —
Sie erwiederten spottend: „Daß Schach Baktiar doch
„wohl nicht der erste Sohn wäre, der bey Vaters Le-
„ben mit der königlichen Binde sich schmücke; daß ein
„Fürst, der nicht selbst regiere, auch schon als gestorben
„zu betrachten sey." — Und fügten endlich drohend
hinzu: „Auf ihm allein hafte, bey längerm Zaudern,
„die Schuld, wenn der Stamm der Selgiuken vielleicht
„gar seiner Herrschaft verlustig und Schach Baktiar
„von eben denjenigen als Feind behandelt würde, die
„jetzt zu seinen treuesten Unterthanen sich anböthen."

Deutlicher als diese letzten Worte konnte wohl
nichts seyn; nichts, als die Miene, mit der sie diese
sagten, und die den umzingelten Prinzen von neuem
für sein Leben besorgt seyn ließ. Die Unmöglichkeit
zu entfliehen, die Unmöglichkeit durch längeres Sträu-
ben seinem Vater nützlich zu seyn, die Besorgniß, daß
nach der Krone, die er ausschlage, irgend ein anderer
bitterer Feind Maßonds seine Hand ausstrecken und
zwar mit Glück sie ausstrecken möchte; alles dieß ging
jetzt schnell vor Baktiars Geistes-Augen vorüber, und
er glaubte daher: die Annehmung des so unerwarteten
Vorschlags sey immer noch das Einzige und Beste, was
ihm zu thun übrig bleibe. Ein Freudengeschrey erscholl
auf seine Antwort; im Siegsgepränge führten sie ihn
aus dem Zelt, versammelten das Heer, und riefen ihn

mit einstimmigem Beyfall desselben zu ihrem Monarchen aus. Ganz Irack schien diesen Schritt für wohlgethan zu erkennen; die noch übrigen Anführer erklärten sich, daß sie nur gegen Maßoud die Waffen ergriffen hätten; sie erbothen sich Schach Backtiars Heer zu verstärken, und man gewährte sehr gern ihnen Begnadigung.

Aber unglaublich war die Bestürzung, als von diesem allen die Nachricht nach Ispahan kam, und das Gerücht, nach seiner gewöhnlichen Art, die gefährliche Lage der Sache noch um ein Großes gefährlicher machte. Schon besorgte man alle Augenblicke, das Heer des Backtiars vor den Thoren Ispahans zu erblicken; überall galt sein erzwungener Schritt für den Plan eines pflichtvergessenen Ehrgeizes; überall glaubte man dem blutigsten Bürgerkriege entgegen sehen zu müssen.

Natürlich war diese Wirkung, aber desto sonderbarer eine andere auf Maßoubs eigene Person! — Er hüthete eben das Bette, und man zagte für sein Leben; doch fragte er sorgfältig alle Augenblicke, ob noch keine Bothschaft von seinem Sohn angekommen sey. Man verschwieg sie ihm einen Tag hindurch; man fand nicht rathsam, ihn noch länger zu hintergehen. Mit trauriger Miene und mit Briefschaften in der Hand trat daher sein Vezier ins Gemach. — „Du bist ein Bothe schlimmer Zeitung!" rief Maßoub selbst beym ersten Anblick ihm entgegen. „Was macht mein „Sohn? War er zu sicher vielleicht? Ward er ge-„schlagen?" —

Das zwar nicht, Haupt der Gläubigen!

„Wie! er hätte gesiegt! Und wäre siegend ge-
„fallen!"

Noch minder!

„Nun so sprich, und laß diese Ungewißheit en-
„den!"

Großer Sultan, sonderbare Gerüchte gehen umher! Schach Backtiar soll sich selbst zum Herrscher über
Irack aufgeworfen haben.

„Ha, das ist Unwahrheit! Vezier, das ist Un-
„möglichkeit!"

Und doch bringen es wenigstens Nachrichten mit,
die man nicht so schlechterdings verwerfen darf. —

Der Minister zeigte jetzt die Quellen und die nähern Umstände von dieser Bothschaft an. Sie waren
alle so sicher, daß jede Einwendung dagegen vergebens
gewesen wäre. Ohne Unterbrechung hörte Maßoud ihm
zu. Doch sichtbar arbeitete das Herz des kranken Monarchen; seine Augen glühten; seine rechte Hand ball-
te die Decke seines Lagers halb zusammen; sein vorher bleiches Gesicht ward dunkelroth. Jetzt hatte der
Vezier geendet, und eben derjenige Monarch, der am
Morgen noch, nur um sich empor zu richten, von
zwey Sclaven unterstützt werden mußte, sprang jetzt
mit eigener Kraft von seinem Lager empor; stand so
gerade aufgerichtet, wie ein Jüngling, vor seinem er-
staunten Günstling da; rief einen Kämmerer, befahl,
daß er ihn ankleiden solle; befahl sein bestes Roß zu
satteln, befahl seine Generale zum Kriegsroth zu berufen. Umsonst beschworen ihn Ärzte, Vezier, und
der ganze Troß von Hofschranzen, auf die Erhaltung
seines theuern Lebens zu denken. — „Ich fühle mich;
war seine Antwort. Balsam aus Mecca, siebenfach

geläutert, hat weniger Heilungskräfte in sich, als solch
eine schändliche Untreue."

Seine Räthe versammelten sich. Auch an dem
Feuer seiner Rede erkannte man den Genesenen.
An alle mannbare Perser erging sogleich ein Aufgeboth.
Noch gegen Abend dieses Tages durchritt Maßoud selbst
Isvahan, musterte seine Leibwache, und besah seine
Zeughäuser. Niemand traute seinen eigenen Augen,
als sie eben denjenigen, für dessen Leben früh in allen
Moscheen gebethet worden war, jetzt, seit fünf Jah-
ren zum ersten Mahle wieder, mit aller Stärke männ-
licher Gesundheit handeln sahen. Aber dieß allgemeine
Erstaunen über eine so wundervolle Genesung war auch
ein Werbungsmittel mehr für Maßouds Sache. Die
Isvah-ner glaubten Gottes Finger in diesem Umstand
unläugbar zu erblicken. Ihre erkaltete Liebe ward wieder helle Gluth; sie verließen Haus und Hof, ihre
Harems und ihre Gewerbe, um Kriegsdienste zu ergreifen. Maßoud sah binnen zwey Mahl vier und
zwanzig Stunden ein Heer versammelt, stärker, als
er noch jemahls eines angeführt hatte; er stellte sich
an dessen Spitze und trat den Zug gegen Irack an.

Aber Trotz der Eile, mit welcher Maßoud fort-
zog, war er doch noch vier ganzer Tagereisen von
Iracks Gränzen entfernt, als er hörte: auch Schach
Backtiar nähere sich ihm und stehe bereits mit seinem
ganzen Heere auf Persiens Grund und Boden. ——
„So ist dann kein Zweifel mehr, selbst nicht der un-
„wahrscheinlichste übrig! (rief Maßoud, und sichtli-
„cher Unwille zitterte durch seinen ganzen Körper);"
„so ist dieser Ausgeartete wirklich willens mit mir zu
„hadern — um mein Blut! Zu erkaufen, mit der

„schändlichsten Boßheit, einige wenige frühere Tage
„auf meinem Thron? O selig, selig, wer kinderlos
„stirbt! selig derjenige, dem seine Gattinn nie einen
„Sohn gebahr! Für ihn sind der Menschheit größte
„Schmerzen unempfindbar!' — Er gab sofort seinem
Heer Befehl, sich schlachtfertig zu halten, und sandte
Kundschafter aus, um genauere Nachricht von Back-
tiars Lager und Betragen einzuziehen.

Bald bekam er Nachrichten genug, doch solche,
die seiner Erwartung nicht angemessen waren. Backtiar, sagte man ihm, sey mit einem zahlreichen Heere, aber mit einer Mäßigung, unerhört für damahlige Zeiten, in Persien eingerückt; keiner seiner Soldaten morde, keiner seiner Obersten brandschatze. Er
habe ein festes Lager bezogen; ein Fluß mache dasselbe fast gänzlich unangreifbar. — Daß dieß letztere gegründet sey, erkannte Maßoud des andern Abends
durch den Augenschein; das erstere legte er so aus, als
wolle Backtiar ein Reich nicht verwüsten, welches er
schon als sein Eigenthum betrachte; und hätte
Maßouds Zorn noch wachsen können, so wäre er gewiß eben durch diese scheinbare Mäßigung gewachsen,
in welcher er gleichviel sichere Verachtung und
überdachte Arglist zu erblicken glaubte.

Aber indem der Monarch noch die Pläne seines
Gegners zu errathen und zu vereiteln nachsann, kam
aus Backtiars Lager eine ansehnliche Gesandtschaft mit
Friedens-Vorschlägen an, die kurz vorher, durch einen Herold, um freyes Geleit und offnes Gehör gebethen hatte. Beydes ward ihr gewährt; und selbst ihre
Vorschläge wären vielleicht nicht unannehmlich gewesen, hätte nur nicht ein aufrührischer Sohn zu sei-

nem Vater gesprochen. Aber laut murrten jetzt die
Großen, die um Maßouds Thron standen, und verächtlich lächelte er selbst, als diese Abgeordneten von
Abtretung Jracks, von Persiens Behalten, und von
wechselseitigem Bündniß und Erbfolge redeten.

„Dankt es meiner Milde, war seine endliche Antwort, daß ihr weggehen dürft, wie ihr gekommen seyd! Daß ich euch nicht so behandle, wie sonst
ein Fürst aufrührische Sclaven zu behandeln Fug hat!
Geht und sagt demjenigen, der sonst mein Sohn war:
wenn er binnen drey Tagen sein Heer entlasse, und
hier fußfällig sein Verbrechen bereue; so soll ihm die
Strafe seines schändlichen Undanks, wie seinem An-
hange die Strafe des frevelhaftesten Aufruhrs erlassen
seyn! Zögert er aber noch länger, so soll ihm mein
Schwert ohne Verschonen zeigen, daß ich noch nicht
gestorben bin; und auch die Gerechtigkeit des Himmels wird ihm hoffentlich ihr Leben durch die Niederlage
seines Schwarms bewähren.“

Die Gesandten beugten und entfernten sich. Ein
einziger von ihnen, ein ehrwürdiger Alter blieb zurück,
warf sich noch einmahl aufs Angesicht und sprach: Mir
gab Schach Backtiar, der deine jetzige Antwort, Monarch, zum voraus sah, noch einen Auftrag mit, der
muthmaßlich deines Beyfalls sich zu getrösten haben
wird; der das Blut von vielen Tausenden erhalten
kann; der Persien und Jrack Frieden, deiner Herrschaft Ruhm, dir selbst Ruhe der Seele wieder verschaffen wird, aber um ihn dir zu entdecken, muß ich
mich — und zwar bald! — mit dir allein befinden.“ —
Diese Forderung befremdete den Maßoud. Zwar war
allerdings eine Art von Hinterlist möglich; aber der
Greis

Greis sprach mit so seelenvollem guten Tone. Zwar stritt das, warum er bath, gegen die Sitte der Morgenländer; aber Wohlfahrt des Staats — welche Sitte kann deren Vernachläßigung entschuldigen? — Nach der besinnungsvollen Pause von einer Minute ungefähr erhob sich daher Maßoud von seinem Throne; sprach zum Greise: Folge mir! und ging mit ihm in eine von den entlegensten Abtheilungen des königlichen Gezelts.

„Beherrscher der Gläubigen!" (sprach hier der Greis), „ehe ich weiter rede, bitte ich dich, sende sogleich Befehl, die weggegangenen Bothschafter deines Sohnes aufzuhalten! Stoße dich nicht daran, weil dieß vielleicht das Recht der Gesandschaften zu beleidigen scheint. Mit meinem Kopfe bürge ich dir, daß die Gründe, die ich angeben will, mehr als dreyfach dir genügen sollen." — Auch das sey dir gewährt! sprach Maßoud, und gab selbst der Wache, die vor seinem Gezelte stand, Befehl dazu. — „Und was ist nun endlich dein Anbringen, Alter?"

„So befahl mir Schach Backtiar vor dir zur Erde mich niederzuwerfen, so den Staub deiner Füße zu küssen, und so in seine Seele zu sprechen: Monarch der Gläubigen! wider mich spricht ein Schein, der unter allen Wesen nur ihrer drey nicht täuscht, Gott, seinen großen Propheten, und diesen Sclaven, der jetzt anbethet vor dir, und dem ich mein Geheimniß entfaltet habe. Aber gleichwohl ist es nur ein Schein, der mich belastet; unschuldig ist mein Herz an dieses schändlichen Krieges Ausbruch, und um dir dieß zu erklären, bin ich erböthig in eigener Person mich bey dir einzustellen, in Person mich zu rechtfertigen, wenn

Maßoud mir sein königliches Wort darauf gibt, daß er den rückkehrenden — ach, den nie abgefallenen Sohn väterlich wieder anhören will."

Starr stand Sultan Maßoud noch eine Weile hindurch, als höre er die Worte einer Erscheinung, indeß der Bothschafter schon einer Antwort gewärtig war. — „Backtiar unschuldig?" (rief er endlich); „ha, ist es möglich, daß auch der, schändlichste Verrath sich zu beschönigen hoffen kann? Daß auch der Undankbarste aller Söhne sich noch schmeicheln darf, durch Meineid und durch Heucheley mich zu überlisten? O des Bösewichts ohne Gleichen!"

„Dieß die zweyte Antwort von dir, deren mein Gebiether im voraus sich versah! — Wie fürchte ich, sagte er oft zu mir, daß eben jetzt ein erzürnter Vater den schrecklichsten Fluch gegen mich ausspricht, indeß ich sehnlich um sein Leben, seine Wohlfahrt, seinen Segen flehe. Wie fürchte ich, daß jeder, der diesen Fluch anhört, mich dessen würdig hält; daß ich nie Gelegenheit finden werde, von diesem schändlichen Verdacht meinen Charakter zu entlassen; und doch — — O Beherrscher der Gläubigen! — dein königliches Oberrichter-Amt erfordert ja auch den Beschuldigtsten aller Verbrecher nicht ungehört zu verdammen. Laß jetzt die Stimme der Natur mit der richterlichen Pflicht sich verbinden! Sprich ein einziges Wort, und in diesem Gezelt soll, ehe noch zwey Männer aus beyden zahllosen Heeren sich würgen, Schach Backtiar erscheinen; soll deine Knie umfassen; soll sich rechtfertigen, und wenn er dann vielleicht von dir den Kuß der Versöhnung empfängt — — — Vergib meinen Thränen und meinem Stocken!

„Er in diesem Zelte! Er vermöchte es noch sich
zu rechtfertigen? O er komme, er komme dann!"

Darf er das mit Sicherheit!

„Elender, wem hat mein königliches — geschweige mein väterliches Wort je unzuverläßig geschienen?
— Eile, siehe zu ihm! sage, daß wenn er für sich
nur Einen scheinbaren Vorwand habe, wenn er
zur Besserung für die Zukunft nur einen reuigen Vorsatz fühl'; so sey ihm von mir zur Aussöhnung und
Zusammenkunft die erste Hand gebothen! So möge er
nicht verzieben, in meinem Lager hier, oder wenn
ihm dieß unsicher dünkt, an einem dritten selbsterwähl-
ten Orte vor meinen Augen zu erscheinen! Eile! Eile,
und sage ihm dieß!

„O Monarch! jetzt — jetzt spricht wieder der Vater ganz aus dir, und dein Sohn — wisse, er ist die
näher schon, als du selbst glaubst! Erlaube mir nur,
daß ich auf wenig Augenblicke mich entferne, und einen Zeugen von der Wahrheit meiner Rede zu dir allein und unaufgehalten bringen darf!"

Der Greis entfernte sich, und kam nach wenig
Minuten mit einem Manne zurück, dessen Turban
und Gewand einen Perser vom niedrigsten Stand bezeichnete, und der, als Bedienter unbemerkt, oder
übersehen vielmehr, den Abgeordneten des Schach
Backtiars bis an Maßouds königliches Zelt nachgefolgt
war. — Aber kaum war er jetzt zu dem Monarchen
eingetreten; hatte kaum rund umher seine Augen ge-
worfen, ob er keinen Zeugen weiter erblickte, als er
Turban, falschen Bart, und falsche Augenbrauen ab-
riß, und, als Backtiar selbst, Maßouds Knie mit
dem Ausruf umarmte: O mein Vater, mein Va-

S 2

ter, vergib deinem mehr unglücklichen, als schuldigem Sohne!

Dieß war überraschender, als auch nach jenem Eingang Maßoud sich vermuthet hatte! Vom Übermaß der Empfindung, vom Wirbel mannigfaltiger und doch an Stärke sich gleicher Gefühle ergriffen, wankte der Monarch hin und her, und hätte jetzt beynahe wieder zuerst des Alters Schwäche verspürt. Doch schnell gab der Freude überschwengliche Gewalt seinem Körper Stärke, seinem Geiste Besinnung zurück. Selbst die Umarmung seines Sohnes, wozu Natur so mächtig ihn hinriß, vermochte er, aus Überlegung, sich zu versagen, oder wenigstens sie aufzuschieben. Mit väterlichem Ernst befahl er ihm bloß aufzustehen, und setzte mit einer Mischung von Huld und Würde hinzu: Allah gebe, daß du dieß thust, meiner und deiner werth!

„Das hoffe ich!" antwortete Bocktiar. Hell vermochte sein Auge in Maßouds Auge zu blicken. Mit wenig Worten erzählte er ihm die Geschichte seines Feldzugs gegen Irack bis zu dem Augenblick, wo die Empörer die Krone ihm auftrangen. — Und dann fuhr er fort:

„O mein Vater, sprich selbst, was sollte ich damahls thun? Sollte ich durch ferneres Weigern den Zorn der Unbändigen reitzen? Sollte ich kinderlos dich machen, und mich verbluten in meiner noch kaum mannbaren Jugend? Zu tief, besorgte ich, würde ein solcher Verlust dich beugen; und auch mir, der ich in keiner Schlacht noch zagte, schien doch der Tod von Rebellenhand eben nicht würschenswerth. — Deßwegen nahm ich an, was sie mir aufzwangen; nahm es nur mit dem Vorſatz an, zu deinen Füßen wieder dieſe mir noch nicht gebührende Krone nieder zu legen, und hielt eine ſolche Gelegenheit für leicht und nahe.

„Aber ach! bald erkannte ich, daß niemand einen beſchränktern Willen als ein König habe; daß oft gegen ihn ſelbſt der Schutz ſeiner Wachen errichtet ſey, und daß er denen am wenigſten trauen dürfe, die am pünctlichſten vor ihn anzubethen kommen. — Ganz unmöglich war aus Iracks Innerſtem heraus meine Flucht. Kundſchafter von jenen Häuptern des Aufruhrs lauſchten allenthalben auf mich. Mißtrauiſch mußte ich ſelbſt in meinen einſamſten Augenblicken ſeyn. Anſchläge der Verräther mußte ich mit Beyfall anhören, oder abermahls für mein Leben zittern.

„Jetzt erſcholl der Ruf von deiner wundergleichen Geneſung, und von deiner ernſtlichen Rüſtung gegen mich. Beydes vernahm ich mit heimlicher Freude. Aber mit anſcheinender Sorgfalt verſammelte ich ſofort meinen Kriegsrath. Alle riethen mir durch einen ſchleunigſten Einfall in Perſien dir noch zuvor zu kommen; ein einziger von meinen Älteſten ſchüttelte den Kopf. „Schon Losreißung von väterlicher Oberherrſchaft," ſprach er, „läßt ſich ſchwer entſchuldigen. Aber Krieg gegen meines Vaters Leben möchte ich nicht um aller Welten Herrſchaft willen führen." — Es fehlte wenig daran, ſo hätte der Greis mit ſeinem Leben dieſe freymüthige Sprache bezahlt. Auch ich warf einen grimmigen Blick auf ihn: aber im Herzen ſprach ich: Geprieſen ſey Allah! er hat mir endlich einen Mann geſandt, wie ich ihn wünſche. —

„Der Zug ward beschlossen; alle Anstalt zu ihm schleunigst getroffen. Doch in der nächsten Mitternacht ferief ich eben diesen alten Bidermann, den du hier siehst, zu mir; schloß mein Herz ihm auf; entdeckte ihm den Abscheu, den ich fühlte, ein Empörer zu seyn; und berathschlagte mich über die Möglichkeit, meiner Sclaverey zu entgehen. — Vater, Vater! Bedarf's noch einer weitern Erzählung? Siehst du nun, warum ich meinem Heere so schonend in Persien einzurücken befahl? Warum ich so schnell dir Friedensbothen entgegen sandte? Warum ich selbst in dieser Verkleidung — —

Empfindung und Thränen hemmten hier Schach Bachtiars Worte. Er stockte einige Augenblicke, und sah ungewiß seinem Vater ins Antlitz. Aber besorgt, daß er nicht umsänke, hatte Maßoud schon längst auf die Schulter jenes rechtschaffenen Greises, des einzigen Zeugen von diesem Auftritt, mit seiner Linken sich gestützt; hatte einige Mahl schon die Rede seines Sohnes unterbrechen wollen, und es nie vermocht. Jetzt hob er seinen Blick und seine rechte Hand empor gegen Himmel und sprach:

„Bachtiar, es ist nur Ein Gott, und Mahomet ist sein großer Prophet! Glaubst du auch das?".

So innig, als daß ich selbst athme.

„Nun, so beschwöre ich dich bey diesem Einigen und bey seinem großen Propheten, sprichst du Wahrheit?"

Ich spreche sie.

„Und wie ist das möglich? Verräther, sagst du, hätten dich gezwungen; hätten bisher dich umzingelt. Wie hast du eben heute dich deren zu entledigen vermocht?"

Schon sind die Vornehmsten davon in deiner
Hand. Ich entfernte sie größten Theils, indem ich sie
zu Gesandten an dich ernannte; sie gingen desto sicherer, da ich ihnen Auftrag gab, dein Lager so viel nur
möglich auszukundschaften, deine Kriegsobersten durch
Versprechung zu gewinnen. Die Übrigen täuschte eine
angenommene Unpäßlichkeit. Noch jetzt bewachen der
Krieger und Kämmerer genug mein königliches Zelt
und vermuthen dessen Leere nicht. — Laß die Nachricht
davon ruchbar werden und Schrecken wird das Heer
der Aufrührer überfallen. Seiner vorzüglichsten Häupter beraubt, wird der große Haufen, so bald er dich
nur anrücken sieht, die Flucht ergreifen, oder zurück
in deinen Gehorsam kehren. Du wirst wieder Persiens
und Iracks einziger Monarch, und ich der Getreueste
deiner Unterthanen seyn."

Alles befand Maßoud so, wie Baktiar sagte. Er
ließ die Gefangenen vor sich kommen. Trotzig berief
sich der Wortführer von ihnen auf die Unverletzlichkeit
der Gesandten; aber Schrecken überfiel sie alle, als
sie den Schach Baktiar an Maßouds Seite treten sahen. Sie sanken zu Boden, gaben sich alles dessen,
was sie angeklagt waren, schuldig; und bekannten den
Zwang, den sie ihrem ehemahligen Gebiether angethan
hatten. Bald durchlief das Gerücht von Baktiars Rückkehr und Aussöhnung das ganze Lager Maßouds; das
laute Jauchzen desselben drang bis ins feindliche hinüber.
Entsetzen ergriff dort Aller Herzen. Sie sahen bereits ihre
Gegner in Schlachtordnung ausrücken; aber niemand
hatte Muth zum Widerstande. Auf ihre schnellsten Rosse
warfen sich die noch übrig gebliebenen Anführer und
flohen. Mit ihnen flohen einige wenige Haufen. Da

war niemand, der die Schaaren sammelte; niemand,
der Rath ertheilte: das Unerhörte in dieser Begeben-
heit hatte die Sinne Aller betäubt. Endlich ermann-
ten sich verschiedene, sandten flehentliche Bothen zu
Masoud, versprachen Ergebung und bathen um Gnade.
Sie kamen mit der Nachricht zurück: daß solche ihnen
gewährt seyn sollte, wofern sie die flüchtigen Rädelsführer gefangen überlieferten. Jetzt verfolgten also die
Empörer sich selbst. Viele sanken von dem Schwerte
ihrer eigenen Landsleute. Es war der entschiedenste
Sieg, und doch kostete er Masouds Heer nicht einen
Tropfen Blut, und dem Monarchen keinen Schritt
weiter! Denn seit seines Sohnes Ankunft hatte er sich
nicht außer seinem Zelte gezeigt; hatte jenen Befehl
zum Aufbruch des Heers und jene Forderung an die
Gnade suchenden Empörer nur durch seinen Vezier ergehen lassen. Man begriff leicht, daß dieß desfalls geschehen könne, weil der sonderbare Wechsel dieses Tages ihn vielleicht allzu stark angegriffen habe; aber
man begriff noch nicht recht, warum er seinem Sohn
selbst ein benachbartes Zelt und eine Ehrenwache
anweisen ließ. Es gab Zweifler sogar, die hierin
noch Stoff zu einigem Mißtrauen suchten.

Aber des andern Tages, als die Retten jenes zerstreuten Heers größten Theils zu Masouds Lager ge-
stoßen, und erböthig waren, den Eid der Treue ihm
öffentlich wieder zu leisten, da ließ der Monarch einen
Ausruf durchs ganze Lager ergehen; und um sein Zelt
sammelten sich alle seine Kriegs-Obersten; sammelten
sich seine ganzen Schaaren in einem unübersehlich großen Kreis; und alle brannten vor Begierde, zu sehen,

wann ihr Gebieter erscheinen, und zu hören, was er
ankündigen werde.

Er kam; und in eben dem Augenblicke erschien
auch Schach Backtiar, von seiner Wache begleitet;
beugte in Aller Angesicht sein Knie wieder vor Maßoud
als seinem König und Vater, und wiederhohlte mit
wenig Worten die gestrige Versicherung: daß er fortan
sein getreuester Unterthan sey.

„Nein — sprach Maßoud rasch und hob ihn liebreich empor — ich will mir ihn nicht entgehen lassen,
den schönsten edelsten Augenblick, wo mir vom Thron
herunter zu steigen gebührt. Was ich dem Rebellen mit
meinem letzten Blutstropfen streitig gemacht haben
würde, das trete ich mit Entzücken dem Sohne ab,
den ich meiner werth erfinde. — Perser und ihr Bewohner Iracks, erkennt von nun an im Schach Backtiar euern Monarchen!"

Maßoud hielt inne, und blickte auf das Heer.
Keine Zunge antwortete; aber Backtiar, von unbe-
schreiblichem Erstaunen ergriffen, wollte nieder aufs
Knie sich werfen, und rief, als Maßoud dieß verwehr-
te, hastig aus: O nein, nein, mein Vater! Mir nicht,
mir nicht gebührt schon jetzt die Krone. Ich zeuge bey
dem Alleinigen, daß der Wunsch sie noch dreyßig Jahr
auf deinem Haupte zu erblicken, Wunsch meines Herzens sey.

„Und auch ohne Schwur glaube ich dir dieß nach
deiner gestrigen Probe! Aber ich hab' ihn überdacht,
diesen jetzt geschehenen Schritt, und ich will ihn aus-
führen; denn ich kenne mich und meine Pflicht. Dahin
sind die Jahre, wo die Last der Regierung nicht über
meine Kräfte ging. Jene so unglaublich zurück gekehr-

te Gesundheit war das Werk eines Augenblicks; eben
so schnell — das fühle ich jetzt bereits — wird sie wieder
entfliehen, und meine wenigen Tage sollen hinführo
der Ruhe gewidmet seyn. — Empfange daher meine
ganze königliche Macht; dieß sey mein letzter Be=
fehl! Regiere in Segen, doppelt so lange als ich:
unbesiegt von äußern Feinden, frey von jeder innern
Qual: dieß sey der erste Glückwunsch, den man
deiner Herrschaft weiht! Und du zahllose Menge, hast
du mich jemahls geliebt — hast du mich auch geachtet
nur, so rufe jetzt einmüthig dem Sultan Backtiar
das: Lebe und regiere zu!

Das grenzenlose Erstaunen des ganzen Heeres,
das nahe und ferne unentschlossene Gemurmel, die halb
lauten Fragen, die nur halb unterdrückten Ausrufe
— alles dieß zusammen gab jetzt ein sehr sonderbares
Schauspiel. — So war noch kein Fürst vom Thron
herab gestiegen. Fast glaubten alle nur ein leeres Traum=
gesicht zu sehen. Noch argwohnten Manche sogar, daß
dieß nur Prüfung sey. Aber jetzt warf sich vor
Sultan Backtiar Maßouds erster Wezier — der einzige,
der eine Stunde eher seines Herrn Willen wußte —
tief auf sein Antlitz nieder; ihm folgten nun die übri=
gen Kriegs=Obersten nach; und der Jubel des Heeres
stimmte mit ein.

Umsonst, daß der neue Sultan immer noch sich
sträubte! Er sah zum zweyten Mahl bey seiner
Königswahl sich überstimmt. Maßoud selbst setzte den
königlichen Turban ihm aufs Haupt; umgürtete ihn
mit seinem eigenen Schwerte: umarmte zwar mit
Rührung, doch ohne Thräne, den weinenden Sohn;
und begab sich in sein Gezelt. Mit dem Zuruf der

Ehrfurcht und Bewunderung begleiteten ihn
die Krieger; und viele von den Alten riefen auch laut
ihm ihre Bedaurung nach. Er dankte ihnen freundlich und blieb unerschüttert.

Was noch mehr ist! auch in der Folge gereute es
ihn nie. Er verlebte noch zwey Jahre in einer sanften
Stille: fern von Geschäften des Staats, obschon nahe
bey seinem Sohne. Selbst den Tag vor seinem Ent-
schlummern pries er noch die letzten Tage seines Lebens,
als seine glücklichsten.

Der Weg zur Marschalls-Würde.

Der Staat zählte den Grafen von Beßowitz zu seinen verdienstvollesten Mitgliedern. Hof und Land hegten gegen ihn gleiche Verbindlichkeit. In einem langwierigen gefährlichen Kriege, wo zwey gesittete Völker nicht nur alle gute Sitten, sondern oft die Menschlichkeit selbst mit Füßen traten, hatte er fürs Vaterland alles, was er nur besaß, Gut und Blut, Geist und Leben, treulich gewagt; war der einzige Feldherr gewesen, den der Feind gleich fürchtete und schätzte; vor dem er floh, und den er doch liebte. — Denn eben jener rastlose Mann, der im offenen Felde mit Löwenmuth focht, der Wunden und Gefahr mit unerschrockener Stirn verlachte, pflegte nach der Schlacht ein milder Eroberer zu seyn: hielt über Mannszucht unbestechlich; focht nur mit bewaffneten Kriegern, nie mit dem Städter oder Landmann seine Fehden aus; beugte den ohnedieß Gekränkten nie durch Verwüstung seiner Felder, durch Plünderung seiner Häuser, oder durch bare Gelderpressung ganz zu Boden; und machte die kleine Ruhe nach dem Siege durch Großmuth oft nützlicher für seine Partey, als der Sieg selbst es gewesen war.

Jetzt ward Beßowitz allmählig alt, und es gebrach ihm weder an Ruhm noch Rang, weder an Reichthum noch an Muße zu deſſen Genuß. Denn mit der Feld-marſchalls-Würde und einem anſehnlichen Gehalt be-gabt, verlebte er des Jahres größten und ſchönſten Theil auf einem Landſitze; brachte höchſtens einige Monathe in der unruhigen Reſidenz zu; ſah ſich zwar nur jezu-weilen noch von ſeinem Fürſten um Rath befragt, aber auch allzeit dann befolgt; alle Höflinge beugten ihren Rücken tief vor ihm; alle Guten im Volke liebten ihn, der Soldat begrüßte ihn Vater.

Aber weit glücklicher befand ſich unſer Marſchall noch im Zirkel einer Familie. Zwar war ſie klein; zwar war er nur von zwey Töchtern und einem Sohne Va-ter; aber jene wurden Gattinnen edler Männer; und dieſer letztere führte bereits als Oberſter ein Regiment, ſah ſich durch eine vortheilhafte Heirath ſchon im Beſitze eines anſehnlichen Vermögens und eines nachbarlichen Gutes; beſtrebte ſich unermüdet, dem väterlichen Vor-bilde nachzueifern, und beſtrebte ſich nicht vergebens. Nie liebte ein Vater zärtlicher den Sohn; nie betrug ein Sohn ſich ehrfurchtsvoller gegen ſeinen Vater.

Einſt fiel ein Hauptbau auf dem Schloſſe des jün-geren Grafen vor. Er vergrößerte ſeine Wohnung um einen ganzen Flügel, und zierte dieſen Flügel mit einem ſehr ſchönen Saal. Die Wände dieſes letztern erfor-derten Mahlereyen; und der Oberſte beſchloß zum Ge-genſtand derſelben die Hauptbegebenheiten aus dem glor-würdigen Leben ſeines Vaters zu wählen. Eine ſolche Darſtellung, urtheilte er mit Recht, ſey beſſer als die koſtbarſte Tapete, und rühmlicher als der ſtiftmäßigſte Stammbaum. Die Kunſt der trefflichſten Mahler im

Lande werb dazu aufgeboten; ihre Arbeit gelang ihnen desto besser, je überzeugter sie waren, nicht für
Lohn allein, sondern an einen Gegenstand, der Unvergeßlichkeit werth, ihre Geschicklichkeit zu verwenden.

Man sah auf der einen Seite den Grafen tief in
die feindliche Reiterey mit eigenen Händen eine Fahne
werfen, um durch diesen ächt römischen Kunstgriff die
wankenden Glieder der Seinigen zu einem neuen An-
fall zu befeuern; man sah ihn unter den Stürmen einer belagerten Stadt vergessen, daß er General sey,
und um den Übrigen mit gutem Beyspiel voran zu gehen, einem gemeinen Soldaten gleich, auf der Leiter
die Mauern der Stadt erklimmen! man sah ihn seinen
Fürsten auf einer Jagd von einem feindlichen Trupp,
der ihn überfallen und bereits gefangen hatte, wieder
erledigen: sah ihn aus den Händen eben dieses Fürsten den Ritterorden und Marschallsstab empfangen;
sah ihn gegenüber auf einem andern Schlachtfelde, getroffen von einer feindlichen Kugel, herab vom Pferde
sinken, und noch im Sinken mit der Hand hin nach
dem Feinde deuten, zum Merkmahl; daß man, unbekümmert um ihn, weiter vordringen sollte; sah ihn
den Frieden unterzeichnen helfen, durch welchen das
lang zerfleischte Vaterland Ruhe und Wohlfahrt wieder erhalten hatte. — Und kurz, man erblickte, so
sorgfältig auch alle Ruhmredigkeit vermieden war,
doch immer, wohin man sein Auge richtete, irgend etwas Rühmliches aus dem Leben dieses ehrwürdigen
Greises.

Von allen diesen Mahlereyen wußte der Feldmarschall selbst kein Wort. Man besorgte: seine Mäßigung
könne dagegen sich setzen; man entfernte ihn daher un-

mer sorgfältig, so lange die Künstler arbeiteten, von
diesem Saale; und erst wenige Tage nach der Vollendung desselben, als hier der Oberste einer zahlreichen
Gesellschaft ein köstliches Mahl gab, sah er ihn zum
ersten Mahle. Welch ein überraschendes Schauspiel für
den ehrwürdigen Greis bey seinem Eintritt, als er so
rühmlich und so vielfach sich abgebildet erblickte! Die
Neuheit der Sache selbst, der Glückwunsch aller Anwesenden, die Erinnerung so vieler Scenen, wirkten
im Gemisch von Freude und schamvoller Bescheidenheit,
mächtig auf seine Seele. Es erforderte die Frist einiger Minuten, ehe seine Rührung wieder Kraft zum
Sprechen gewann, und dann wandte er sich liebreich
also zu seinem Sohn.

Du hast wohl gethan, ein solches Vorhaben, wenn
es dir ein Ernst damit war, vor mir verborgen zu halten; ich würde sonst hintertrieben haben, was freylich
nun nicht mehr sich hintertreiben läßt. — Selbst ein
Verweis, den ich dir nun deßwegen ertheilte, würde
sicher nur für Grimasse gelten; und ich betrachte daher
diese ganze Reihe von Gemählden bloß als einen Zoll
deiner kindlichen Ehrfurcht, nicht als ein Schaugericht
für meine Eitelkeit. Aber — aber — (er schüttelte hier
mit zweydeutigem Lächeln sein Haupt.)

Und was mein Vater?

„Auch dieser gemählten Biographie ist es so er-
gangen, wie es allen geht, die ohne des Helden Willen und Wissen geschrieben werden. Nur zu oft wird
dann dieser und jener Umstand weggelassen, und doch
ist vielleicht eben dieser weggelassene der Hauptzug des
Ganzen. Auch hier —

Er brach ab, und seine väterliche Freundlichkeit war bey den letzten Worten in ein halbsatyrisches Lächeln übergegangen. Man bath ihn seine Periode zu vollenden; er weigerte sich lange und that es endlich auf die Art: — „Auch hier, wenn nun einmahl meines Lebens ganzer kurzer Inbegriff dargestellt seyn soll, fehlt eine gar merkwürdige Heldenthat; eine That von so wichtigem Einfluß, daß wir ohne dieselbe uns heute kaum so froh, wenigstens nicht unter gleichen Umständen, versammelt sehen dürften. Erinnere du, mein Sohn, mich morgen beym Theetische daran! Es wäre allerdings Schade, wenn sie unterginge."

Man drang abermahls von allen Seiten in den Marschall, sie doch gleich jetzt der ganzen Gesellschaft zu gönnen; er blieb bey seinem Lächeln und seinem Verneinen. Es schien ihm lästig zu werden, als man anhielt, und man mußte sich endlich, ohne etwas weiteres zu erfahren, zur Tafel niedersetzen, wo man bald das ganze Vorgespräch aus der Acht ließ, oder wenigstens zu lassen schien.

Aber der jüngere Graf hatte keine Sylbe von der väterlichen Rede vergessen, und vergaß noch weniger die Erinnerung und die Bitte um Aufklärung derselben beym nächsten Theetisch. — „Dessen versah ich mich, antwortete der Feldmarschall lächelnd, auch ist es billig, daß ich meine Schuld nun löse; doch bevor dieß geschieht, müssen wir uns wieder in jenem Saal und zwar wir Beyde ganz allein befinden." Eine Bedingung, die sogleich erfüllt ward.

„Du hast, (hob nun der Greis an,) die Reihe der Gemählde an jener Wand mit demjenigen beschlossen, wo der Monarch mir Ritterorden und Marschallsstab

ftaß erdeilt. Schon darin liegt zwar ein wichtiger Ver-
ftoß gegen die Geschichte selbst, daß hier in einem
Zeitpunct vereinigt wird, was in der Wirklichkeit um
fünfzehn Jahr von einander abstand, und was
zwen ganz verschiedene Fürsten unter ganz verschiedenen Umständen thaten. Doch mag dieß hingehen! —
Aber scheint dir nicht auch der Ort, wo dieß Gemählde steht, jedem, der es sieht, anzuzeigen: daß diese
Feldmarschalls-Würde mir zur Belohnung für irgend
eine dieser hier gemahlten guten Handlungen, oder
auch für alle zusammen genommen, ertheilt
worden sey!

„Ganz gewiß!"

A. G. Und doch ganz falsch! denn eben diese gute, diese schönbelohnte Handlung fehlt durchaus in der
gegenwärtigen Reihe!

A. G. Wie das, mein Vater? Sollte ich vielleicht aus Vergeßlichkeit —

A. G. Nicht aus Vergeßlichkeit, sondern aus einer Unwissenheit, die ich dir eben so willig, als dein
jetziges Staunen verzeihe. Du warst noch ein Jüngling, als ich diesen Posten bestieg. Ich sprach über den
Punct weder mit dir, noch sonst Jemanden; und auch
jetzt muß ich erst zusehen, ob wir frey von allen Zeugen sind.

J. G. Wir sind's.

A. G. So laß uns dann erst einmahl die Thaten alle, so wie den Lohn derselben mustern! Hier dieser lahme Arm ist eine Beute aus jener Schlacht, wo
ich so kühn und so glücklich die Fahne unter unsre Feinde warf. Schon floh der linke Flügel und der rechte
wankte. Nun drang dieser vor, und jener sammelte

Meißners Erzähl. 2.　　　　　　　T

fich wieder. Noch war ich nur Major und — fchließt's.
Mein General, einer der Erſten, der auf Erholtung
ſeines theuern Lebens durch die Flucht gedachte, der
die Ordre zum Zurückzug ſchon ertheilt hatte, bekam
einen anſehnlichen Gnadengehalt, zum Lohn für dieſen
heißen Tag. — Gefangen ward ich in jenem Treffen,
wo ich verwundet vom Pferde ſank, ſchlecht geheilt
von meiner Wunde, vergeſſen bey der Auswechſelung,
und endlich gelöſt von — meiner eigenen Habe.

J. G. Wie?

A. G. (fortfahrend, als hörte er des Sohnes Anruf
nicht). Nur zu gut erinnert mich, auch ohne Gemählde, die Narbe auf meiner Stirne an jene Feſtung,
die beynahe den Feldzug eines ganzen Jahres weg-
nahm, und die endlich, frey von Eitelkeit geſprochen,
ganz allein durch meine Anſtalten erobert und e r h a l -
t e n ward. Erhalten! Denn damahls mußte ſich mein
Degen mit dem Blute von verſchiedenen unſerer eigenen Soldaten färben, um ihrem Morden, Plündern
und Brennen Einhalt zu thun. Im Angeſichte des
ganzen Hofes dankte mir bey der Rückkehr der Fürſt,
und vergab noch an eben demſelben Tage die Befehls-
haberſtelle dieſes neu eroberten Orts an — den Sohn
ſeines Premier = Miniſters, einen Buben von beynahe
ſiebzehn Jahren. Auch mir trug er huldreichſt den Platz
zunächſt dieſem Knäblein an, und ſchien zu ſtaunen,
daß ich ihn ausſchlug. — Nur mühſam gelang es mir,
der Landes-Verbannung, oder einem lebenslänglichen
Verhaft auf einer Feſtung nach jenem Frieden zu entgehen, den ich freylich wohl mit allzu großer Haſt,
T r o t z m e i n e r u n b e d i n g t e n V o l l m a c h t , ab-
geſchloſſen haben mochte; denn ich vergaß einen Strich

Landes mehr von zwölf Hufen Acker und drey Bauer-
gütern dem Feinde abzudringen, bloß aus der thörich-
ten Furcht: daß der Krieg noch ein Jahr länger dauern, und einige Millionen Geldes, einige tausend
Menschen-Leben mehr uns kosten dürfte.

J. G. Ha, 'bey Gott, mein Vater, das war
schändlich!

A. G. Laß mich enden! Das Gute kommt erst.
— Hast du nie die Dose gesehen, die mir die fürst-
liche Rettung auf der Jagd einbrachte? Es war freylich etwas gewagt von Seiner Durchlaucht, eine Par-
force-Jagd in Feindes-Land, und zwar zu einer
Zeit anzustellen, wo jeder Landmann für einen Kundschafter oder Feind gelten konnte. Doch auch ich hatte
meine Kundschafter und eine treue bereit gehaltene
Mannschaft. Ich kam den Feinden unvermuthet über
den Hals; das Frey-Corps mußte seine Beute wieder
hergeben, und ich empfing jene Dose — die wohl ein
hundert fünfzig Kremnitzer werth seyn mag — zur
Schadloshaltung für das edle Roß, das mir getödtet
ward, und seine tausend Thaler gern noch galt. Der
Kammerherr hingegen an des Fürsten Seite, der mächtig an seinem Hirschfänger gezogen, aber nur leider
ihn nicht heraus gebracht hatte, ward Hofmarschall
zum Lohn seiner treu geleisteten Dienste. — Damahls
wollte man wirklich ein kleines sichtliches Mißvergnü-
gen an mir verspürt haben, und ich empfing daher
noch diesen Orden, der mir viel Ausgaben machte,
wahrer Vortheile keinen brachte, noch bringen konnte.
— Du bist ernsthaft geworden, mein Sohn, ernster,
als ich wollte. Wirst du noch mehr es werden, wenn

T 2

ich dir sage, daß ich fünfzehn Jahre noch eben der
blieb, der ich gewesen war?

J. G. Fünfzehn Jahre! Aber mit Vorsatz vielleicht, mein Vater! aus Selbstverläugnung?

A. G. Allerdings klänge es schön, wenn ich
hier im Ton des sich selbst verläugnenden Weltweisen
spräche. Aber Wahrheit ist doch noch besser, als ein
solcher Ruhm; gesetzt, sie klänge auch nicht so fein.
Nicht aus Vorsatz daher — (denn Liebe zu meiner Familie ließ allerdings mich Verbesserung wünschen) —
blieb ich unbelohnt; sondern weil es immer Höflinge
gab, die, wenn auch nicht würdiger, doch glücklicher
waren; weil der Fürst, dessen Leben, Ruhm und Sicherheit ich mehr als einmal erhalten hatte, endlich
starb; und sein Nachfolger Dienste, dem Staate vorher geleistet, als schon bezahlt betrachtete. Ja, der
falschen Versprechungen, des lästigen Wartens satt,
war ich schon nahe daran ganz abzudanken, und mich
aufs Land in Dunkelheit und häusliche Sparsamkeit
zurückzuziehen, als — — als endlich das unermüdete
Schicksal mir die Gelegenheit zu einer That anboth,
wodurch sofort mein Wohlstand gegründet und meine
Erhöhung bewirkt ward.

J. G. Und diese That war? — Ich beschwöre
Sie, mein edler Vater, reden Sie unverhohlen! Diese That war?

A. G. (lächelnd). O, auch sie ließe leicht sich
mahlen. Ein ziemlich breiter Strom, an dessen Ufer
einige schreyende weinende Damen, — ich zu Pferde, beynahe in des Wassers Mitte, — und in meinen Händen ein noch träufelnder, halbertrunkener
Schooßhund; nicht wahr, das sind doch nicht allzu viel

Gegenstände für ein Bild? Und wäre es auch nur ein
Bild über den Spiegel, oder ein Thürenstück?

J. G. Wie, mein Vater, ist das Ernst! Die
Rettung eines Schooßhundes wäre — —

A. G. (einfallend). War die große That, die ein=
träglicher, belohnender für mich ausfiel, als die man=
nigfaltige Versprißung meines Bluts; belohnender,
als ein Dienst von dreyßig oft kummervoll zugebrachten
Jahren; belohnender, als die Anstrengung so vieler
Tage und das Wachen so mancher Nächte. — Sieh,
es wäre mir ein leichtes, dein Erstaunen noch zu ver=
mehren, wenn ich auch den Hund selbst dir beschriebe,
einaugig, abgelebt, weder durch Form noch Farbe ach=
tungswerth; oder wenn ich dessen Besitzerinn schilder=
te, ihrem innern wahren Werthe, ihrer Abkunft nach
nichts weniger als edel. Doch nein, ordentliche Er=
zählung ist besser, als eine solche zerstückte Schilde=
rung: höre mir daher zu! — Ich ritt eines Morgens
gedankenvoll spazieren. Die Stelle eines Feld = Mar=
schalls war so eben durch den Tod des von Fl** erle=
digt: es gab der Bewerber viel darum; ich war einer
davon: war der älteste, geprüfteste von ihnen, doch
sah ich im voraus, daß ich mich abermahls umsonst be=
werben würde; denn der Kriegs = Minister, Graf von
Kirchthal, war damahls mehr Monarch im Staate,
als der Monarch selbst; und oft schon hatte der Fürst
eigene Busenfreunde den Busenfreunden dieses Günst=
lings nachgesetzt. Zwar stellte er sich geneigt gegen
mich; aber ich wußte, daß er Schmeicheleyen von je=
dem, der sich ihm nahe, fordere; und doch war ich
viel zu stolz, als einem Manne zu hofiren, der da=
mahls noch vor dem Stab des Lehrers zitterte, als ich

mich schon unter Schwertern und Kugeln herum tum-
melte. Der Erfolg meines Gesuchs war daher, auch
ohne Elias prophetischen Geist zu haben, leicht voraus zu sehen. — Indem ich nun so ritt und überlegte, rauschte bey mir ein Wagen vorbey; ich sah hin,
und erblickte darin die Maitresse eben dieses fürstlichen Lieblings; ein Geschöpfchen, das von der Kam-
merzofe bis zur unbeschränkten Gebietherinn seines ehemahligen Herrn aufgestiegen war; zwar schön gebaut,
wie eine Liebesgöttinn, aber von Geist und Seele
äußerst mäßig begabt. Nur sehr nachläßig dankte sie
meinem Gruß und hielt dann mit ihrem Wagen, einige hundert Schritt weiterhin, an jener holländischen
Meierey still, die, wie du wissen wirst, dicht am
Strome liegt. Um nicht noch einmahl bey ihnen vorbey reiten zu dürfen, wollte ich so eben mein Pferd
links ein auf einen Feldweg lenken, als ein ganz er-
bärmliches Geschrey in meine Ohren drang. Es kam
von jenen Damen her; ich sah ein ängstliches Durch-
einanderlaufen; besorgte, daß ein Unglück geschehen
sey und sprengte daher aus natürlicher Bewegung, so
rasch ich konnte, auf sie zu. Die Geliebte Sr. Excel-
lenz lief mir, sobald sie mich kommen sah, mit einem
Gesicht voll der unbeschreiblichsten Angst entgegen. „O
Herr General, (rief sie schon ganz von weitem), ich
beschwöre Sie, helfen Sie uns! Mein kleiner Favorit — dort ist er ins Wasser gefallen — kann nicht
wieder heraus — wir nicht zu ihm — will sinken —
der Strom! — Herr General, ich beschwöre Sie!"

Ohne mich weiter viel zu besinnen, oder ohne
dieß Geschäft erst derjenigen Person, der es eigentlich
zukam, meinem Reitknecht, aufzutragen, ritt ich

spornstreichs in den Fluß; ergriff den armen Favorit, der allerdings ein Paar Augenblicke später untergesunken wäre, und brachte ihn seiner Gebietherinn wieder. Eine Scene, wo nun Lächeln oder vielmehr lautes Lachen schwer sich unterdrücken ließ! Die zärtlichste Mutter kann sich nicht so innigst über den Sohn erfreuen, von dem sie glaubt, daß er in der Schlacht getödtet sey, und der jetzt unbeschädigt zurück kommt. Überdieß die herrlichen Glückwünsche der Gesellschaft, die abwechselnde Begier der Frauenzimmer, den kleinen Glüßling zu liebkosen, und dabey die Furcht, sich an ihm die Gewänder zu durchnäßen, das Geschrey und Erzählen durch einander; ein tolles Quodlibet fürwahr! — Ich glaubte nun das meinige gethan zu haben, wollte wieder meinen Abschied nehmen und fortreiten; aber die fröhliche Dame beschwor mich so dringend, doch länger noch von ihrer Gesellschaft zu seyn, daß ich mich bereden ließ, abstieg, und ihr meinen Arm zu einem Spaziergange both. — „Herr General, (schwur sie mir, indem sie solchen annahm, ganz leise ins Ohr), wofern ich diesen Dienst Ihnen vergesse, oder unvergolten lasse; wofern der Minister nicht heute noch Ihr wärmster Freund wird; wofern man nicht Ihr jetziges Gesuch Ihnen nächstens gewährt; oder wofern ich selbst Sie irgend eine Fehlbitte thun lasse; so mag mich beym nächsten Spaziergange selbst treffen, was heute meinen Schooßhund traf." — Ich beugte mich verbindlich, doch schweigend; denn dir die Wahrheit zu gestehen, ich war zu stolz, als einem solchen Frauenzimmer viel verdanken, und doch zu eigennützig, als einen selbst sich anbiethenden Vortheil ganz wegstoßen zu wollen. Wenigstens war ich feſt entſchloſſen, an alles ließ die Prima Donna auch mit keiner Sylbe zu erinnern.

Aber ſchon des andern Morgens zog mich der Miniſter im fürſtlichen Vorgemach an die Ecke eines Fenſters und verſicherte mich: daß ſeit kurzem ſein Souverain zu verſchiedenen Mahlen ſich meiner aufs huldreichſte erinnert; daß er ihn in dieſer günſtigen Geſinnung beſtärkt, und nun die ſtärkſte Hoffnung habe, mir nächſtens Glück wünſchen zu können. Er hatte ſehr Recht; denn noch in dem nähmlichen Monath. ward ich, was ich bin. — Hätte nicht mein Gewiſſen mir das Zeugniß ertheilt, durch manche andere vorhergehende Handlung dieſe Erhöhung verdient zu haben; ſey verſichert: ich hätte ſie ausgeſchlagen. Aber ein Blick auf mein bisheriges Leben, und ein Blick auf dein künftiges machten, daß ich annahm, was mir dargebothen ward. — Möglich freylich auch, daß ich in meiner ganzen Vermuthung mich irre; möglich, daß alles dieß bloße Zuſammentreffung, nicht Veranlaſſung war! Aber — aber — mein Sohn, immer dünkt mich doch, jener gute Hund hätte hier einen Platz verdient, und ich will wenigſtens wünſchen, daß du dereinſt deinem Sohne eine ähnliche Geſchichte zu erzählen Grund haben mögeſt.

Die Zauberschule *).

Ein Domdechant zu Compostello hatte schon lange sich
den Kopf zerbrochen, auf welche Kunst oder Wissenschaft er sich noch in seinem männlichen Alter legen könne. Ein Leben in Achtung, Reichthum, Überfluß war
so ganz seine Sache; aber Arbeit war sie desto weniger. Endlich entschied er für die Magie. In ihr, glaubte er, würden, nach einigen bald überstandenen
Schwierigkeiten, die Geister an seiner Statt arbeiten.
Er erkundigte sich unter der Hand nach einem geschickten Schwarzkünstler; man pries ihm einen gewissen
Don Robriguez zu Toledo als den größten auf dem
ganzen Erdkreis ; er nahm sofort Pferd und Empfeh-
lungsschreiben, reiste nach Toledo, suchte diesen Don
Robriguez auf, und bath, unter seine Schüler aufge-
nommen zu werden.

---

*) Die erste Erfindung dieses Geschichtchens ist aus dem Gra-
fen von Lucanor, einem spanischen Roman des Infanten,
Don Manuel, der im vierzehnten Jahrhunderte lebte,
genommen. Doch ist es bey weitem nicht bloße Über-
setzung.

Der Dechant hatte sich auf eine Trismegistusfigur, auf einen Mann mit Zaubergürtel und Stab, mit fürchterlichem Ernst und ellenlangem Bart vorbereitet; er fand bloß einen ehrwürdigen freundlichen Greis, gekleidet und gebildet wie die gewöhnlichen Adamssöhne. Er stotterte seine wohlgesetzte Bitte her, und Don Rodriguez antwortete ganz gelassen: „Sey mir als Lehrling und als Sohn willkommen! Die Kunst, der du dich widmen willst, ist freylich die höchste unter allen; aber sie erfordert auch bey dem, der sie ganz begreifen will, ein reines Herz. Hast du das?"

„Ich hoffe es."

Und ich muß dir dieses auf dein Wort glauben. Die Kräfte der Natur gehorchen den Geistern; aber Herzenskündiger ist nur Einer. Vor allen Dingen frage ich dich: wirst du auch dankbar gegen mich seyn, wenn ich dich in den Lehren der Weisheit einweihe?

„Und wenn's mein Leben gelten sollte!"

So hoch treibe ich meine Ansprüche nicht — Aber sieh, du bist Dechant bey einer alten angesehenen Kirche; Beförderung zu höhern Würden kann dir nicht fehlen; würdest du, wenn solche erfolgte, dich gütig deines Lehrers erinnern?

„Für welchen Nichtswürdigen müßtest du mich ansehen, wenn du dieß im Ernste fragtest! Dir soll von Stunde an zugehören, was ich vermag und habe!"

Der Dechant fügte hier eine Menge von Betheurungen hinzu, die den Greis allmählig zu überzeugen schienen. — Er stand auf, rief seine Köchinn, und sie kam.

„Halte, sagte er, zwey Repphühner bereit!
Aber stecke sie, ohne weitern ausdrücklichen Befehl,
noch nicht an den Spieß, und du, lieber Sohn, folge
mir!" — Bey diesen Worten führte er den Dechant
in einen Saal, ganz angefüllt mit Büchern und mit
Instrumenten; begann auch bereits ihn in diesem und
jenem zu unterrichten.

Doch kaum hatten sie angefangen, als zwey
Mannspersonen hereintraten, die von Compostello
kamen, und dem Domdechant einen Brief überbrachten. Er war von seinem Oheim, dem Bischof, der
indeß krank geworden war, und der ihn aufs schleu-
nigste zurück zu kehren bath, wenn er noch seinen letzten Segen empfangen wolle. Aber der Neffe, der
mehr die Unterbrechung seines Unterrichtes, als die
Krankheit seines Oheims bedauerte, glaubte diesen Segen entbehren zu können; entschuldigte sich mit äußerst
wichtigen Geschäften, und die beyden Abgesandten
kehrten fruchtlos zurück. Doch schon nach vier Tagen
kamen sie wieder, und versicherten: daß er sich nun ei-
lends auf den Weg machen müsse, denn der Vetter sey
gestorben, und das Capitel habe ihn an dessen Statt
zum Bischof erwählt.

Kaum hörte dieß Don Rodriguez, als er seinen
Schüler ersuchte, die bisher besessene Dechantenstelle
einem seiner Söhne zu ertheilen. Mit tausend Entschuldigungen lehnte der neue Bischof die Bitte seines
neuen Lehrers für diesmahl ab; bath den Alten, ihm
zu erlauben, daß er seinen Bruder dazu ernennen dürfe;
schlug ihm aber vor: zu ihm nach Compostello zu ziehen, und seinen Sohn mitzunehmen, den er dann ge-

wiſi bey erſter Gelegenheit aufs vortheilhafteſte
verſorgen wollte.

Der Greis ließ es ſich gefallen; ſie machten ſich
auf den Weg, und waren noch nicht gar lange zu Com-
poſtello, als Bothſchaft und Bullen von Sr. Päpſt-
lichen Heiligkeit eintrafen. Der neue Biſchof glaubte,
daß er in dieſer Bulle die Beſtätigung ſeiner Würde
finden werde; aber er ſtaunte nicht wenig, als er hörte
und las: daß der heilige Vater ihm, ſeiner beſon-
bern Verdienſte halber, das Erzbisthum von
Toulouſe auftrüge, und ihm auch die Freyheit über-
laſſe, ſich einen Nachfolger zu wählen. — Er ſelbſt
konnte ſich zwar dieſe beſondern Verdienſte nicht
recht entziffern; doch dieſer Unwiſſenheit halber die Stelle
auszuſchlagen, wäre wohl ein großer Fehler geweſen;
er nahm ſie daher an, und hatte kaum ſie angenom=
men, als Don Rodriguez demüthigt erſchien, und bey
Beſetzung des erledigten Bisthums nun auf ſeinen Sohn
Rückſicht zu nehmen bath.

Sein Schüler geſtand: daß er ſich zu beſſen Ver-
ſorgung anheiſchig gemacht habe; aber er verſicherte
zugleich: daß er nothwendig dieſes Bisthum an einen
Oheim von väterlicher Seite, gegen welchen ſchon
eine ältere Verpflichtung ihm oblüge, vergeben müſſe.
„Kommt mit nach Toulouſe! fügte er hinzu: was ich
habe, ſollt auch ihr Beyde genießen; und es wird mir
nicht an Gelegenheit fehlen, dort meine Schuld mit
Zinſen abzutragen."

Der gute Alte war es abermahls zufrieden; ſie
reiſten nach Toulouſe; Don Rodriguez ſparte keine
Mühe, den neuen Erzbiſchof in ſeinen Künſten zu
unterrichten. Er nahm vortrefflich darin zu; Aller

Herzen wurden ihm unterthan, und nach zwey Jahren
erschien eine neue Abgesandtschaft von Rom, die unserm Helden den Cardinalshut überbrachte, und ihm
gleichfalls sein Erzbisthum nach Belieben weiter zu
vergeben frey stellte.

Jetzt erschien Don Rodriguez wieder und sprach
zuversichtsvoller, als die beyden ersten Mahle; denn
er berief sich auf sein Warten, seine mittlerweile geleisteten Dienste, und auf das nachdrücklich ihm geschehene Versprechen. Ihro Eminenz schienen äußerst verlegen; sie gestanden ein: daß dieß alles seine Richtigkeit habe; gleichwohl sey ihm noch ein einziger Oheim
mütterlicher Seits übrig geblieben, dessen dringenden
Bitten, so wie überhaupt der Pflicht für ihre Familie
zu sorgen, Sie nicht widerstehen könnten. — Aber nun,
fuhren Sie fort, sind auch alle meine Blutsverwandten
versorgt; kommt mit nach Rom, und ich werde dort
gewiß mehr als jemahls Mittel ausfindig machen, Euerm Sohn meine Erkenntlichkeit zu bezeugen!

Auch dieß geschah; der neue Cardinal gewann zu
Rom wiederum allgemeine Liebe; der Papst that nichts,
ohne vorher ihn um Rath zu fragen; aber bald ward
eben dieser Papst tödtlich krank, und starb. Das Con-
clave ward eröffnet, Don Rodriguez Künste thaten ihr
Bestes; und siehe, durch eine unerhört einstimmige
Wahl ward der ehemahlige Dechant von Compostella
zum Oberhaupt der Christenheit erklärt.

Kaum war in gehöriger Feyerlichkeit die dreyfache
Krone auf sein Haupt gesetzt, als Don Rodriguez mit
der schon drey Mahl da gewesenen Bitte wieder vor ihm
erschien, und gleich am Kopfschütteln bey der Rede
Anfang errieth, daß die jetzige Antwort die alte seyn

würde; aber eben dieß brachte des Greises sonst so ruhiges Blut in Bewegung; er versicherte Ihrer Heiligkeit, daß er des ewigen Supplicirens müde sey, daß
er nicht weiter durch bloße Versprechungen sich wollte
täuschen lassen; daß er gar wohl wisse, was er verdient habe; und daß der heilige Vater nunmehr entweder halten solle, was er schon zu Toledo versprochen
habe, oder lieber — geradezu eine abschlägige Antwort
ihm geben.

Bey dieser Dreistigkeit fuhr der Papst zornig empor. — „Auch ich weiß, sprach er, was du verdient
hast, Schwarzkünstler; den Scheiterhaufen! Packe dich
aus meinen Augen! ich habe deine Possenspiele lange
genug mit Nachsicht ertragen. Findet man dich morgen
noch in Rom, so will ich dich der heiligen Inquisition
übergeben, und sie soll dir Ketzer und Zauberer schon
lohnen, wie sichs gebührt." —

Bey diesen Worten kehrte Don Rodriguez ganz
gelassen sich um. — „Köchinn, rief er zur Thür hinaus: du brauchst nur ein Repphuhn an den Spieß zu
stecken; denn ich esse heut Abend allein." — Und in eben
diesem Augenblicke war auch der ganze Zauber verschwunden. Der heilige Vater war wieder zum bloßen
Domdechant von Compostello herab gesunken; sah, daß
diese ganze Reihe von Jahren, Würden und Begebenheiten nur ein Gaukelspiel gewesen sey: und daß er
nun geprüft, verspottet und als ein Undankbarer erkannt, vor den Augen eines Mannes dastehe, der viel
zu weise sey, als an ihm seinen Unterricht zu verschwenden.

Die Matrone,

wie es deren wenige gibt.

C**s war der Sohn eines armen Predigers, der die Rechte studiert, und seine akademischen Jahre weislicher genützt hatte, als es gewöhnlich zu geschehen pflegt. Um sich mit der ausübenden Rechtsgelahrtheit bekannt zu machen, hatte er nachher die Stelle eines Actuars im Amte Bl** angenommen. Der Amtmann allda war sein weitläuftiger Verwandter; er hatte ihm Hoffnung gemacht, ihn bey einer künftigen kleinen Pachtung mit Vorschuß zu unterstützen; er hatte ihn oft seines Fleißes halber gelobt, und doch stets die Unterstützung vergessen. C*s ward des langen Wartens müde, hoffte nun Kenntniß genug zu besitzen, um selbst Rechtshändel zu führen, und begab sich als Advocat nach R., wo er sich bald guten Nahmen und Credit erwarb.

In dieser Stadt wohnte ein unverheirathetes Frauenzimmer, welche schon anfing, über die jungen Jahre hinaus zu kommen, nie reizend gewesen war; aber stets von der unbescholtensten Aufführung, und von menschenfreundlichem edlen Charakter, den wir bald genauer werden kennen lernen. Ihre Ältern stammten aus England her; eine reichliche Erbschaft war ihr dort vor Kurzem zugefallen; aber einige Anverwandte wollten sich deren bemächtigen, unter dem Vorwande: daß sie unfähig sey, dieselbe zu verwalten. Sie ließ den jungen Advocaten rufen; erzählte ihm ihre Sache; übergab ihm die Papiere, und erhielt die Versicherung: daß er die Sache zu ihrem Vortheil auszuführen hoffe. Er setzte es auch durch. Als er das Endurtheil erhielt, hinderte ihn eine kleine Reise, selbst zu ihr hinzugehen; um sie jedoch, so bald als möglich, aus ihrer Ungewißheit zu reißen, sendete er ihr dasselbe zu.

Bey seiner Rückkunft fand er auf seinem Tisch einen Beutel mit tausend Thalern, die sie für seine Bemühung und gehabte Auslagen, nebst einem verbindlichen Schreiben, ihm überschickt hatte. Seine Verwunderung und seine Freude hierüber waren gleich groß. Er ging sogleich zu ihr, und stellte ihr vor: daß diese Belohnung allzu reichlich wäre; aber sie bestand darauf, daß er die Summe behalten sollte; versicherte, ihm noch viel mehr schuldig zu seyn, und fügte eine Menge Verbindlichkeiten hinzu, die er aber nicht so deutete, als er sie wohl vielleicht hätte deuten können.

Er ritt des andern Tages zu seinem alten Vater, um ihm die Nachricht von diesem glücklichen Vorfall persönlich zu hinterbringen. Aber er war nicht lange hier, als ein Bothe von eben diesem Frauenzimmer ankam, und einen Brief an den alten C—s überbrachte: sie schrieb ihm in demselben eine Menge Lobeserhebungen von seinem Sohn, und sagte: „daß sie so viel Neigung und Achtung gegen ihn empfinde, daß sie erböthig sey, ihr Herz und ihre Hand ihm zu geben. Sie kenne sehr wohl den Unterschied ihrer Jahre, aber sie hoffe doch, durch ihr Vermögen und durch ihre Denkungsart gegen ihn sein Glück zu gründen: und sie bit-

te daher seinen Vater ein Vorwort für sie einzulegen."
Der jüngere C—s war über diesen Antrag äußerst betreten; ihre Jahre waren allzu weit aus einander, und
sie konnte zur Noth seine Mutter seyn; er wollte daher bereits mit Bescheidenheit diesen Vorschlag ableh-
nen. Aber sein Vater that einige linde, gutgemeinte
Vorstellungen dagegen; C—s nahm sich Bedenkzeit;
fand nach reiferer Überlegung seiner Glücksumstände allerdings manchen Grund zur Änderung seines Vorha-
bens, und in der Art, wie sie ihre Hand ihm anbie-
the, ein wahrhaft edles Betragen. Kurz, er willigte
ein.

Bald darauf begingen sie ihre Hochzeit. Sie ward,
ihrem Vermögen nach, das heißt, prächtig eingerich-
tet. Alles war heiter und vergnügt; doch mochte der
Bräutigam heimlich noch einen kleinen Zweifel hegen:
ob diese Ungleichheit auch zu seinem Glücke ausschlagen
werde! Er ward aufs sonderbarste überrascht, als man
sie nun in die Brautkammer führen wollte; denn alsdann nahm sie ihn freundlich bey der Hand, führte ihn
selbst in ein niedliches, für ihn allein zubereitetes Zimmer, und sagte: "Hier, mein Lieber, schlafen Sie
diese Nacht, und so viele Nächte es Ihnen beliebt, ruhig und sanft! Liebe kann ich von Ihnen nicht mehr erwarten; aber Freundschaft fordere ich; denn mein Betragen wird diese zu verdienen suchen." — Sie entfernte sich hier; er wollte sie aufhalten; aber es war
ihr mit ihrem Weggehen ein Ernst. Er blieb äußerst betreten zurück, und ward es bald noch mehr. Ein Blick
von ihr hatte ihn auf ein Papier aufmerksam gemacht,
das auf einem Tisch unterm Spiegel lag. Er schlug es
nun aus einander, und es war zum Beweis ihres un-

eingeschränkten Vertrauens eine rechtskräftige Schen=
kung ihres ganzen Vermögens. Er war wie betäubt;
wußte nicht, ob er träume oder wache; und eilte am
andern Morgen zu ihr, mit allen Regungen des innig=
sten Dankes. Sie antwortete ihm im Tone der Freund=
schaft, in einem Tone, der seine Hochachtung immer
noch mehr verstärkte.

Sie verließen bald darauf die Stadt, und kauf=
ten sich, ungefähr eine halbe Meile davon, ein schö=
nes Rittergut. Nichts fehlte hier zu ihrem Vergnügen,
und einige Jahre verflossen ihnen, wie so viele einzel=
ne Wochen. Jetzt aber ereignete sich erst ein Vorfall,
der Folgen hatte, wie sie seltsamer sich kaum in Ro=
manen finden. Der Beamte zu R. starb. Seine Frau
war eine entfernte Verwandte von C—s. Sie waren
zusammen aufgewachsen; C—s hatte sie von Jugend
auf geliebt; nur Vermögens = Mangel hatte ihn zu
schweigen genöthigt, als sie einem Reicheren zu Theil
ward. So wie dieser Todesfall jetzt geschah, spürte
von Stunde an C—s eine merkliche Veränderung an
seiner Gattinn. Er fand sie immer ernsthaft, und oft
in tiefem Nachdenken. Er forschte vergeblich nach der
Ursache; prüfte sich selbst, ob er irgend wodurch dazu
Anlaß gegeben, und fand nichts. Nach Verflaß eini=
ger Wochen kam einst seine Gemahlinn zu ihm auf sein
Studierzimmer; sagte: sie bedürfe den Rath eines un=
parteyischen Rechtsgelehrten; und bath ihn, ihr die
Gefälligkeit zu erzeigen, und je eher je lieber einen hoh=
len zu lassen. C—s Verwunderung nahm zu; er er=
wiederte ihr: daß er ja selbst ein Rechtsgelehrter, mit=
hin gar wohl im Stande ihr zu rathen sey: aber sie be=
stand darauf, daß dieß im gegenwärtigen Falle durch=

aus nicht angehe; und er willfahrte ihr daher endlich
mit Vorschlagung eines redlichen, geschickten Rechts-
freundes nach bestem Wissen und Gewissen. Dieser kam
auch an; sie hielt einige ziemlich lange Conferenzen
mit ihm ganz allein; das Geheimnißvolle in ihrem ganzen Betragen mehrte sich; und nun stelle man sich C—s
Erstaunen vor, als sie ihm zuletzt förmlich eine Ehe-
scheidung vorschlug.

Er fragte sie, nachdem er verschiedene Minuten
zur Erhohlung nöthig gehabt hatte, um den Grund
dieses sonderbaren Einfalls; er bath sie, ihm zu sagen:
durch welche That, Unvorsicht, oder Unterlassung nur,
er ihren Unwillen gereizt habe! Sie versicherte: durch
nichts von allen dem! Sie schätze unter allen nun lebenden Menschen keinen halb so hoch als ihn. Doch ihre Ehe laufe gerade dem Hauptendzweck derselben entgegen; sie begehre daher schlechterdings eine Trennung,
und erwarte dabey auch seine Einwilligung, als die
einzige und sicherste Probe seiner Freundschaft. Er that
neue Gegenvorstellungen, aber sie verblieb dabey. —
Was sollte er weiter thun! Er gab endlich, so gut als
gezwungen, seine Einwilligung. Der Prozeß ward ein-
geleitet, und da beyde Parteyen einstimmig verfuhren,
auch bald entschieden.

Kaum war dieß geschehen, so fuhr diese sonderbare Frau zu jener jungen Amtmannswitwe hin, und eröffnete ihr den ganzen Plan, den sie bisher verfolgt
habe. — „Sie wisse, daß sie beyderseits sich ehemahls
geliebt hätten. Sie wisse gewiß, daß C—s auch seitdem eine zärtliche Neigung für sie beybehalten habe.
Jetzt sey alles aus dem Wege geräumt, was eine solche Verbindung bisher habe hindern können. Absichtlich

U 2

habe ſie ihm daraus ein Geheimniß gemacht, weil ſie
beſorgt, ſeine feine Empfindung möchte dann gegen jede Scheidung ſich ſetzen; aber heimlich habe ſie bereits
um die Pachtung des Amtes für ihn nachgeſucht, und
ſey ſicher: ſie könne kein größeres Geſchenk ihm machen,
als wenn ſie die Hand ihrer Freundinn ihm erwerbe.
Die junge Witwe widerſtand nicht lange. Das Erſtaunen, das C—s empfand, als jene edelmüthige Frau
ihn nun auch mit Entdeckung alles deſſen, was ſie für
ihn gethan, überraſchte, übertrifft jeden Ausdruck.

Alles Übrige ging nach Wunſch. Nach Verlauf
der geſetzmäßigen Zeit ward C—s mit der jungen Witwe verbunden; wer auf ſeiner Hochzeit den vornehm-
ſten Platz einnahm, wer ſich am thätigſten bewies,
die Freude des neuen Paares zu vermehren, war —
ſeine erſte vortreffliche Frau. Von ihrem ganzen, großen, ihm geſchenkten Vermögen behielt ſie ſich nichts
vor, als zwey hundert Thaler jährlich, und ein eigenes Häuschen an eben dieſem Orte, und in der Nähe
von ihren Freunden.

Daß dieſe alles anwandten, um ſich dankbar gegen eine ſolche ſeltene Wohlthäterinn zu erzeigen, und
ihr höheres Alter durch Sorgfalt und Liebe ihr angenehm zu machen, ergibt ſich von ſelbſt. Sie ſchläft nun
bereits, und Friede ſey mit ihrer Aſche!

Inhalt

des zweyten Theils.

(Aus den Skizzen.)

Druck:
Customized Business Services GmbH
im Auftrag der KNV-Gruppe
Ferdinand-Jühlke-Str. 7
99095 Erfurt